Um ano solitário

Um ano solitário

Alice Oseman

Tradução de
CAROLINA CAIRES COELHO

ROCCO

Título original
SOLITAIRE

Originalmente publicado em língua inglesa por
HarperCollins Publishers Ltd.

Copyright © Alice Oseman, 2014
Todos os direitos reservados.

O direito moral de Alice Oseman de ser identificada
como autora desta obra foi assegurado.

Edição brasileira publicada mediante acordo com a HarperCollins Publishers Ltd.

Copyright da edição brasileira © 2018 by Editora Rocco Ltda.

Direitos para a língua portuguesa reservados
com exclusividade para o Brasil à
EDITORA ROCCO LTDA.
Rua Evaristo da Veiga, 65 – 11º andar
Passeio Corporate – Torre 1
20031-040 – Rio de Janeiro – RJ
Tel.: (21) 3525-2000 – Fax: (21) 3525-2001
rocco@rocco.com.br | www.rocco.com.br

Printed in Brazil/Impresso no Brasil

Preparação de originais
JULIANA WERNECK

CIP-Brasil. Catalogação na publicação.
Sindicato Nacional dos Editores de Livros, RJ.

O91a
Oseman, Alice
Um ano solitário / Alice Oseman ; tradução Carolina Caires Coelho. – 1. ed. - Rio de Janeiro : Rocco, 2022.

Tradução de: Solitaire
ISBN: 978-65-5532-248-4
ISBN: 978-85-7980-365-9 (e-book)

1. Ficção inglesa. I. Coelho, Carolina Caires. II. Título.

22-77189
CDD: 823
CDU: 82-3(410)

Gabriela Faray Ferreira Lopes – Bibliotecária – CRB-7/6643
O texto deste livro obedece às normas do Acordo Ortográfico da Língua Portuguesa

A Emily Moore,
que esteve ao meu lado desde o começo.

"*E o seu* defeito é uma propensão a odiar todo mundo."
"E o seu", respondeu ele com um sorriso, "é teimar em interpretar a todos do jeito errado."

Orgulho e preconceito, Jane Austen

PARTE 1

Elizabeth Bennet: O senhor dança, sr. Darcy?
Sr. Darcy: Não se eu puder evitar.

Orgulho e preconceito (2005)

UM

ASSIM QUE PONHO OS PÉS NO SALÃO, percebo que a maioria das pessoas está quase morta, inclusive eu. Fui informada por fontes seguras de que a melancolia pós-Natal é absolutamente normal e que deveríamos nos sentir meio entorpecidos depois do período "mais feliz" do ano, mas não me sinto tão diferente em comparação à véspera de Natal ou ao próprio Natal, ou a qualquer outro dia desde que as férias começaram. Estou de volta, e é um outro ano. Nada vai acontecer.

Fico parada. Becky e eu nos entreolhamos.

— Tori — diz Becky —, você está meio com cara de quem quer se matar.

Ela e as outras pessoas do Nosso Grupo se espalharam em uma série de cadeiras giratórias ao redor das mesas de computador. Como é o primeiro dia depois do recesso, percebo que todo mundo do ensino médio fez maquiagem e cabelo, e logo me sinto deslocada.

Eu me encolho em uma cadeira e concordo filosoficamente.

— É engraçado porque é verdade.

Becky olha para mim mais um pouco, mas sem prestar atenção de verdade, e rimos de algo que não teve graça. Então ela percebe que não estou a fim de fazer nada e se afasta. Eu me apoio nos meus braços e chego a adormecer.

Meu nome é Victoria Spring. Acho que você precisa saber que invento uma porção de coisas e depois me lamento. Gosto de dormir e de blogar. Um dia, vou morrer.

Rebecca Allen provavelmente é minha única amiga de verdade. Ela também deve ser minha melhor amiga. Ainda não sei bem se esses fatos estão ligados. De qualquer maneira, Becky Allen é muito linda e tem cabelos compridos e roxos. Cheguei à conclusão de que se você tem cabelos roxos as pessoas olham para você. Se você for bonita e tiver cabelos roxos, as pessoas *ficam* olhando para você, o que faz com que você se torne muito popular na sociedade adolescente; o tipo de pessoa que todo mundo diz que conhece, mas com quem provavelmente nunca nem conversou. Becky tem 2.098 amigos no Facebook.

Neste exato momento, ela está falando com outra menina do Nosso Grupo, Evelyn Foley. Evelyn é considerada "retrô" porque tem cabelos bagunçados e usa um colar com um pingente em forma de triângulo.

— Mas a verdadeira dúvida é se existe atração sexual entre Harry e *Malfoy* — diz Evelyn.

Não sei bem se a Becky gosta mesmo da Evelyn. Às vezes, acho que as pessoas só fingem gostar umas das outras.

— Só em *fanfics*, Evelyn — retruca Becky. — Por favor, guarde suas fantasias entre você e seu blog.

Evelyn ri.

— Estou falando por falar. O Malfoy ajudou o Harry no fim, certo? No fundo, ele é um cara legal, não é? Então, por que persegue o Harry por sete anos? Enorme. Armário. Homossexual. — A cada palavra, ela bate palmas. E não deixa claro o que quer dizer. — Todo mundo sabe que as pessoas ficam provocando quem elas gostam. A psicologia aqui é indiscutível.

— Evelyn — diz Becky. — *Primeiro de tudo*, essa ideia de fãzinha de que o Draco Malfoy é uma alma lindamente torturada que está à procura de redenção e compreensão me *afronta*. Em segundo lugar, o único casal não canônico que não tem a ver com a história e que *vale a pena* discutir é Snilian.

— *Snilian?*

— O Snape e a Lilian.

Evelyn parece estar muito ofendida.

— Não acredito que você não apoia Drarry, mas é a favor de *Snape e Lilian*. Quer dizer, pelo menos Drarry é uma possibilidade realista. — Ela balança a cabeça devagar. — Tipo, obviamente, a Lilian escolheu alguém sensual e hilário, como o Tiago Potter.

— O Tiago Potter era um grande babaca. Ainda mais com a Lilian. A J.K. deixou isso bem claro. E, cara... se você não gostar do Snape até o final da série, é porque não entendeu nada de todo o conceito de *Harry Potter*.

— Se Snilian tivesse *rolado*, o Harry Potter não teria *existido*.

— Sem um Harry, o Voldemort talvez não tivesse, tipo... cometido genocídio.

Becky e Evelyn se viram para mim. Deduzo que estou sendo pressionada a contribuir com o assunto.

Eu me sento.

—Você está dizendo que, como é culpa do Harry todos aqueles trouxas e bruxos terem morrido, teria sido melhor que não tivessem existido Harry Potter e os livros, filmes e tudo?

Tenho a impressão de que arruinei a conversa, então murmuro uma desculpa qualquer, me levanto da cadeira e saio correndo do salão. Às vezes, odeio as pessoas. Isso provavelmente é bem ruim para a minha saúde mental.

Há dois colégios na minha cidade: o Harvey Greene Grammar School para Meninas, ou Higgs, como é conhecido, e o Truham Grammar School para Meninos. Mas os dois aceitam meninos *e* meninas no segundo e terceiro anos do ensino médio. Agora que estou no penúltimo ano, tenho que conviver com uma quantidade repentinamente maior de meninos. Os garotos do Higgs são feito criaturas místicas, e ter um namorado *de verdade* coloca você no topo da hierarquia social, mas, pessoalmente, pensar ou falar demais sobre "assuntos de garotos" me dá vontade de cometer suicídio.

Mesmo que eu me importasse com essas coisas, não daria para ficar me exibindo por aí no colégio, graças ao nosso lindo uniforme. Normalmente, o pessoal do ensino médio não tem que usar uniforme, mas os alunos do Higgs são obrigados a usar um modelo horroroso. Cinza é a cor predominante, o que combina bem com um lugar tão chato.

Chego ao meu armário e encontro um Post-it cor-de-rosa colado na porta. Alguém desenhou uma seta apontando para a esquerda, sugerindo que, talvez, eu devesse olhar nessa direção. Irritada, viro a cabeça para a esquerda. Vejo outro Post-it alguns armários adiante. E na parede no fim do corredor, mais um. As pessoas estão passando por eles, absortas. O que posso dizer? Elas não são observadoras. Não questionam coisas assim. Nunca pensam duas vezes no *déjà vu* quando poderia haver um erro na Matrix. Passam por mendigos na rua e nem sequer veem sua desgraça. Não analisam a psicologia que motiva os criadores de filmes de terror, quando provavelmente todos eles são psicopatas.

Arranco o post-it do armário e sigo até o próximo.

Às vezes, gosto de preencher meus dias com coisinhas para as quais as outras pessoas não ligam muito. Tenho a sensação de estar fazendo algo importante, ainda mais porque não tem mais ninguém fazendo isso.

Agora é um desses momentos.

Os Post-its começam a aparecer em todos os lugares. Como eu disse, as pessoas os ignoram; estão cuidando dos seus afazeres e falando sobre garotos, roupas e coisas fúteis. As meninas do oitavo e nono anos passam com a saia enrolada na cintura e as meias que chegam às coxas. Elas sempre parecem felizes. Isso faz com que eu as odeie um pouco. Mas odeio um monte de coisas.

O penúltimo Post-it que encontro tem uma seta apontando para cima, ou para a frente, e está preso na porta de uma sala de informática fechada no primeiro andar. Um tecido preto cobre a janela da porta. Essa sala, a C16, ficou fechada durante todo o ano passado para reforma, e parece que ninguém quis estreá-la. Isso me deixa meio triste, para falar a verdade, mas entro na C16 e fecho a porta.

Há uma janela comprida ocupando toda a extensão da parede mais distante, e os computadores são verdadeiros tijolos. Cubos sólidos. Parece que viajei no tempo de volta aos anos 1990.

Encontro o último Post-it na parede dos fundos, com um endereço:

SOLITAIRE.CO.UK

Se por acaso você vive numa caverna, se estuda em casa ou se você é um idiota, Solitaire, ou Paciência, é um jogo de baralho para se jogar sozinho. Era o que eu fazia para passar o tempo nas aulas de informática, e esse jogo provavelmente ajudou muito mais o meu raciocínio do que prestar atenção na aula.

De repente, alguém abre a porta.

— Santo Deus! A idade dos computadores aqui deve ser um *crime*.

Eu me viro devagar.

Um garoto está parado na frente da porta fechada.

— Estou ouvindo a sinfonia assustadora da conexão discada — diz ele, olhando para todos os lados. Depois de alguns segundos, por fim percebe que não é a única pessoa na sala.

Ele é um tipo bem comum, não é feio, mas não é lindo; um cara como qualquer outro. Seu traço mais marcante são os óculos grandes, de aros grossos e quadrados, parecidos com aqueles dos cinemas 3D que os meninos de doze anos usam sem as lentes por acharem que ficam "radicais". Caramba, odeio quando as pessoas usam óculos assim. Ele é alto e usa o cabelo repartido. Em uma das mãos, segura uma caneca; na outra, um pedaço de papel e seus horários de aula.

Ao observar meu rosto, seus olhos brilham, e juro por Deus que dobram de tamanho. Ele salta na minha direção feito um leão, com intensidade suficiente para eu me retrair com medo de que acabe comigo. O garoto se inclina para a frente, de modo que seu rosto fica a poucos centímetros do meu. Pelo meu reflexo nas lentes ridiculamente enormes dele, percebo que tem um olho azul e o outro, verde. Heterocromia.

Ele abre um grande sorriso.

—Victoria Spring! — grita, erguendo os braços.

Não digo nem faço nada. Estou com dor de cabeça.

—Você é a Victoria Spring.

Ele segura o pedaço de papel perto do meu rosto. É uma foto. Minha. Embaixo, com letrinhas bem pequenas: Victoria Spring, 11 A. Esteve exposta perto da sala dos funcionários — no primeiro ano, eu era líder de turma, principalmente porque ninguém mais queria ser, por isso fui voluntária. Todos os líderes foram fotografados. A minha foto é horrorosa. Foi antes de eu cortar o cabelo, então estou meio parecida com a menina do filme *O chamado*. Parece até que não tenho rosto.

Olho no olho azul.

—Você arrancou isso do quadro?

Ele dá um passinho para trás, recuando depois de invadir meu espaço. E coloca aquele sorriso doido na cara.

— Eu disse que ajudaria alguém a procurar você. — Ele bate o papel dos horários no queixo. — Loiro... calça skinny... andando por aí como se não estivesse perdido...

Não conheço *nenhum* garoto e muito menos caras loiros que usam calça skinny.

Dou de ombros.

— Como você soube que eu estava aqui?

Ele também dá de ombros.

— Eu não sabia. Entrei por causa da seta na porta. Pensei que parecia bem misteriosa. E aqui está você! Que reviravolta *hilária* do destino!

Ele toma um gole da bebida. Começo a me perguntar se esse garoto tem problemas mentais.

— Já vi você antes — diz, ainda sorrindo.

Eu me pego olhando o rosto dele com os olhos semicerrados. Certamente já o vi nos corredores, em algum momento. Certamente me lembraria desses óculos horrorosos.

— Acho que nunca vi *você* antes.

— Isso não é surpresa — comenta ele. — Estou no terceiro ano, então você não me veria muito. E entrei no Higgs em setembro passado. Fiz o segundo ano no Truham.

Está explicado. Quatro meses não é tempo suficiente para eu gravar um rosto.

— Então — diz ele, tamborilando na caneca. — O que está acontecendo *aqui*?

Dou um passo para o lado e aponto sem ânimo para o Post-it na parede dos fundos. Ele estica a mão e o puxa.

— Solitaire.co.uk. Interessante. Certo. Eu diria que podemos ligar um desses computadores para dar uma olhada, mas nós morreríamos até o Internet Explorer carregar. Aposto o que você quiser que todos eles rodam com o Windows 95.

Ele se senta em uma das cadeiras giratórias e olha para a paisagem pela janela. Tudo se ilumina como se estivesse pegando fogo. Dá para ver por cima da cidade e até a zona rural. Ele percebe que também estou olhando.

— Parece que está puxando você para fora, não é? — comenta. E suspira sozinho. Feito uma garota. — Vi um cara velho enquanto vinha para cá de manhã. Ele estava sentado em um ponto de ônibus ouvindo um iPod, batendo as mãos nos joelhos, olhando para o céu. Com que frequência você vê isso? Um cara velho ouvindo um iPod. Fico tentando imaginar o que ele estava escutando. Você pensa que poderia ser música clássica, mas pode ser qualquer coisa. Talvez uma música triste.

Ele levanta os pés e os cruza em cima da mesa.

— Espero que não.

— Música triste é legal — falo —, com moderação.

Ele se vira para mim e ajeita a gravata.

—Você é a Victoria Spring mesmo.

Isso deveria ser uma pergunta, mas ele diz como se já soubesse há muito tempo.

— Tori — digo, com a voz monótona de propósito. — Meu nome é Tori.

Ele ri de mim. É uma risada muito alta e forçada.

— Como Tori Amos?

— Não. — Paro. — Não, não como Tori Amos.

Ele enfia as mãos nos bolsos do blazer. Cruzo os braços.

—Você já esteve aqui antes? — pergunta.

— Não.

Ele assente.

— Interessante.

Arregalo os olhos e balanço a cabeça para ele.

— O quê?

— O que, o *quê*?

— O que é interessante?

Acho que não teria como eu parecer menos interessada.

— Nós dois viemos procurar a mesma coisa.

— E o que é?

— Uma *resposta*.

Levanto as sobrancelhas. Ele olha para mim por trás dos óculos. O olho azul é tão claro que quase chega a ser branco. Tem uma personalidade própria.

— Os mistérios são *divertidos*, não são? — pergunta ele.

— Você não *acha*?

Então percebo que não acho. Percebo que poderia sair daqui e literalmente não dar a mínima para o solitaire.co.uk nem para esse cara chato nunca mais.

Mas, como quero que ele pare de ser tão mandão, tiro o celular do bolso, digito solitaire.co.uk na barra de endereço da internet e abro a página.

O que aparece quase me faz rir. É um blog vazio. Um blog troll, acho.

Que dia mais sem sentido.

Enfio o telefone na cara dele.

— Mistério resolvido, Sherlock.

A princípio, ele continua sorrindo como se eu estivesse brincando, mas em pouco tempo seus olhos focam na tela do celular e, com cara de quem não acredita no que vê, ele tira o telefone da minha mão.

— É... um blog vazio... — diz ele, não para mim, mas para si mesmo, e de repente (e não sei como isso acontece), me sinto muito, *muito* triste por ele. Porque ele parece extremamente *triste*. O garoto balança a cabeça e me devolve o celular. Não sei bem o que fazer. Pela cara dele, parece que alguém morreu.

— Bem, hum... — Eu mexo os pés. — Vou cair fora.

— Não, não, espere!

Ele se levanta de modo que ficamos um de frente para o outro.

Faz-se uma pausa desconfortável.

Ele me analisa, estreitando os olhos, então olha para a fotografia, e de novo para mim, e de novo para a foto.

—Você cortou o cabelo!

Mordo o lábio, contendo o sarcasmo.

— É — digo sinceramente. — É, cortei o cabelo.

— Era tão *comprido*.

— Sim, era.

— Por que cortou?

Eu tinha saído para fazer compras sozinha no fim das férias de verão porque havia muitas coisas que precisava comprar para o segundo ano, e meus pais estavam ocupados com todas as coisas que estavam acontecendo com Charlie, e eu queria me livrar logo dessa obrigação. Só esqueci que sou péssima em fazer compras. Minha mochila estava rasgada e suja, então passei por lugares descolados: River Island, Zara, Urban Outfitters, Mango e Accessorize. Mas todas as mochilas bonitas custavam tipo umas cinquenta libras, por isso não daria certo. Tentei lojas mais baratas — New Look, Primark e H&M —, mas todas as mochilas eram cafonas. Acabei andando um bilhão de vezes por todas as lojas que vendiam mochilas, até ter um leve ataque em um banco perto do Costa Coffee no meio do shopping. Pensei em como seria começar o segundo ano e todas as coisas que eu precisava fazer e todas as pessoas com quem teria que encontrar e todas as pessoas com quem teria que conversar, e vi meu reflexo em uma vitrine da Waterstones e percebi, naquele momento, que a maior parte do meu rosto estava coberta pelo cabelo, e quem, pelo amor de Deus, conversaria comigo daquele jeito, e comecei a sentir o cabelo todo na testa, no rosto e nos ombros e nas costas, e senti que eles me envolviam feito minhocas, e me sufocavam até a morte. Comecei a respirar muito rápido, fui direto ao cabeleireiro mais próximo e pedi que cortasse meus cabelos na altura dos ombros e longe do meu rosto. O cabeleireiro não queria fazer isso, mas fui muito insistente. Gastei o dinheiro da minha mochila em um corte de cabelo.

— Eu só queria que ele ficasse mais curto — respondo. Ele se aproxima. Dou um passo para trás.

—Você não diz nada do que quer dizer, não é?

Dou risada de novo. É uma liberação ridícula do ar, mas, para mim, é uma risada.

— *Quem* é você? — pergunto.

Ele congela, se inclina para trás, abre os braços como se fosse o Cristo Redentor e anuncia com uma voz grave e ressonante:

— Meu nome é Michael Holden.

Michael Holden.

— E quem é você, Victoria Spring?

Não penso em nada para dizer, porque esta seria a minha resposta. Nada. Estou num vácuo. Num vazio. Não sou nada.

A voz do sr. Kent surge de repente da caixa de som. Eu me viro e olho para cima, para o alto-falante.

Todos os alunos do segundo e terceiro anos devem ir ao salão para uma reunião rápida.

Quando me viro, a sala está vazia. Estou grudada no carpete. Abro a mão e encontro o Post-it do SOLITAIRE. CO.UK. Não sei como o papel saiu da mão de Michael Holden e chegou à minha, mas aqui está.

E é isso, eu acho.

É como provavelmente começa.

DOIS

A MAIORIA DOS ADOLESCENTES que frequentam o Higgs são idiotas conformistas sem alma. Dei um jeito de me integrar a um pequeno grupo de garotas que considero "gente boa", mas às vezes ainda sinto que sou a única com consciência, tipo num jogo de videogame, e as outras são personagens extras geradas por computador que têm poucas ações selecionadas, como "puxar conversas sem sentido" e "abraçar".

Outra coisa sobre os adolescentes do Higgs, e talvez sobre a maioria dos adolescentes, é que eles empregam muito pouco esforço em noventa por cento de tudo. Não acho que isso seja ruim, porque sempre haverá muito tempo para o "esforço" mais tarde, e se esforçar demais é um desperdício de energia que poderia ser gasta em coisas incríveis, tipo dormir, comer e baixar música em sites ilegais na internet. Não me esforço muito para nada. Muitas outras pessoas também não se esforçam. Entrar no salão e encontrar centenas de adolescentes curvados na cadeira, carteiras e no chão não é algo incomum. Parece que todo mundo está dopado.

Kent ainda não chegou. Eu me aproximo de Becky e do Nosso Grupo no canto dos computadores; parece que eles estão debatendo se Michael Cera é bonito ou não.

— Tori. Tori. Tori. — Becky bate várias vezes no meu braço. — Você pode me ajudar. Você viu *Juno*, não viu? Você acha ele bonitinho, não acha? — Ela bate as mãos no rosto e meio que revira os olhos. — Garotos desastrados são os melhores, não são?

Coloco as mãos nos ombros dela.

— Calma, Rebecca. Nem todo mundo ama o Cera feito você.

Ela começa a falar sem parar sobre *Scott Pilgrim contra o mundo*, mas não presto muita atenção. Michael Cera não é exatamente o Michael no qual estou pensando.

Saio de perto e começo a caminhar pelo salão.

Sim. Isso mesmo. Estou procurando Michael Holden.

Nesse momento, não sei muito bem *por que* estou à procura dele. Como já devo ter falado, não me interesso por muitas coisas, muito menos por pessoas, mas me irrita quando alguém pensa que pode dar início a uma conversa e depois se levantar e *ir embora*.

É *grosseiro*, sabe?

Passo por todas as panelinhas do salão. Panelinhas são um conceito muito *High School Musical*, mas também são muito clichê porque existem de verdade. Num colégio em que a maioria dos alunos é do sexo feminino, é de se esperar que cada ano seja dividido em três categorias principais:

1. Garotas experientes e barulhentas que falsificam a identidade para entrar em boates, que seguem a moda do que veem em blogs, que muitas vezes fingem não comer, que curtem um bronzeado meio laranja, que fumam socialmente ou que já estão viciadas, aceitam drogas, sabem muito sobre o mundo. Eu desaprovo muito essas pessoas.
2. Garotas esquisitas que parecem não ter a menor ideia do que é se vestir bem nem de como controlar seu comportamento bizarro, já que umas desenham nas outras com aquela caneta de quadro magnético e não lavam direito os cabelos; garotas que acabam namorando caras tão assustadores quanto elas; garotas que, em média, têm idade mental de pelo menos três anos a menos do que sua idade fisiológica. Essas garotas me entristecem muito, porque sinto que elas poderiam ser muito normais se decidissem se esforçar.
3. As tais garotas "normais". Cerca de metade delas tem namorados constantes, comuns. Conhecem as tendências da moda e da cultura popular. Costumam ser agradáveis; algumas são caladas, outras são barulhentas, gostam de estar com amigos, gostam de uma boa festa, gostam de compras e de filmes, curtem a vida.

Não estou dizendo que todo mundo se encaixa em uma dessas categorias. Adoro saber que existem exceções, porque odeio o fato de esses grupos existirem. Quer dizer, não sei para onde *eu iria*. Acredito que seria da categoria 3, porque é assim, com certeza, que o Nosso Grupo é. Mas, por outro lado, não me sinto muito parecida com ninguém do Nosso Grupo. Não me sinto parecida com ninguém, na verdade.

Caminho pelo salão três ou quatro vezes e concluo que o Michael não está aqui. Tanto faz. Talvez eu tenha imaginado o Michael Holden. De qualquer modo, nem ligo. Volto para o canto do Nosso Grupo, me encolho no chão aos pés da Becky e fecho os olhos.

A porta do salão se abre quando o sr. Kent, o vice-diretor, avança pela multidão, seguido por sua comitiva de sempre: a srta. Strasser, jovem e bonita demais para ser professora do que quer que seja, e nossa Líder, Zelda Okoro (não estou brincando — o nome dela é fantástico assim mesmo). Kent é o tipo de cara com traços finos, conhecido pela assustadora semelhança com o Alan Rickman, e talvez o único professor com alguma inteligência no colégio. Além disso, ele é meu professor de inglês há mais de cinco anos, então nos conhecemos até bem. Isso provavelmente é meio bizarro. Temos uma diretora, a sra. Lemaire. Dizem por aí que ela é membro do governo francês, o que explica por que parece que nunca está no colégio.

— Quero um pouco de *silêncio* — diz Kent na frente de um quadro branco interativo, pendurado na parede logo embaixo do lema do colégio: *Confortamini in Domino et in potentia virtutis eius*.

O mar de uniformes cinza se vira para ele. Por alguns instantes, Kent não diz nada. Ele faz isso direto.

Becky e eu sorrimos uma para a outra e começamos a contar os segundos. É uma brincadeira nossa. Não lembro quando começou, mas sempre que estamos juntas, seja numa reunião geral ou do ensino médio, contamos o tempo em que ele permanece calado. Nosso recorde é de setenta e nove segundos. Sem brincadeira.

Quando chegamos ao doze e Kent abre a boca para falar...

A música começa a tocar pelo sistema de som.

É o tema do Darth Vader, de *Star Wars*.

Uma inquietação instantânea toma conta do ambiente. As pessoas olham para os lados, sussurrando e tentando entender por que o sr. Kent tocaria música pelo sistema de som, e por que escolheria *Star Wars*. Talvez ele comece a passar um sermão sobre uma comunicação clara, ou persistência, empatia e compreensão, habilidades de interdependência, assuntos mais recorrentes em reuniões do ensino médio. Talvez esteja tentando ensinar sobre a importância da liderança. Só quando as imagens começam a aparecer na tela atrás dele é que percebemos, de fato, o que está acontecendo.

Primeiro, é o rosto de Kent transformado no de Yoda no Photoshop. Depois, é Kent como Jabba, o Hutt.

Em seguida, é a Princesa Kent de biquíni dourado.

Todo o ensino médio começa a rir sem o menor controle.

O verdadeiro Kent, de cara séria, mas mantendo a calma, deixa o salão. Assim que Strasser desaparece, as pessoas começam a sair de grupo em grupo, revendo o olhar de Kent quando seu rosto apareceu no de Natalie Portman, com tinta branca adicionada pelo Photoshop e um penteado extravagante. Tenho que admitir, foi meio engraçado.

Quando Kent/Darth Maul sai da tela, e a obra orquestral chega ao clímax pelo sistema de som acima da nossa cabeça, o quadro branco interativo mostra as seguintes palavras:

SOLITAIRE.CO.UK

Becky acessa o site em um computador, e o Nosso Grupo se reúne ao redor para dar uma olhada. O blog troll tem um post, carregado há dois minutos — uma foto do Kent olhando com raiva contida para o quadro.

Todos começam a falar. Bom, todos os outros. Eu fico ali, sentada.

— Alguns alunos provavelmente acharam que isso era inteligente — resmunga Becky. — Eles devem ter visto isso nos blogs e pensaram em tirar fotos e provar para seus amigos hipsters que são muito hilários e rebeldes.

— Bem, é inteligente mesmo — diz Evelyn, com seu complexo de superioridade há muito estabelecido vindo à tona, como sempre acontece. — É mostrar *quem* manda.

Eu nego, balançando a cabeça, porque não tem nada de inteligente, com exceção da habilidade da pessoa que transformou o rosto do Kent no do Yoda. Isso sim é talento com o Photoshop.

Lauren está com um sorrisão estampado. Lauren Romilly fuma socialmente e tem uma boca um pouco grande demais para seu rosto.

— Já imagino os status do Facebook. Isso deve ter tirado o Twitter do ar.

— Preciso de uma foto disso no meu blog — continua Evelyn. — Eu saberia lidar com mais uns dois mil seguidores.

— Qual é, Evelyn — resmunga Lauren. — Você já é famosa na internet.

Isso me faz rir.

— Posta outra foto das suas pernas, Evelyn — digo baixinho. — A foto vai ser compartilhada, tipo, umas vinte mil vezes.

Só a Becky me ouve. Ela sorri para mim e eu sorrio de volta, o que é meio legal, porque raramente penso em coisas engraçadas para dizer.

E é isso aí. É quase tudo o que dizemos sobre o caso.

Em dez minutos o assunto já tinha sido esquecido.

Para dizer a verdade, eu me senti meio esquisita com essa brincadeira. O X da questão é que *Star Wars* era uma grande obsessão minha na infância. Acho que não assisto a nenhum dos filmes há alguns anos, mas ouvir aquela música trouxe algo de volta. Não sei o quê. Algum sentimento no peito.

Ai, estou ficando sentimental.

Aposto que quem fez isso está satisfeito. Isso meio que me faz detestar essa pessoa.

Cinco minutos depois, eu estava quase cochilando, a cabeça na mesa do computador e os braços bloqueando o rosto de qualquer forma de interação social, quando alguém dá um tapinha no meu ombro.

Levanto a cabeça e olho meio desorientada na direção do toque. Becky está me encarando de um jeito esquisito, as mechas roxas descendo ao redor do rosto. Ela pisca os olhos.

— O que foi? — pergunto.

Ela aponta para trás, e eu me viro.

Tem um cara ali, de pé. Nervoso. Parece sorrir, mas a expressão é de desespero. Percebo o que está acontecendo, mas meu cérebro não aceita bem que isso seja possível, então abro a boca e volto a fechá-la três vezes até dizer:

— Ai, meu Deus.

O cara vem na minha direção.

—V-Victoria?

Com exceção do meu novo conhecido, Michael Holden, só duas pessoas na vida já me chamaram de Victoria. Uma delas é Charlie. E a outra é:

— Lucas Ryan — digo.

Uma vez eu conheci um garoto chamado Lucas Ryan. Ele chorava muito, mas gostava de Pokémon quase tanto quanto eu; acho que por isso nos tornamos amigos. Certa vez, ele me contou que sonhava viver em uma bolha enorme quando crescesse, para voar para todos os lados e ver tudo, e eu disse a ele que essa bolha seria uma péssima casa porque as bolhas sempre são vazias por dentro. Ele me deu um chaveiro do Batman no meu aniversário de oito anos, o livro *Como desenhar mangá,* no de nove, cartas de Pokémon na minha festa de dez anos, e uma camiseta com uma estampa de tigre, no de onze.

Eu meio que preciso olhar duas vezes porque o rosto dele está com um formato bem diferente. Lucas sempre foi menor do que eu, mas está pelo menos uma cabeça mais alto, e a voz dele, claro, está mudada. Começo a procurar coisas que *sejam* as mesmas do Lucas Ryan de onze anos, mas só vejo os cabelos acinzentados, o corpo magro e a expressão estranha.

Além disso, ele é o "cara loiro de calça skinny".

— Ai, meu Deus — repito. — Oi.

Ele sorri e dá uma risada. Eu me lembro da risada. Vem do peito. Uma risada que sai do peito.

— Oi! — diz ele e sorri um pouco mais. Um belo sorriso. Calmo.

Eu me levanto de uma só vez e olho para ele de cima a baixo. É ele, sim.

— É você mesmo — repito, e preciso me controlar para não estender a mão e dar um tapinha nos ombros dele, só para ter certeza de que está ali mesmo.

Lucas ri. E estreita os olhos.

— Sou eu, sim!

— Como assim você está aqui?

Ele começa a fazer uma cara de envergonhado. Eu me lembro de vê-lo assim.

— Saí do Truham no fim no último semestre. Eu sabia que você estudava aqui, então... — Ele mexe na gola da blusa. É uma coisa que também fazia. — Hum... pensei em tentar encontrar você. Já que não tenho amigos aqui. Então, bem... é. Oi.

Acho que é importante que você saiba que eu nunca fui boa em fazer amigos, e no ensino fundamental não era diferente. Tive apenas um amigo naqueles sete anos de rejeição social aterradora. Mas, apesar de aquela época não ser um momento que eu gostaria de reviver, havia uma coisa boa que provavelmente me fez seguir em frente: a amizade tranquila com Lucas Ryan.

— Uau! — intervém Becky, sem se manter longe de fofocas em potencial. — Como vocês dois se conhecem?

Eu sou uma pessoa bem esquisita, mas o Lucas ganha de mim. Ele se vira para a Becky e fica corado de novo, e quase sinto vergonha *alheia*.

— Ensino fundamental — respondo. — Éramos melhores amigos.

Becky ergue as sobrancelhas delineadas.

— Não acrediiiiito.

Ela olha para nós dois mais uma vez, antes de se concentrar em Lucas.

—Bem, acho que sou sua substituta. Sou a Becky. — Ela faz um gesto ao redor de si mesma, tipo uma mesura. —Bem-vindo à Terra da Opressão.

Lucas, com uma voz fininha, se apresenta:

—Sou o Lucas.

Ele se vira para mim.

—Precisamos conversar.

É assim que o renascimento da amizade acontece?

—Sim... — respondo. O choque está esgotando meu vocabulário. — Sim.

As pessoas começaram a desistir da reunião do ensino médio, já que estamos no começo do primeiro tempo, e os professores não voltaram para o salão.

Lucas assente para mim.

—Bem... não quero me atrasar para minha primeira aula nem nada assim... esse dia todo vai ser meio vergonhoso por si só... mas falo com você depois, está bem? Encontro você no Facebook.

Becky olha sem acreditar enquanto Lucas se afasta, e me segura com firmeza pelo ombro.

—Tori acabou de falar com um *garoto*. Não... Tori acabou de manter uma conversa *sozinha*. Acho que vou chorar.

—Pronto, pronto. — Dou um tapinha no ombro dela. — Seja forte. Você vai superar.

—Estou muito orgulhosa de você. Eu me sinto, tipo, uma mãe orgulhosa.

Resmungo.

— Sei manter conversas por conta própria. Como você chama isso?

— *Eu* sou a única exceção. Com todo mundo, você é tão sociável quanto uma caixa de papelão.

— Talvez eu seja uma caixa de papelão.

Nós duas rimos.

— Engraçado... porque é verdade — digo e dou risada de novo, por fora, pelo menos. Ha, ha, ha.

TRÊS

A PRIMEIRA COISA QUE FAÇO quando chego do colégio é cair na cama e ligar o laptop. Isso acontece todos os dias. Se eu não estiver na escola, você pode ter certeza de que meu laptop estará em um raio de dois metros do meu coração. Meu laptop é minha alma gêmea.

Nos últimos meses, passei a perceber que sou muito mais um blog do que uma pessoa de verdade. Não sei quando essa coisa de blogar começou e não sei quando nem por que me cadastrei nesse site, mas não lembro o que fazia antes e não sei o que faria se o deletasse. Eu me arrependo muito de ter começado esse blog, de verdade. É muito embaraçoso. Mas é o único lugar onde encontro pessoas parecidas comigo. Elas falam sobre si mesmas aqui de um jeito que não fazem na vida real.

Se eu deletá-lo, acho que ficarei sozinha.

Não mantenho um blog para ter mais seguidores ou coisa assim. Não sou a Evelyn. É só que não é socialmente aceitável dizer coisas deprimentes no mundo real porque as pessoas acham que você está tentando chamar atenção. Detesto isso. Enfim, o que estou dizendo é que é maneiro poder dizer o que eu quiser. Ainda que seja só na internet.

Depois de esperar cem bilhões de anos para que a internet carregue, passo um bom tempo no blog. Há algumas mensagens tolas, anônimas — alguns seguidores ficam bem animados com umas coisas patéticas que eu posto. Depois, entro no Facebook. Duas notificações: Lucas e Michael enviaram pedidos de amizade. Aceito ambos. Finalmente, vejo meu e-mail. Sem e-mails.

Então, entro no blog Solitaire de novo.

Ainda tem a foto do Kent olhando de um jeito passivo muito engraçado, mas, tirando isso, a única novidade no blog é o título. Está escrito:

Solitaire:
Paciência Mata.

Não sei o que essas pessoas do Solitaire estão tentando fazer, mas "Paciência Mata" parece um nome tosco de filme de suspense. Parece um site de apostas online.

Tiro o Post-it do SOLITAIRE.CO.UK do bolso e o coloco exatamente no meio da única parede vazia do quarto.

Penso no que aconteceu com Lucas Ryan e, por um breve momento, me sinto esperançosa de novo. Não sei.

Não importa. Não sei por que eu me incomodo com isso. Não sei nem mesmo por que segui esses Post-its até a sala de informática. Não sei por que eu faço o que faço, pelo amor de Deus.

Por fim, reúno a vontade de me levantar e desço para beber alguma coisa. Minha mãe está na cozinha, no computador. Ela é muito parecida comigo, se pensar bem. Adora o Microsoft Excel assim como eu adoro o Google Chrome. Ela me pergunta como foi meu dia, mas só dou de ombros e digo que foi bom, porque tenho certeza de que ela não se importa com a resposta.

É porque somos muito parecidas que paramos de conversar tanto uma com a outra. Quando conversamos, ou temos dificuldade de encontrar o que dizer ou só nos irritamos, então, ao que parece, chegamos a um acordo mútuo de que não há motivos para continuarmos tentando. Não me incomodo muito. Meu pai é muito falante, ainda que tudo o que ele diga seja extraordinariamente irrelevante para a minha vida, e ainda tenho o Charlie.

O telefone fixo toca.

— Pode atender? — pergunta minha mãe.

Odeio telefone. É a pior invenção na história do mundo, porque se você não falar, nada acontece. Não pode ficar ouvindo e balançando a cabeça nos momentos certos. Você *tem* que falar. Você *não tem opção*. Ele tira minha liberdade de não falar.

Eu o pego mesmo assim, porque não sou uma filha horrorosa.

— Alô? — digo.

—Tori, sou eu. — É a Becky. — Por que diabos você está atendendo o telefone?

— Decidi repensar minha atitude em relação à vida e me tornar uma pessoa diferente.

— O quê?

— Por que está ligando para mim? Você nunca me liga.

— Cara, isso é importante demais para ser enviado por mensagem.

Silêncio. Espero para ver se vai continuar, mas ela parece esperar que eu fale.

— Certo...

— É o Jack.

Ah.

A Becky me ligou para falar do seu quase namorado, o Jack.

Ela faz isso comigo com certa frequência. Não me refiro à ligação, mas a reclamar comigo sobre seus vários quase namorados.

Enquanto a Becky está falando, insiro "hum" e "sei" e "ai, meu Deus" várias vezes onde precisam ficar. A voz dela some um pouco enquanto me distraio e me imagino no seu lugar. Como uma garota adorável, feliz e hilária que é convidada para pelo menos duas festas por semana e sabe puxar assunto em menos de dois segundos. Eu me imagino entrando numa festa. Música no volume máximo, todo mundo com uma garrafa na mão — de algum modo, tem uma multidão ao meu redor. Estou rindo, sou o centro das atenções. Os olhos brilham admirados quando conto mais uma das minhas histórias histericamente desconcertantes, talvez sobre uma bebedeira ou sobre um ex-namorado, ou um momento em que eu tenha feito algo memorável, e todos procuram entender como vivo uma adolescência tão excêntrica, tão despreocupada e cheia de aventuras. Todo mundo me abraça. Todo mundo quer saber o que tenho aprontado. Quando danço, as pessoas dançam; quando me sento, pronta para fofocar, elas formam um círculo ao meu redor; quando saio, a festa se apaga e morre, feito um sonho esquecido.

— ... você pode imaginar sobre o que estou falando — diz ela.

Na verdade, não faço ideia.

— Há algumas semanas... Meu Deus, eu deveria ter te contado isso... nós fizemos *sexo*.

Eu meio que fico congelada, porque isso me pega de surpresa. Então, percebo que isso já estava rondando há algum tempo. Sempre meio que respeitei a Becky por ser virgem, o que é um pouco pretensioso, se você pensar bem. Sei lá, todas temos pelo menos dezesseis anos, e Becky tem quase dezessete, e tudo bem se a pessoa quer transar, não me importo, não é um crime. Mas o fato de nós duas sermos virgens... não sei. Acho que isso nos tornava iguais de um jeito estranho. E agora estou aqui. Em segundo lugar em mais uma coisa.

— Bom... — Literalmente, não tem nada que eu possa dizer sobre isso — ... tudo bem.

—Você está me julgando. Você acha que sou uma vagabunda.

— Não acho, não!

— Dá para perceber. Você está usando sua voz crítica.

— Não estou!

Silêncio. O que dizer diante de algo assim? *Muito bem? Bom trabalho?*

Ela começa a explicar que o Jack tem um amigo que supostamente seria "perfeito" para mim. Acho que é improvável, a menos que ele seja mudo, cego ou surdo. Ou todas essas três coisas.

Quando desligo o telefone, fico ali, na cozinha. Minha mãe está clicando com o mouse e começo a sentir, de novo, que esse dia todo foi meio sem sentido. Uma imagem de Michael Holden aparece na minha mente, seguida por uma de Lucas Ryan, depois uma do blog Solitaire. Decido que preciso conversar com meu irmão. Eu me sirvo de um pouco de limonada diet e saio da cozinha.

Meu irmão, Charles Spring, tem quinze anos e estuda no primeiro ano do ensino médio do Truham Grammar. Na minha opinião, ele é a pessoa mais legal da história do universo, e sei que "legal" é uma palavra meio sem sentido, mas é o que a deixa tão forte. É muito difícil ser uma pessoa "legal", porque há muitas coisas que atrapalham. Quando era pequeno, ele se recusava a jogar suas coisas fora porque, para Charlie, todas eram especiais. Todos os livros de bebê. Todas as camisetas que já não serviam mais. Todos os jogos de tabuleiro com os quais ele não brincava. Ele mantinha tudo em pilhas muito altas no quarto porque, supostamente, tudo tinha algum significado. Quando eu perguntava sobre alguma coisa em especial, Charlie me contava que a havia encontrado na praia ou que tinha sido dada por nossa avó, ou que ele havia comprado no zoológico de Londres quando tinha seis anos.

Mamãe e papai se livraram da maior parte desse lixo quando meu irmão ficou doente ano passado — acho que ele ficou meio obcecado com isso, e ficou obcecado com uma porção de outras coisas também (principalmente com comida e colecionar objetos), e isso começou a fazer mal a ele. Mas agora acabou. Ele está melhor, só que ainda é o mesmo cara que acha que tudo é especial. É o tipo de pessoa que Charlie é.

Na sala de estar, fica difícil saber o que Charlie, seu namorado Nick e meu outro irmão, Oliver, estão fazendo. Eles estão entre caixas de papelão, e eu acho que são, tipo, *cinquenta* caixas, todas empilhadas pela sala. Oliver, de sete anos, parece estar comandando a operação enquanto Nick e Charlie reúnem as caixas para fazer uma espécie de escultura do tamanho de um abrigo. As pilhas chegam ao teto. Oliver tem que ficar de pé no sofá para ver a estrutura toda por cima.

Por fim, Charlie dá a volta pela construção de caixas de papelão e me vê olhando da porta.

— Victoria!

Hesito olhando para ele.

— Devo me dar ao trabalho de perguntar?

Ele me lança um olhar como se eu devesse saber exatamente o que está acontecendo.

— Estamos construindo um trator para o Oliver.

Meneio a cabeça.

— Claro. Sim. Isso está bem claro.

Nick aparece. Nicholas Nelson, um aluno do segundo ano como eu, é um daqueles caras tranquilos que na verdade curtem todas aquelas coisas normais que os garotos curtem, como rúgbi e cerveja e palavrões e tudo o mais, mas ele também tem a combinação mais bem-sucedida de nome e sobrenome que já ouvi, o que faz com que seja impossível para mim não gostar dele. Não lembro quando o Nick e o Charlie se tornaram Nick-e-Charlie, mas o Nick foi o único a visitar meu irmão quando ele estava doente, então, para mim, a ficha dele está limpa.

— Tori. — Ele meneia a cabeça para mim com muita seriedade. — Ótimo. Precisamos de mais mão de obra gratuita.

— Tori, pode pegar a fita adesiva? — pede Oliver, mas ele disse "adefiva" no lugar de "adesiva", porque acabou de perder os dois dentes da frente.

Passo a fita "adefiva" a Oliver, aponto em direção às caixas e pergunto a Charlie:

— Onde você conseguiu tudo isso?

Ele só dá de ombros e se afasta:

— São do Oliver, não *minhas*.

E é assim que acabo construindo um trator de papelão na nossa sala de estar.

Quando terminamos, Charlie, Nick e eu nos sentamos do lado de dentro para admirar nosso trabalho. Oliver dá a volta no trator com uma caneta, desenhando nas rodas as manchas de lama e as armas "para o caso de as vacas se unirem ao Lado Negro". Até que não ficou ruim, para ser sincera. Cada caixa tem uma seta preta desenhada, apontando para cima.

Charlie está me contando sobre o seu dia. Ele adora me contar sobre o seu dia.

— Saunders perguntou quem eram nossos músicos preferidos, e eu respondi Muse, e *três* pessoas perguntaram se eu gostava deles por causa do filme *Crepúsculo*. Parece que ninguém acredita que seja possível ter um interesse real.

Faço uma careta.

— Gostaria de conhecer um garoto que tenha *assistido* a *Crepúsculo*, de verdade. Vocês não assistem só à Copa da Inglaterra e *Family Guy*?

Nick suspira.

— Tori, você está generalizando de novo.

Charlie vira a cabeça na direção dele.

— Nicholas, você assiste, basicamente, à Copa da Inglaterra e *Family Guy*, vamos ser sinceros.

— Às vezes eu assisto ao Seis Nações, o torneio de rúgbi.

Todos rimos, e em seguida vem um silêncio normal, curto, durante o qual eu me deito e olho para o teto de papelão.

Começo a contar a eles sobre a piada de hoje. E isso me leva a pensar em Lucas e em Michael Holden.

— Encontrei o Lucas Ryan hoje — digo. Não me incomodo em contar esse tipo de coisa a Nick e Charlie. — Ele entrou para o Higgs.

Ambos piscam, ao mesmo tempo.

— Lucas Ryan... o Lucas Ryan do ensino fundamental? — pergunta Charlie, franzindo a testa.

— Lucas Ryan saiu do Truham? — pergunta Nick, confuso. — Droga. Eu ia colar dele no nosso simulado de psicologia.

Confirmo para os dois balançando a cabeça.

— Foi bom vê-lo. Sabe como é. Porque podemos ser amigos de novo. Acho. Ele sempre foi muito legal comigo.

Eles balançam a cabeça, concordando com o que estou dizendo.

— Eu também conheci um cara chamado Michael Holden.

Nick, que estava tomando um gole de chá, engasgou. Charlie abriu um sorriso largo e começou a rir.

— O que foi? Você conhece ele?

Nick se recupera o suficiente para falar, apesar de ainda tossir a cada palavra.

— Michael Holden, porra. Merda. *Ele vai* entrar para a história do Truham.

Charlie abaixa a cabeça, mas fica de olho em mim.

— Não faça amizade com ele. Deve estar maluco. Todo mundo o evitava no Truham porque ele tem problemas mentais.

Dando um tapinha no joelho de Charlie, Nick comenta:

— Mas *eu* fiz amizade com uma pessoa perturbada e isso acabou sendo espetacular.

Charlie resmunga e dá um tapa na mão de Nick.

—Você lembra quando ele tentou fazer todo mundo entrar num *flashmob* para a gincana do primeiro ano? — pergunta Nick. — E, no fim, ele fez sozinho na mesa do refeitório?

— E quando ele fez um discurso sobre a injustiça da autoridade para o segundo ano? — indaga Charlie. — Só porque ele recebeu advertência por ter brigado com o sr. Yates durante os simulados!

Ele e Nick riram muito.

Isso confirma minha suspeita de que Michael Holden não é o tipo de pessoa com quem eu gostaria de ter amizade. Nunca.

Charlie olha para Nick.

— Ele é gay, não é? Soube que ele é gay.

Nick dá de ombros.

— Bom, eu soube que ele patina no gelo, então não é impossível.

— Hum. — Charlie franze a testa. — Pensei que conhecêssemos todos os gays do Truham.

Eles param e se viram para mim.

— Olha — diz Nick, fazendo um gesto com uma das mãos. — O Lucas Ryan é um cara legal. Mas tem algo de errado com o Michael Holden. Sabe, não me surpreenderia se ele estivesse por trás dessa zoação.

A questão é que eu não acho que o Nick esteja certo. Não tenho prova nenhuma para sustentar essa hipótese. Nem sei direito por que acho isso. Talvez tenha algo a ver com o modo com que Michael Holden falava — como se acreditasse em tudo o que disse. Talvez fosse a tristeza que sentiu quando lhe mostrei o blog Solitaire vazio. Ou talvez fosse outra coisa, algo que não faz sentido, tipo as cores dos seus olhos, ou o modo ridículo como ele reparte os cabelos, ou como colocou aquele post-it na minha mão sendo que sequer me lembro da nossa pele em contato. Talvez seja apenas porque ele está muito *errado*.

Enquanto penso nisso, Oliver entra no trator e se senta no meu colo. Dou um tapinha carinhoso na cabeça dele e entrego o que sobrou da minha limonada diet, porque a mamãe não permite que ele beba esse tipo de coisa.

— Não sei — digo. — Para ser sincera, aposto que foi só algum babaca com um blog.

QUATRO

ESTOU ATRASADA porque minha mãe pensou que eu tivesse dito oito. Eu disse sete e meia. Como alguém confunde oito com sete e meia?

— De quem é o aniversário? — pergunta ela enquanto estamos no carro.

— De ninguém. Vamos só nos encontrar.

—Você tem dinheiro? Posso te dar algum.

—Tenho quinze libras.

— Becky também vai?

— Ahã.

— E Lauren e Evelyn?

— Provavelmente.

Quando converso com meus pais, não pareço muito mal-humorada. Em geral, pareço bem alegre quando falo com eles. Sou boa nisso.

É terça-feira. Evelyn organizou uma reunião de "início de semestre" no Pizza Express. Não quero ir, mas acho importante me esforçar. Convenção social, esse tipo de coisa.

Digo oi às pessoas que percebem minha chegada e me sento à cabeceira. Quase morro quando percebo que o Lucas está aqui. Já sei que vou achar difícil pensar no que dizer a ele. Eu o evitei com sucesso durante o resto do dia ontem e hoje por esse motivo. Obviamente, Evelyn, Lauren e Becky aproveitaram a oportunidade para fazer dele o "cara" do Nosso Grupo. Ter um garoto no seu grupo social é o equivalente a ter uma casa com piscina, ou uma camiseta de marca com a logo nela, ou uma Ferrari. Isso torna a pessoa mais importante.

Um garçom se aproxima de mim, peço uma limonada diet e olho para a mesa comprida. Todas as pessoas estão conversando, sorrindo, e isso me deixa um pouco triste, como se eu os estivesse observando por uma janela suja.

— Sim, mas a maioria das garotas que estuda no Truham só vai para lá porque quer estar sempre perto dos garotos. — Becky, sentada ao meu lado, está conversando com Lucas, que está sentado à frente. — Piranhas que querem atenção.

— Para ser sincero, as alunas do Truham são quase idolatradas.

Lucas olha para mim e abre um sorriso esquisito. Ele está usando uma camiseta havaiana hilária, do tipo justa com a gola levantada e as mangas levemente enroladas. Não parece tão envergonhado como ontem — na verdade, está *estiloso*. Não pensei que ele fosse esse tipo de cara. O tipo que usa camisas havaianas. Um tipo hipster. Deduzo que ele tem um blog, com certeza.

— Só porque os caras em colégios masculinos sofrem privação sexual — diz Evelyn, ao lado do Lucas, balançando os braços para enfatizar sua opinião. — Já disse antes e vou repetir. Colégios só para um gênero prejudicam a humanidade. Tantas meninas no Higgs não sabem se comportar socialmente porque não conversam com garotos...

— ... está muito fora de controle, cara — conclui Lauren, sentada do outro lado da Evelyn.

— Adoro o uniforme das meninas do Truham. — Becky suspira. — Elas ficam lindas com aquela gravata. — Ela faz um gesto abstrato em volta do pescoço. — Tipo... listras finas ficam bem mais bonitas do que listras grossas.

— Não é a vida real — diz Lucas, meneando a cabeça.

— Na vida real, há garotos e há garotas. Não só um nem só o outro.

— Mas aquela *gravata*... — fala Becky. — Sei lá, *eu nem*...

Todos assentem e começam a falar sobre outra coisa. Continuo fazendo o que faço de melhor. Observo.

Tem um garoto sentado perto da Lauren conversando com as meninas do lado oposto da mesa. O nome dele é Ben Hope. Ben Hope é *o cara* do Higgs. E, com *o cara*, eu me refiro ao cara no ensino médio por quem todas as meninas do colégio se interessam. Sempre tem um. Alto e magro. Calça skinny e camiseta justa. Ele costuma alisar os cabelos castanhos e, juro por Deus, aquilo desafia a gravidade, porque balança em um tipo de redemoinho organizado, mas quando ele não o alisa, fica todo ondulado e ele fica lindo de morrer. Ele sempre parece estar muito sereno. Ele anda de skate.

Eu, pessoalmente, não "gosto" dele. Só estou tentando expressar sua perfeição. Na verdade, considero muitas pessoas bonitas, e talvez ainda mais bonitas quando não percebem isso. Mas, no fim, ser bonito não ajuda muito você como pessoa além de levantar seu ego e aumentar a vaidade.

Ben Hope percebe que estou olhando para ele. Preciso me controlar.

Lucas está conversando comigo. Acho que está tentando me envolver nessa conversa, o que é legal, mas também irritante e desnecessário.

— Tori, *você* gosta do Bruno Mars?

— O quê?

Ele hesita, e Becky se intromete.

— Tori. Bruno Mars. Qual é! Ele é incrível, não é?

— O quê?

— A. Música. Que. Está. Tocando. Você. Gosta?

Eu nem tinha me dado conta de que uma música estava tocando no restaurante. É "Grenade", do Bruno Mars.

Analiso a canção depressa.

— Acho... que é improvável que alguém quisesse pegar uma granada para outra pessoa. Ou pular na frente de um trem por outra pessoa. Isso é muito contraproducente. — E então, mais baixo, para ninguém ouvir: — Se você quisesse fazer uma dessas coisas, seria para *si*.

Lauren bate a mão na mesa.

— Exatamente o que eu disse.

Becky ri de mim e diz:

— Você só não gosta porque é Top 40.

Evelyn dá um passo à frente. Falar mal de qualquer coisa popular é sua especialidade.

— As músicas das paradas de sucesso incluem um monte de garotas que não cantam, só dublam, que só ficam famosas porque usam short justo e top curto, e rappers que não fazem nada além de *falar depressa*. Para ser sincera, nem gosto tanto de música assim, no geral. Só gosto de algumas músicas específicas. Encontro uma música que eu curto de verdade e, então, ouço umas vinte bilhões de vezes até passar a detestá-la e ela acaba perdendo a graça. No momento, está acontecendo com "Message in a Bottle", do The Police, e até domingo nunca mais vou querer ouvi-la. Sou uma idiota.

— Se é tão ruim, por que chega ao topo das paradas? — pergunta Becky.

Evelyn passa a mão pelos cabelos.

— Porque vivemos em um mundo comercializado onde todas as pessoas compram música só porque outra pessoa comprou.

Assim que ela termina de dizer isso, noto que o silêncio tomou conta da nossa mesa. Eu me viro e tenho um mini-infarto.

Michael Holden entrou no restaurante.

Percebo que ele está vindo me chamar. Está sorrindo feito um maluco, encarando este lado da mesa. Todo mundo se vira para olhar quando ele puxa uma cadeira e se acomoda na cabeceira, entre mim e Lucas.

Todo mundo meio que olha, murmura, depois dá de ombros e continua comendo, imaginando que ele deve ter sido convidado por outra pessoa. Todo mundo menos eu, Becky, Lucas, Lauren e Evelyn.

— Preciso contar uma coisa para você — diz ele, os olhos em chamas. — Preciso muito contar uma coisa para você.

Lauren começa a falar:

—Você estuda no Higgs!

Michael estende uma das mãos para Lauren apertar. Eu me vejo verdadeiramente sem saber se ele está sendo sarcástico ou não.

— Meu nome é Michael Holden, sou do terceiro ano. Prazer em conhecê-la...?

— Sou Lauren Romilly. Segundo ano. — Lauren, surpresa, segura a mão dele e a aperta. — É... prazer em conhecê-lo também.

— Sem querer ofender — fala Evelyn —, mas por que você está aqui?

Michael olha para ela intensamente até Evelyn perceber que precisa se apresentar.

— Sou... Evelyn Foley... — diz.

Michael dá de ombros.

— É? Não parece ter certeza.

Evelyn não gosta de ser provocada.

Ele pisca para ela.

— Preciso conversar com Tori.
Há um silêncio longo e desconfortável até Becky dizer:
— E... hum... como você e Tori se conhecem?
— Nós nos encontramos por acaso no meio das nossas investigações sobre o Solitaire.
Ela inclina a cabeça para um lado. Olha para mim.
—Vocês têm *investigado*?
— Hum... não — digo.
— Então...?
— Eu só segui um caminho de Post-its.
— O quê?
— Segui uma trilha de bilhetes em Post-its. Ela me levou ao blog Solitaire.
— Ah... que legal...
Adoro a Becky, mas às vezes ela age como uma perfeita idiota. Isso me irrita de verdade, porque ela entrou no *ensino médio*, pelo amor de Deus. Ela tirou dez notas A no Certificado Geral de Ensino Médio; como pode ser tão ingênua?!
Enquanto isso, Michael está se servindo dos petiscos que sobraram. Com a mão livre, ele aponta ambiguamente na direção da Becky.
—Você é Becky Allen?
Ela se vira para Michael devagar.
—Você é psicótico?
— Só um *stalker* de Facebook com recursos. Vocês todos têm muita sorte de eu não ser um *serial killer*. — O dedo dele, ainda flexionado, aponta para Lucas. — E Lucas Ryan. Já nos conhecemos.

Michael sorri para ele de um jeito tão forçado que parece condescendente.

— Devo agradecer a você. Foi quem me levou a esta garota.

Lucas assente.

— Gosto da sua camisa — diz Michael, com os olhos meio vidrados.

— Obrigado — agradece Lucas, claramente sem sinceridade.

Começo a me perguntar se Lucas conheceu Michael no Truham. A julgar pela reação de Nick e Charlie, sim. Talvez Lucas não queira se aproximar dele. Estou quase sentindo *pena* de Michael Holden. Pela *segunda vez*.

Michael olha além de Becky.

— E qual é seu nome?

Por um momento, não entendo com quem ele está falando. E então vejo Rita. Ela aparece do outro lado de Becky.

— Hum... Rita. Rita Sengupta. — Ela ri. Não sei por que ela ri, mas ri mesmo assim. Rita provavelmente é a única outra garota com quem sou civilizada, além de Becky, Lauren e Evelyn. Ela anda com Lauren, mas não costuma ser percebida. É a única garota que conheço que fica bem de cabelo curto.

Michael se anima igual a uma criança no Natal.

— Rita! Que nome *fantástico*. "Lovely Rita"!

Quando percebo que ele está se referindo à música dos Beatles, a conversa já avançou. É de surpreender que eu a reconheça. Detesto os Beatles.

— Então, você e Tori acabaram de... se *conhecer*? E começaram a conversar? — pergunta Becky. — Isso parece meio improvável.

É engraçado porque é verdade.

— Sim — diz Michael. — Improvável, sim. Mas foi o que aconteceu.

Mais uma vez, ele olha no meu rosto, ignorando o grupo todo. Não sei explicar como me sinto desconfortável nesse momento. É pior do que o Certificado Geral de Ensino Médio.

— Bem, Tori, preciso contar uma coisa a você.

Eu hesito, sentando nas mãos.

Lauren e Becky e Evelyn e Lucas e Rita estão ouvindo com atenção. Michael olha para cada rosto por cima do aro dos óculos grandes.

— Mas... eu... hum, não lembro o que era.

Lucas ri.

—Você a seguiu até este restaurante para contar algo a ela e agora nem sequer lembra o que era?

Desta vez, Michael percebe o tom de Lucas.

— *Desculpe* se minha memória não é boa. Acho que mereço crédito por ter feito o esforço de vir até aqui.

— Por que não enviou uma mensagem a ela pelo Facebook?

— O Facebook é para trivialidades, tipo ver o que as pessoas estão comendo e quantos "kkkks" elas dividiram com seu crush ontem à noite.

Lucas balança a cabeça, negando.

— Só não entendo como você pode vir aqui e *esquecer*. Você não esqueceria se fosse algo importante.

— Pelo contrário, você provavelmente teria mais chance de se esquecer da coisa mais importante de todas.

Becky pergunta:

— Então você e Tori são amigos?

Michael continua olhando para Lucas antes de se voltar a Becky.

— Essa pergunta é fantástica. — Ele se vira para mim. — O que você acha? Somos amigos?

Para ser sincera, não consigo pensar em uma resposta, porque ela, na minha opinião, não é *sim*, definitivamente, mas tampouco é *não*.

— Como podemos ser amigos se você não sabe nada sobre mim? — pergunto.

Ele toca o queixo, pensativo.

—Vamos ver. Sei que seu nome é Victoria Spring. Está no segundo ano. Seu Facebook mostra que você nasceu no dia 5 de abril. Você é introvertida com complexo pessimista. Está usando roupas bem comuns, colete, jeans, não gosta de enfeites nem de frescura. Não se importa em se vestir bem para os outros. Você pediu uma pizza margherita, tem restrições alimentares. Raramente atualiza seu Facebook, não se importa com as atividades sociais. Mas seguiu o caminho de Post-it ontem, como eu. Você é curiosa. — Ele se inclina para a frente. — Gosta de agir como se não se importasse com nada, e se continuar assim, vai se afundar no abismo que imaginou para si.

Ele para. Seu sorriso desaparece, fica só a lembrança.

— Minha nossa, cara, você é um *stalker*! — Lauren tenta rir, mas ninguém mais ri junto.

— Não — diz Michael. — Só presto atenção.

— Parece que você está apaixonado por ela, ou coisa assim — comenta Evelyn.

Michael abre um sorriso, demonstrando que compreende.

— Acho que é meio assim.

— Mas você é gay, não é? — pergunta Lauren, sempre sem medo de dizer o que as outras pessoas estão pensando.

— Tipo... ouvi dizer que você é gay.

— Aaah, você *ouviu* falarem sobre mim? — Ele se inclina para a frente. — Intrigante.

— Mas você é ou não? — pergunta Lucas, tentando, sem sucesso, parecer casual.

Michael balança a mão.

— Algumas pessoas dizem isso. — Então sorri e aponta um dedo para ele. — Nunca se sabe, pode ser que eu esteja apaixonado por *você*.

Lucas cora.

—Você é gay! — grita Becky. — Tori tem um gay como melhor amigo! Eu. Estou. Com. *Inveja*.

Às vezes, sinto vergonha de ser amiga da Becky.

— Preciso fazer xixi — digo, apesar de não precisar; saio da mesa e me encontro no banheiro do restaurante olhando para o espelho enquanto P!nk está me dizendo para "levantar o copo". Fico ali por muito tempo. As mulheres mais velhas lançam olhares estranhos para mim ao entrar e sair das cabines. Não sei exatamente o que estou fazendo. Só fico pensando no que Michael disse. *Afundar no abismo.* Não sei. De que importa? Por que isso me incomoda?

Meu Deus, por que eu me dei ao trabalho de sair hoje?

Continuo olhando para mim mesma no espelho do banheiro, e imagino uma voz dizendo para eu ser engraçada e comunicativa e feliz, como as pessoas normais. Enquanto ouço a voz, começo a me sentir mais positiva em relação às coisas, apesar de qualquer entusiasmo que eu ainda sentisse por rever Lucas ter desaparecido. Acho que é por causa daquela camisa havaiana. Volto para o salão do restaurante.

CINCO

—QUE BAITA MIJADA! — diz Michael quando me sento de volta à mesa. Ele ainda está aqui. Uma parte de mim desejava que não estivesse.

—Você parece impressionado — digo.

—Na verdade, estou mesmo.

Becky, Evelyn e Lauren estão conversando do outro lado da mesa com algumas garotas do nosso ano que eu não conheço direito. Lucas sorri para mim por um instante. Rita está rindo e sorrindo, principalmente para Lauren. Elas estão falando sobre uma garota que conhecíamos que se mudou para o Truham para fazer o ensino médio porque disse que "preferia garotos a garotas", e está organizando festas nas quais todo mundo usa ácido e rola no chão.

— Então, você é gay? — pergunto.

Ele hesita.

— Uau. Isso é muito importante para vocês.

Não é importante. Eu nem me importo.

—Você acha garotos atraentes? — pergunto, dando de ombros. — Ou garotas? É uma maneira de saber. Se você não tiver certeza.

Ele ergue as sobrancelhas.

—Você acha que eu não tenho certeza?

Dou de ombros de novo. Não me importo. Eu não me importo mesmo.

—Todo mundo é atraente, para ser honesto — continua ele. — Ainda que seja apenas algo pequeno, como o fato de alguém ter mãos lindas. Não sei. Eu me apaixono um pouco por todo mundo que encontro, mas acho que isso é normal.

— Então, você é bissexual.

Ele sorri e se inclina para a frente.

—Você ama todas essas palavras, não ama? Gay, bissexual, atraente, não atraente...

— Não — interrompo. — Não, eu as detesto.

— Então, por que rotula as pessoas?

Inclino a cabeça para o lado.

— Porque é a vida. Sem organização, baixamos ao caos.

Olhando de maneira distraída, ele se recosta na cadeira de novo. Não acredito que acabei de usar o verbo "baixar".

— Bem, se você se importa tanto, o que você é? — pergunta ele.

— O quê?

— O que você é? Gay, hétero, tarada, o quê?

— Hum... hétero?

— E você tem *certeza* de que é heterossexual? Já gostou de um cara antes?

Na verdade, não. Nunca. Isso porque não tenho consideração pela maioria das pessoas.

Olho para baixo.

— Certo. Conto se me apaixonar por alguma garota em breve.

Os olhos de Michael brilham, mas ele não comenta. Espero não ter passado a impressão de que sou homofóbica.

—Você vai se lembrar do que veio me dizer? — pergunto.

Ele leva a mão aos cabelos bem repartidos.

—Talvez. Talvez amanhã. Veremos.

Logo depois disso, todo mundo afirma que está indo embora. Sem querer, eu gastei dezesseis libras, e Lucas insiste em me dar uma libra a mais, o que eu acho bem fofo da parte dele. Quando saímos do restaurante, ele começa a conversar com a Evelyn. A maioria das pessoas aqui vai para a casa da Evelyn para dormir ou coisa assim. Eles vão se embebedar, coisa e tal, apesar de ser terça-feira. Becky explica que não me convidou porque sabia que eu não ia querer ir (é engraçado porque é verdade), e Ben Hope ouve o que ela disse e me lança um olhar de pena. Becky sorri para ele, e os dois se unem em sentir dó de mim. Decido que vou andando para casa. Michael resolve ir comigo e não sei como impedi-lo, então acho que vai acontecer mesmo.

Estamos andando em silêncio pela rua principal. É um caminho todo vitoriano, com casas marrons, e a rua de paralelepípedos tem um percurso meio sinuoso, como se estivéssemos andando em uma trincheira. Um homem de terno passa correndo e pergunta a alguém ao telefone: "Você já está sentindo alguma coisa?"

Pergunto a Michael por que ele está indo para casa comigo.

— Porque eu moro para estes lados. O mundo não gira ao seu redor, Victoria Spring. — Ele está sendo sarcástico, mas me sinto meio ofendida.

— *Victoria*. — Eu estremeço.

— Hã?

— Por favor, não me chame de *Victoria*.

— Por que não?

— Faz com que eu pense na Rainha Victoria. Aquela que usou preto a vida toda porque seu marido morreu. E "Victoria Spring" mais parece marca de água mineral.

O vento está ganhando força ao nosso redor.

—Também não gosto do meu nome — diz ele.

No mesmo instante, penso em todas as pessoas de quem não gosto que se chamam Michael. Michael Bublé, Michael McIntyre, Michael Jackson.

— Michael significa "aquele que se parece com Deus" — explica ele —, e eu acho que se Deus pudesse escolher se parecer com algum ser humano...

Ele para nesse instante, no meio da rua, olhando para mim, só olhando, através dos óculos, através do azul e do verde, pelas profundezas e expansões, espalhando um bilhão de pensamentos incompreensíveis.

— ... ele não me escolheria.

Continuamos a andar.

Imagina se eu tivesse recebido um nome bíblico, tipo Abigail ou Caridade ou, sei lá, *Eva*, pelo amor de Deus. Sou muito crítica em relação à religião, e isso provavelmente quer dizer que vou para o inferno, se é que ele existe, o que, sejamos sinceros, é bem provável que não. Isso não me incomoda muito porque independentemente do que aconteça no inferno, não pode ser muito pior do que o que rola por aqui.

— Bem — digo —, eu apoio o Partido Trabalhista, mas as pessoas me chamam de Tori. Como os Tories, do antigo Partido Conservador. Se isso fizer você se sentir melhor.

Ele não diz nada, mas estou ocupada demais olhando os paralelepípedos para notar se ele está olhando para mim. Depois de alguns instantes:

—Você apoia o Partido *Trabalhista*?

Percebo que estou congelando. Eu havia me esquecido de que estamos no meio do inverno, que está chovendo e que estou vestindo apenas camiseta, colete e uma calça jeans fina. Eu me arrependo de não ter ligado para a minha mãe, mas detesto importuná-la porque ela sempre suspira e diz: "não, não, está tudo bem, não estão me incomodando", mas dá para perceber que está incomodada, sem dúvida.

O silêncio e um cheiro fraco de comida indiana continuam por toda a rua. Viramos à direita na estrada principal, onde ficam as casas de três andares. Minha casa é uma delas. Duas garotas passam com saltos gigantescos e vestidos tão justos que a pele delas salta para fora. Uma diz à outra:

— Espera aí, quem é Lewis Carroll, porra?

Na minha imaginação, eu tiro uma arma do bolso, mato as duas e depois me mato.

Paro em frente à porta quando chego em casa. Está mais escura do que as outras porque o poste de iluminação mais próximo não está funcionando.

— Aqui é onde eu moro — falo e começo a me afastar.

— Espera, espera, espera — diz ele. Eu me viro. — Posso perguntar uma coisa?

Não resisto a um comentário sarcástico.

— Acabou de perguntar, mas continue, por favor.

— Não podemos mesmo ser amigos?

Ele mais parece uma garotinha de oito anos tentando retomar a amizade com sua melhor amiga depois de ela ter ridicularizado, sem querer, seus novos sapatos, e de ter se desconvidado para sua festa de aniversário.

Michael também está usando apenas camiseta e calça jeans.

— Como você pode não estar congelando? — pergunto.

— Por favor, Tori. Por que você não quer ser minha amiga? — Ele parece desesperado.

— Por que *você* quer ser *meu* amigo? — Balanço a cabeça. — Não estamos no mesmo ano. Não somos parecidos de nenhuma maneira. Eu literalmente não entendo como é possível que você se importe...

Paro nesse instante, porque estou prestes a dizer "comigo", mas percebo no meio do caminho que essa frase seria terrível.

Ele olha para baixo.

— Acho que não... eu entendo que... ou...

Fico parada ali, olhando.

— Sabe, dizem que o comunismo extremo e que o capitalismo extremo são, na verdade, muito parecidos — diz ele.

— Você está doidão? — pergunto.

Ele balança a cabeça e ri.

— Eu me lembro do que ia dizer a você, sabe?

— Lembra?

— Eu me lembrava disso o tempo todo. Só não queria que os outros ouvissem porque não é da conta deles.

— Então, por que você foi me procurar em um restaurante cheio? Por que não me procurou no colégio?

Por um segundo, ele parece realmente ofendido.

— Você acha que eu não *tentei*? — Ele ri. — Mas você parece um fantasma!

Preciso de muita força de vontade para não me virar e sair.

— Só queria dizer que já vi você antes.

Ai, meu Deus. Ele já me disse isso.

—Você me disse isso on...

— Não, não no Higgs. Eu vi quando você foi visitar o Truham. Ano passado. Fui eu que levei você para conhecer o colégio.

A revelação acontece. Eu me lembro. Michael Holden havia me acompanhado com atenção pelo Truham enquanto eu decidia se deveria fazer o ensino médio lá. Ele me perguntou quais matérias eu queria estudar, e se eu gostava muito do Higgs, e se eu tinha passatempos, e se eu gostava bastante de esportes. Na verdade, tudo o que ele disse foi muito comum.

— Mas... — É impossível. — Mas você foi tão... *normal*.

Ele dá de ombros e sorri, e as gotas de chuva no seu rosto quase fazem parecer que ele está chorando.

— Há um momento e um lugar para ser normal. Para a maioria das pessoas, normal é o ajuste padrão. Mas, para algumas, feito você e eu, normal é algo que temos que colocar para fora, como vestir um terno para ir a um jantar chique.

Uau, ele está sendo profundo?

— Por que você precisou me contar isto? Por que precisou me encontrar? Por que era tão importante?

Ele dá de ombros outra vez.

— Não era, eu acho. Mas queria que você soubesse. E quando quero fazer alguma coisa, faço.

Fico olhando para ele. Nick e Charlie tinham razão. Ele é insano.

Michael levanta uma das mãos e acena de leve.

— Até mais, Tori Spring.

E se afasta. Fico ali, embaixo do poste de lâmpada quebrada, com meu colete preto e na chuva, tentando entender se já estou sentindo alguma coisa, e percebendo que é tudo muito engraçado porque é tudo muito verdade.

SEIS

ENTRO EM CASA, vou até a sala de jantar e cumprimento minha família. Eles ainda estão comendo, como sempre. Bem, menos o Oliver. Como o jantar é uma coisa que dura de duas a três horas na nossa casa, Oliver sempre pode sair da mesa quando termina, e eu o ouço brincando de Mario Kart na sala de estar. Decido ficar com ele. Se pudesse trocar de corpo com alguém por um dia, eu escolheria o Oliver.

— Toriiiii!

Assim que entro, ele rola no futon e estica o braço na minha direção feito um zumbi saindo da cova. Oliver deve ter derramado iogurte em toda a roupa da escola hoje. E tem tinta no rosto dele.

— Não consigo vencer na Rainbow Road. Me ajuda!

Suspiro, me sento no futon ao lado dele, e pego o segundo controle remoto de Wii.

— Esse caminho é impossível, cara.

— Não! — resmunga ele. — Nada é impossível. Acho que o jogo está trapaceando.

— O jogo não pode trapacear.

— Está trapaceando. Está trapaceando de propósito.

— Não está trapaceando, Ollie.

— O *Charlie* consegue vencer. Só que ele não gosta de mim.

Respiro fundo e de modo exagerado, levantando do futon.

— Está sugerindo que o Charlie é *melhor* em Mario Kart do que *moi*? — Começo a negar balançando a cabeça. — Não. Na-ah. Sou a Rainha do Mario Kart.

Oliver ri, e seus cabelos finos se esvoaçam no topo da cabeça. Eu me sento de novo no futon e levanto Oliver para que ele se sente no meu colo.

— Certo — digo. — Rainbow Road vai cair.

Não marco o tempo que passamos jogando, mas deve ter sido um bom tempo, porque quando minha mãe entra na sala, ela está bem irritada. E isso é difícil de acontecer com ela. Minha mãe é uma pessoa muito sem emoção.

—Tori, era para o Oliver estar na cama há uma hora.

Oliver parece não ouvi-la. Eu desvio o olhar da corrida.

— Isso não é meu trabalho exatamente — retruco.

Ela olha para mim sem expressão.

— Oliver, está na hora de dormir — fala, ainda olhando para mim.

Oliver termina o jogo e fazemos um high-five quando ele passa por mim. Mesmo quando ele vai embora, minha mãe não para de me olhar.

—Você tem alguma coisa para dizer? — pergunto.

Ao que parece, não tem. Ela se vira e sai. Jogo uma partida rápida no Luigi Circuit e vou para o meu quarto. Acho que minha mãe não gosta muito de mim. Isso não importa muito, porque também não gosto muito dela.

Ligo o rádio e escrevo no blog até de madrugada. No rádio está tocando um monte de besteiras de dubstep, mas o volume está baixo, por isso não me importo muito. Não quero sair da cama para nada, além de descer pelo menos cinco vezes para buscar mais limonada diet. Confiro o blog Solitaire, mas não tem nada novo. Passo um tempão rolando o cursor do mouse para baixo, navegando por todos os meus blogs preferidos, repostando textos de *Donnie Darko* e *Submarine* e *Os Simpsons* fora de contexto. Escrevo uns posts reclamando nem sei do quê e quase mudo a foto de perfil, mas não encontro nenhuma na qual eu esteja normal, por isso mexo no HTML do tema do meu blog por um tempo para ver se tiro os espaços entre cada postagem. Entro no Facebook de Michael, mas ele parece usá-lo ainda menos do que eu. Assisto a um pouco de *QI*, mas não vejo mais graça nem tenho interesse nele, então assisto a *Little Miss Sunshine*, que não terminei ontem. Parece que nunca termino de assistir a um filme no mesmo dia que começo, porque não consigo lidar com o fato de o filme acabar. Depois de um tempo, coloco meu laptop ao meu lado e me deito. Penso em todas as outras pessoas que estavam no restaurante e que devem estar irritadas e discutindo umas com as outras nos sofás dos pais de Lauren. Em algum momento eu adormeço, mas ouço todos aqueles rangidos vindos de fora, e algo no meu cérebro decide que definitivamente tem algum tipo de gigante e/ou demônio andando na rua, então me aproximo e fecho a janela só para ter certeza de que o que quer que seja não possa entrar.

Quando volto para a cama, todas as coisas que você pode imaginar serem possíveis de pensar em um dia me vêm de uma só vez e, de repente, uma tempestade está acontecendo na minha cabeça. Penso no Solitaire e depois penso em Michael Holden e no porquê de ele ter dito que deveríamos ser amigos, e em como ele era no Truham. Então, me lembro do Lucas e de como ele estava envergonhado, e me pergunto por que ele fez todo aquele esforço para tentar me encontrar. E logo me lembro da sua camisa havaiana que ainda me irrita demais, porque detesto pensar que ele se tornou um cara bobo de uma banda *indie*. Abro os olhos e navego pela internet para esquecer de tudo, e quando me sinto relativamente bem de novo, adormeço com o brilho da página inicial do meu blog esquentando meu rosto e o murmurinho do laptop acalmando minha mente como grilos em um acampamento.

SETE

NÃO ESPERÁVAMOS MAIS NADA DO SOLITAIRE. Achávamos que uma pegadinha bastaria.

Estávamos bem enganados.

Na quarta-feira, todos os relógios desapareceram magicamente e foram substituídos por pedaços de papel nos quais se lia *Tempus Fugit*. Foi engraçado a princípio, mas depois de algumas horas no meio de uma aula sem poder checar seu celular, você não tem como saber que horas são — bem, isso faz você querer arrancar os olhos.

No mesmo dia, houve histeria quando "SexyBack", do Justin Timberlake, começou a tocar pelo alto-falante — a música mais aclamada pelo nono ano na discoteca Higgs-Truham — quando Kent subiu a escada até o palco e a palavra "FESTANÇA" apareceu na tela do projetor.

Na quinta, descobrimos que dois gatos tinham sido soltos no colégio. Parece que os inspetores tiraram um deles, mas o outro — um gato malhado subnutrido com olhos enormes — fugiu o dia todo, entrando e saindo das salas e passando pelos corredores. Eu meio que gosto de gatos, e o vi pela primeira vez na hora do almoço, no refeitório. Praticamente senti que tinha ganhado um amigo novo, pelo modo como ele saltou na cadeira e se sentou com o Nosso Grupo, como se quisesse entrar na nossa conversa e dizer o que achava sobre as celebridades do Twitter e o cenário político atual. Pensei comigo mesma que talvez devesse começar a abrigar gatos, já que parece que eles serão minha única companhia em dez anos.

— Meu animal espiritual poderia ser um gato — disse Becky.

Lauren assentiu.

— Gatos são o animal nacional da Grã-Bretanha.

— Meu namorado tem um gato chamado Steve — conta Evelyn. — Não é um nome excelente para um gato? *Steve.*

Becky revirou os olhos.

— Evelyn. Cara. Quando você vai nos dizer quem é seu namorado?

Mas Evelyn apenas sorriu e fingiu estar envergonhada.

Olhei nos olhos escuros do gato. Ele olhou para mim com atenção.

—Você lembra quando uma mulher foi flagrada jogando um gato em um cesto marrom e o fato virou notícia no país todo?

Toda a zoação foi fotografada e publicada no blog Solitaire.

Não importa.

Hoje é sexta-feira. As pessoas estão começando a achar cada vez menos graça do fato de "Material Girl", da Madonna, estar tocando sem parar o dia todo no sistema de som. Eu tinha uma espécie de obsessão com essa música, e estou prestes a cortar os pulsos com minha tesoura e são só 10:45. Ainda não entendi direito como o Solitaire está fazendo tudo isso, já que Zelda e seus monitores estão patrulhando o Higgs desde o fiasco com os relógios, há dois dias.

Estou sentada a uma mesa jogando xadrez no celular durante uma aula vaga, com o iPhone tocando no último volume alguma música do Radiohead para bloquear a Madonna do sistema de som, que já está me dando vontade de vomitar. No salão restam apenas algumas pessoas, principalmente alunos do terceiro ano revisando a matéria para as recuperações de janeiro. A srta. Strasser está cuidando do ambiente porque, durante as aulas, o salão é reservado para quem está estudando para a recuperação, por isso é obrigatório fazer silêncio. É por isso que gosto desse salão. Menos hoje. Strasser pendurou um avental em cima do alto-falante para abafar o som, mas não está ajudando muito.

Becky e Ben estão sentados juntos num canto. Não estão trabalhando, e os dois sorriem. Becky não para de prender o cabelo atrás da orelha. Ben segura a mão dela e começa a desenhar na palma da mão. Eu desvio o olhar. Parece que o Jack está fora do jogo.

Alguém me dá um tapinha no ombro e, de repente, sinto um leve espasmo. Tiro o fone do ouvido e me viro.

Lucas está na minha frente. Sempre que cruzamos pelos corredores esta semana ele acenou de modo esquisito e rápido. Ou sorriu. Tipo aquele sorriso no qual se enruga o rosto, e que em qualquer outro contexto as pessoas se perguntariam se havia algo de errado. Bem, no momento, ele está carregando uma bolsa grande em um dos ombros e, no outro braço, uma pilha de pelo menos sete livros.

— Oi — cumprimenta ele, falando um pouco mais alto do que um suspiro.

— Oi — digo. Faz-se uma breve pausa, e eu continuo:

— Hum... você quer se sentar aqui?

A vergonha toma seu rosto, mas ele responde depressa:

— Sim, obrigado. — Ele coloca a cadeira ao meu lado, solta a bolsa e os livros sobre a mesa e se senta.

Ainda estou segurando meu celular e meio que estou olhando para ele.

Lucas enfia uma das mãos na bolsa e tira uma lata de Sprite. Ele a coloca na minha frente, como um gato colocaria um rato morto na frente do dono.

— Fui à cantina no recreio — diz ele, sem olhar nos meus olhos. — Limonada ainda é sua bebida preferida?

— Hum... — Olho para a lata de Sprite, sem saber direito o que pensar. Não digo que Sprite não é limonada de verdade, nem é diet. — Bem... sim, ainda é. Obrigada, é... legal da sua parte.

Lucas assente e se vira. Eu abro o refrigerante, tomo um gole, volto a colocar os fones de ouvido e retorno ao meu jogo. Depois de mais três movimentos, tenho que tirar os fones novamente.

—Você está jogando xadrez? — pergunta ele. Detesto perguntas que não precisam ser feitas.

— Hum... sim.

—Você se lembra do clube de xadrez?

Lucas e eu éramos membros do clube de xadrez no ensino fundamental. Jogávamos um contra o outro todas as vezes e nunca o venci. Eu sempre fazia escândalo quando perdia. Deus, eu era uma idiota.

— Não — digo. Eu minto muito sem motivo. — Não me lembro.

Ele para, e por um momento eu acho que enxerga através de mim, mas está envergonhado demais para insistir.

—Você tem muitos livros — digo. Como se ele não soubesse disso.

Ele assente, sorrindo de um jeito bizarro.

— Gosto de ler. E fui à biblioteca há pouco tempo.

Reconheço todos os títulos, mas é claro que não li nenhum deles. *A terra desolada*, de T. S. Eliot, *Tess* de Thomas Hardy, *O velho e o mar*, de Hemingway. *O grande Gatsby*, de F. Scott Fitzgerald, *Filhos e amantes*, de D. H. Lawrence, *O colecionador*, de John Fowles, e *Emma*, de Jane Austen.

— E aí, o que está lendo? — pergunto.

Os livros pelo menos oferecem um assunto.

— *O grande Gatsby* — diz ele. — F. Scott Fitzgerald.

— Sobre o que é?

— É sobre... — Ele faz uma pausa para pensar. — É sobre alguém que se apaixona por um sonho.

Meneio a cabeça assentindo, como se eu entendesse. Não entendo. Não sei nada sobre literatura, apesar de estudar essa matéria.

Pego *Emma*.

— Isso quer dizer que você gosta de Jane Austen? — Ainda estamos estudando *Orgulho e preconceito* em aula. É arrasador, e não no bom sentido. Não o leia.

Ele inclina a cabeça como se fosse uma pergunta extremamente séria.

—Você parece surpresa.

— Estou. *Orgulho e preconceito* é tenebroso. Mal consigo sair do primeiro capítulo.

— Por que não?

— É o equivalente literário de uma comédia romântica ruim.

Alguém se levanta e tenta passar por nós, e precisamos puxar a cadeira um pouco mais para dentro.

Lucas está olhando para mim com muita atenção. Não gosto disso.

—Você está tão diferente — diz ele, balançando a cabeça e estreitando os olhos para olhar para mim.

— Devo ter crescido alguns centímetros desde os onze anos.

— Não, é... — Ele para de falar.

Abaixo o celular.

— O quê? O que disse?

—Você está mais séria.

Não me lembro de não ter sido séria em algum momento da vida. Até onde sei, nasci jorrando cinismo e esperando o pior.

Não sei bem como responder.

— Provavelmente sou a pessoa mais sem graça depois de Margaret Thatcher.

— Não, você sempre tinha umas brincadeiras imaginárias. Como nossas batalhas de Pokémon. Ou a base secreta que você fez no canto do parquinho.

—Você quer fazer uma batalha de Pokémon? — Cruzo os braços. — Ou tenho pouca imaginação para isso?

— *Não*. — Ele está se enfiando em um buraco e é engraçado ver. — Eu... ah, eu não sei.

Ergo as sobrancelhas.

— Pare enquanto está em vantagem. Estou chata. Sou uma causa perdida.

No mesmo instante, me arrependo por não ter me calado. Sempre faço isso de, sem querer, dizer coisas que me difamam e que deixam as pessoas se sentindo muito desconfortáveis, principalmente quando é verdade. Começo a me arrepender por ter oferecido que Lucas se sentasse comigo. Ele logo volta ao trabalho que havia tirado da bolsa.

"Material Girl" ainda está tocando sem parar. Parece que os inspetores estão tentando resolver isso, mas, no momento, a única solução parece ser cortar a eletricidade do colégio inteiro, o que, de acordo com Kent, seria classificado como "ceder". Ele adotou a postura de Churchill durante a Segunda Guerra Mundial, o velho sr. Kent. Olho depressa pela janela atrás dos computadores. Sei que deveria estar fazendo o dever de casa também, mas preferiria estar jogando xadrez e admirando o templo nublado, com muito vento. É o meu maior problema com o colégio. Não faço nada que não queira muito fazer. E, na maior parte do tempo, não sinto vontade de fazer nada.

—Você teve uma primeira semana muito boa — digo, meus olhos ainda focados no céu.

— Melhor semana da vida inteira — comenta ele.

Parece um exagero para mim, mas cada um é de um jeito.

Lucas é um cara muito inocente. Esquisito e inocente. Na verdade, ele é tão esquisito que é quase como se estivesse fingindo. Sei que não deve estar, mas ainda assim é a impressão que passa. Ser esquisito está muito na moda no momento. É frustrante. Eu já tive uma boa dose de esquisitice, e ser esquisito *não* é fofo, ser esquisito não deixa a pessoa mais atraente e ser esquisito *certamente* não deveria ser tendência. Faz com que você passe por idiota.

— Por que paramos de ser amigos? — pergunta ele, sem olhar para mim.

Fico parada.

—As pessoas crescem e mudam. É a vida.

Eu me arrependo de dizer isso, por mais que seja verdade. Percebo um pouco de tristeza no seu olhar, mas logo desaparece.

— Bem — diz ele e se vira para mim —, ainda não somos adultos.

Ele pega o celular e começa a ler algo. Observo seu rosto assumir uma expressão confusa. Os sinais sonoros que indicam o fim do recreio acabam soando mais alto do que a música, e ele guarda o telefone e começa a pegar suas coisas.

— Tem aula agora? — pergunto, e percebo que é uma das perguntas sem sentido que detesto fazer.

— História. Vejo você mais tarde.

Ele dá vários passos e se vira como se tivesse mais alguma coisa a dizer. Mas só fica parado. Lanço a ele um sorriso esquisito, que ele retribui e se afasta.

Vejo quando ele encontra um garoto de topete enorme na porta e eles começam a conversar quando saem do salão.

Enfim em paz, volto à minha música. Meu iPod está tocando Aimee Mann — apenas uma de muitas artistas depressivas dos anos 1990 que ninguém conhece. Fico tentando imaginar onde Michael Holden pode estar. Não o vejo desde terça-feira. Não tenho o telefone dele nem nada. Ainda que tivesse, não enviaria uma mensagem de texto a ele. Não envio mensagem de texto a ninguém.

Não faço muita coisa durante a hora seguinte. Para ser sincera, nem sei se deveria estar em uma aula, mas não sinto vontade de me mexer. Rapidamente, volto a pensar em quem pode ser Solitaire, mas concluo pela bilionésima vez que não me importa. Ajusto um alarme no celular para me lembrar de levar Charlie à terapia hoje à noite porque Nick está ocupado, então fico sentada imóvel com a cabeça apoiada em um dos braços e cochilo.

Acordo um pouco antes de o sinal tocar de novo. Juro por Deus que sou maluca. Falando sério. Um dia, vou me esquecer de como acordar.

OITO

ESTOU ESPARRAMADA SOBRE AS MESAS de computadores do salão às 8:21 da segunda-feira com Becky falando sem parar sobre como Ben Hope estava lindo na casa de Lauren (isso foi há seis dias, pelo amor de Deus), quando alguém grita da porta:

— ALGUÉM VIU TORI SPRING?

Desperto dentre os mortos.

— Ai, Deus.

Becky berra para dizer onde estou, e antes que eu tenha tempo de me esconder embaixo da mesa, Zelda Okoro está na minha frente. Passo as mãos nos cabelos, torcendo para que eles me protejam da sua intervenção ditatorial. Zelda passa maquiagem completa para ir à escola todos os dias, incluindo batom e sombra, e acho que ela deve ser maluca.

— Tori. Estou indicando você para ser agente à paisana. Demora muito para eu entender essa informação.
— Não está, não — digo. — Não. *Não.*
— Sim. Você não tem escolha. Os diretores adjuntos votaram em quem eles queriam do segundo ano.
— O quê? — Eu me inclino sobre a mesa de novo. — Para quê?

Zelda leva as mãos ao quadril e inclina a cabeça.
— Enfrentamos uma crise, Tori. — Ela fala rápido demais e com frases extremamente curtas. Não gosto disso. — O Higgs está enfrentando uma crise. Uma equipe de oito monitores não vai bastar. Estamos aumentando a equipe de vigilantes para quinze. O Agente à Paisana vai rolar. Amanhã. Às 7 horas.
— Desculpa. O *que* você acabou de dizer?
— Chegamos à conclusão de que a maior parte da sabotagem deve estar acontecendo durante a manhã. Por isso, vamos fazer amanhã cedo. Às 7 horas. É melhor que você esteja por lá.
— Odeio você — digo.
— Não me culpe. Culpe o Solitaire. — Ela se afasta batendo os pés.

Becky, Evelyn, Lauren e Rita estão ao meu redor. Lucas também. Acho que ele faz parte do Nosso Grupo.
— Bem, está claro que você é querida pelos professores — fala Becky. — Quando se der conta, eles farão de você uma verdadeira monitora.

Lanço a ela um olhar de irritação.

— Sim, mas se você fosse monitora, poderia não pegar a fila do almoço — sugere Lauren. — Fast-food, cara. E poderia dar advertência aos alunos do sexto ano quando eles estiverem afoitos demais.

— O que você fez para os professores gostarem de você? — pergunta Becky. —Você não faz muita coisa.

Dou de ombros. Ela tem razão. Não faço muita coisa mesmo.

Mais tarde, passo por Michael no corredor. Digo "passo", mas o que acontece, na verdade, é que ele grita "TORI" tão alto que acabo derrubando minha pasta de inglês no chão. Ele dá uma risada ensurdecedora, fechando os olhos atrás dos óculos, para e fica no meio do corredor, fazendo com que os alunos do sétimo ano trombem nele. Olho para Michael, pego minha pasta e sigo direto.

Estou na aula de inglês. Lendo *Orgulho e preconceito*. Agora que cheguei ao capítulo 6, concluí que odeio esse livro com todas as minhas forças. É chato e previsível, e com frequência sinto vontade de queimá-lo. As mulheres só se importam com os homens, e os homens parecem não se importar com nada. Talvez só o Darcy. Ele não é tão ruim. Lucas é a única pessoa que vejo que está lendo o livro direito, com sua expressão calma e silenciosa, mas com frequência ele confere algo no celular. Passo por alguns blogs no meu telefone embaixo da mesa, mas não tem nada de interessante ali.

Becky está sentada ao meu lado conversando com Ben Hope. Infelizmente, não consigo evitá-los sem ter que mudar de cadeira, sair da sala ou morrer. Eles estão jogando liga pontos na agenda de Ben. Becky só está perdendo.

—Você está *roubando*! — exclama ela e tenta pegar a caneta dele. Ben dá uma risada atraente. Eles brigam por um momento por causa da caneta. Eu tento não vomitar nem me enfiar embaixo da mesa por estar me sentindo constrangida.

No refeitório, durante o almoço, Becky conta a Evelyn tudo sobre Ben. Em determinado momento, interrompo a conversa delas.

— O que aconteceu com o Jack? — pergunto a Becky.

— Que Jack?

Hesito, e ela se volta para Evelyn.

NOVE

MEU PAI ME LEVA PARA O COLÉGIO às 6:55 no dia seguinte. Estou em transe. No carro, ele diz:

— Talvez, se você pegá-los no flagra, ganhe um prêmio da comunidade.

Não sei o que é um prêmio da comunidade, mas sinto que devo ser a pessoa que tem menos chance de receber um desses no mundo.

Zelda, seus monitores, os ajudantes escolhidos e até o velho Kent estão no corredor, e sou a única ali que veio de uniforme. Basicamente, é noite do lado de fora. O sistema de aquecimento do colégio ainda não foi ligado. Estou contente por ter vestido duas calças hoje cedo.

Zelda, de leggings e tênis de corrida, além de uma blusa de capuz de tecido fácil de secar, assume o controle.

— Certo, pessoal de Operação. Hoje é o dia em que os pegaremos, não é mesmo? Todo mundo ficou responsável por uma parte do colégio. Patrulhem essa área e entrem em contato comigo se encontrarem alguma coisa. Nada tem sido feito aqui desde sexta-feira, então existe a possibilidade de eles não aparecerem hoje. Mas vamos fazer isso até sentirmos que o colégio está seguro, independentemente de acabarmos pegando alguém ou não. Voltem a me encontrar no corredor às oito.

O que eu vim fazer aqui?

Os monitores começam a conversar entre si, e Zelda fala com cada um até mandá-los para as profundezas escuras e não aquecidas do Higgs.

Quando se aproxima de mim, ela me dá um pedaço de papel e diz:

— Tori, você vai patrulhar as salas de TI. Fique com meu número.

Meneio a cabeça para ela e me afasto.

— Hum... Tori?

— Sim?

— Você parece meio... — Ela não termina a frase.

São sete da manhã. Ela que se dane.

Eu me afasto e jogo o pedaço de papel em um cesto de lixo. Paro ao ver Kent de pé perto da entrada do corredor.

— Por que eu? — pergunto, mas ele só ergue as sobrancelhas e sorri para mim, então reviro os olhos e me afasto.

Percorrer o colégio assim é peculiar. Tudo está muito parado. Sereno. Não há circulação de ar. Estou andando numa cena congelada.

O espaço de TI fica no bloco C, no primeiro andar. Há seis salas de computadores: C11, C12, C13, C14, C15 e C16. Não ouço o murmurinho de sempre da sala. Todos os computadores estão desligados. Abro a porta da C11, acendo as luzes e repito a mesma coisa na C12, C13 e C14. Em seguida, desisto e me sento em uma cadeira giratória na C14. O que exatamente Kent pensa que está fazendo ao me envolver nisso tudo? Como se eu fosse fazer algum tipo de "patrulhamento". Apoio o pé no chão e dou um impulso. O mundo gira ao meu redor.

Não sei por quanto tempo faço isso, mas quando paro para ver que horas são, o relógio balança na frente dos meus olhos. Quando ele para, vejo que são 7:16. Eu me pergunto, pelo menos pela décima sexta vez, o que estou fazendo aqui.

É nesse momento que ouço o som distante da inicialização do Windows.

Saio da minha cadeira e vou para o corredor. Olho para um lado. Olho para o outro. O corredor está tomado pela escuridão de ambos os lados, mas, pela porta aberta, a C13 está iluminada com um brilho azul. Atravesso o corredor e entro nela.

O quadro interativo está ligado, o projetor emite um zunido e aparece a tela de início do Windows. Fico na frente do quadro, olhando para ele. O papel de parede da tela inicial é um campo verde com montes e um céu azul. Quanto mais olho, mais o quadro parece se espalhar, mais e mais, até o mundo falso e pixelado invadir o meu. O computador que está ligado a essa tela começa a zunir.

A porta da sala se fecha sozinha, como se eu estivesse num desenho do Scooby-Doo. Corro e levo a mão à maçaneta, mas está trancada, e por um segundo fico olhando para mim mesma na janela da porta.

Alguém me trancou numa sala de TI, caramba.

Dou um passo para trás e vejo o quadro mudar nos reflexos dos monitores escuros. Giro sem sair do lugar. O campo verde desapareceu. No lugar dele, há uma página em branco do Microsoft Word com o cursor piscando. Tento bater no teclado do computador que está ligado ao quadro e corro o mouse pela mesa. Nada acontece.

Estou começando a suar. Meu cérebro não está aceitando essa situação. Penso em duas possibilidades.

Uma: isso é alguma piada idiota de alguém que conheço.

Duas: Solitaire.

E, nesse momento, o texto rola pela tela em branco.

Atenção, **Operação**,
Evite pânico e alarme.

Pausa.
O quê?

SOLITAIRE é uma organização de bairro dedicada a ajudar os adolescentes da região abordando a causa mais comum de ansiedade entre eles. Estamos do seu lado. Você não deve temer nenhuma ação que tomemos ou não tomemos. Esperamos que você apoie as futuras ações do Solitaire e venha sentir que o colégio não precisa ser um lugar de formalidade, estresse e isolamento.

Alguém está tentando, de propósito, assustar os monitores. Como não sou monitora, decido não entrar em pânico. Não sei o que acho disso, mas sem dúvida não estou em pânico.

Deixamos aqui um vídeo que achamos que animará sua manhã.
SOLITAIRE
Paciência Mata

 A página de texto continua na tela por vários segundos, e então o Windows Media Player aparece. O cursor se aproxima do botão "play" e o vídeo começa.
 A cena está meio borrada, mas dá para ver duas pessoas em um palco, uma delas junto a um piano, a outra com um violino nas mãos. O violinista ergue o instrumento ao queixo, levanta o arco e, juntos, os dois começam a tocar.
 Só depois dos oito primeiros acordes, e quando a câmera se aproxima, percebo que os músicos não podem ter mais do que oito anos.
 Não sei qual é a música. Não importa. Porque às vezes eu ouço uma música e não posso fazer nada além de ficar

ali, sentada. Às vezes, de manhã, o rádio liga e uma música está tocando, e é tão linda que fico ali até que ela termine. Às vezes, estou assistindo a um filme, e a cena nem é triste, mas a música é tão triste que não me controlo e caio no choro.

Agora é uma dessas vezes.

Por fim, o vídeo termina e eu permaneço ali sentada.

Acho que o pessoal Solitaire pensa que eles estão sendo intelectuais e profundos. Faz com que assistamos ao vídeo e escrevamos com muita eloquência, como pessoas que se acham hilárias por usarem a palavra "entretanto" em trabalhos escolares. Sinto certa vontade de rir e certa vontade de matá-las.

A questão é que a porta da C13 continua trancada e eu ainda estou presa aqui. Quero gritar, mas não grito. Não sei o que fazer. Não sei o que fazer.

Joguei fora o número da Zelda, como a idiota que eu sou. Não conheço mais ninguém aqui.

Não posso ligar para a Becky. Ela não viria. Meu pai está trabalhando. Minha mãe está de pijama. Charlie só chega no colégio daqui a uns quarenta e cinco minutos.

Só tem uma pessoa que me ajudaria.

Só tem uma pessoa que acreditaria em mim.

Tiro o celular do bolso do blazer.

—Alô?

—Antes de dizer qualquer coisa, tenho uma pergunta.

—Tori? Ai, meu Deus, você me ligou *mesmo*!

—Você existe de verdade?

Tenho pensado na possibilidade de Michael Holden ser fruto da minha imaginação. Isso provavelmente porque não entendo como alguém com uma personalidade assim poderia sobreviver nesse mundo de merda, e também porque não entendo como alguém com uma personalidade assim se interessaria por uma pessoa imbecil, misantropa e pessimista feito eu.

Encontrei o número dele grudado no meu armário ontem na hora do almoço. Estava escrito em um daqueles Post-its cor-de-rosa do Solitaire com uma seta desenhada, mas dessa vez ele acrescentou seu número de telefone e uma carinha sorridente. Eu *sabia* que era o Michael. Quem mais seria?

Ele faz uma longa pausa e diz:

— Eu prometo... eu *juro*... que sou uma pessoa real. Aqui. Na Terra. Vivinho da Silva.

Ele espera que eu diga alguma coisa, e continua quando eu permaneço calada:

— E entendo por que você me perguntaria isso, por isso não me sinto ofendido nem nada.

— Certo. Obrigada por... hum... esclarecer isso.

Passo a explicar, do modo mais casual que consigo, que estou trancada em uma sala de TI.

— Sorte sua que decidi aparecer para ajudar hoje — diz ele. — Eu sabia que algo assim aconteceria. Por isso tive que te dar meu número. Você é um perigo completo a si mesma.

Então ele aparece, passeando em postura casual, com o celular pressionado à orelha, sem sequer notar que estou a poucos metros dele.

Bato a mão várias vezes na janela da porta. Michael se afasta alguns passos, franzindo a testa de um jeito esquisito, e olha para mim. Em seguida, sorri, desliga o telefone e acena sem parar.

—Tori! Ei!

— Me tira daqui — digo, encostando a mão na janela.

—Tem certeza de que está trancada?

— Não, acabei de *esquecer* como abrir uma porta.

— Posso abri-la se você fizer algo para mim antes.

Bato na janela diversas vezes, como se ele fosse um animal e eu estivesse tentando assustá-lo para que saísse correndo.

— Literalmente, não tenho tempo para isso...

— Só uma coisa.

Olho para ele, torcendo para que isso seja forte o bastante para paralisá-lo ou matá-lo.

Ele dá de ombros, não sei por quê.

— Sorria.

Balanço a cabeça devagar, em negativa.

— Qual é o seu problema? Você não entende o que acabou de acontecer comigo.

— Se você provar que tem a capacidade de sorrir, vou acreditar que você é um ser humano e deixarei você sair.

— Ele está sério.

Abaixo as mãos. Eu não poderia estar com menos vontade de sorrir do que agora.

— Odeio você.

— Não odeia, não.

— Me deixa sair.

—Você perguntou se eu era uma pessoa de verdade. — Ele ajusta os óculos e sua voz fica mais baixa de repente. É irritante. —Você chegou a pensar que eu posso não acreditar que *você* seja uma pessoa de verdade?

Então, eu sorrio. Não sei como fica parecendo, mas mexo os músculos do meu rosto e entorto os cantos da boca um pouco para fazer o formato de lua crescente com meus lábios. A reação de Michael mostra que ele, na verdade, não pensou que eu faria isso. De imediato, eu me arrependo por ter feito. Ele arregala os olhos, para de sorrir e sai.

— Porra — diz ele. — Isso foi bem difícil para você.

Eu não ligo.

—Tudo bem. Nós somos reais. Vire a chave.

E ele vira.

Nós nos olhamos, e começo a passar por ele, mas Michael para na minha frente, apoiando as mãos no batente da porta.

— O *quê?* —Vou ter um treco. Esse cara. Minha nossa.

— Por que você estava trancada em uma sala de TI?

— Os olhos dele estão muito arregalados. Ele está... está... *preocupado?* — O que aconteceu aqui dentro?

Olho para um dos lados. Eu não quero encará-lo.

— O Solitaire invadiu o quadro branco. Espalhou uma mensagem aos monitores. E um vídeo.

Michael engasga feito um desenho animado. Ele tira as mãos do batente e as apoia nos meus ombros. Eu me retraio.

— O que dizia? — pergunta ele, meio assustado, meio aterrorizado. — Sobre o que era o vídeo?

Em outra situação, acho que não me importaria em contar. Sei lá... quem se importa, não é mesmo?

—Vá ver você mesmo — murmuro.

Volto para a sala e ele passa por mim em direção ao computador com o projetor.

— É só uma besteira — digo, soltando meu corpo em uma cadeira giratória ao lado dele. — E, na verdade, você não vai fazer nada naquele computador, de qualquer manei...

Mas Michael está mexendo no mouse normalmente, levando o cursor de volta ao documento de Word.

Ele lê a mensagem toda em voz alta.

— Paciência mata — murmura. — *Paciência mata.*

Então, insiste para que assistamos ao vídeo, com o que eu concordo, principalmente porque o achei adorável na primeira vez que o vi. Quando termina, ele diz:

—Você achou que era "só uma besteira"?

Pausa.

— Sei tocar violino — digo.

— Sério?

— Hum, sim. Bem, não mais. Parei de praticar há alguns anos.

Michael me lança um olhar esquisito. Mas passa, e de repente ele parece impressionado.

— Sabe como é, aposto que eles invadiram o colégio todo. Isso é incrível.

Antes que eu possa discordar, ele abre o Internet Explorer e digita solitaire.co.uk.

O blog do Solitaire aparece. Com uma nova caixa de texto no topo da tela.

Michael arfa com tanta força que é audível.

00:30 11 de janeiro
Pessoal do Solitaire,
O primeiro encontro do Solitaire acontecerá no dia 22 de janeiro, a partir das 20 horas, na terceira casa depois da ponte.
Todos são bem-vindos.

Quando olho para o Michael, ele está cuidadosamente tirando uma foto da postagem com o celular.

— Isso é um tesouro — diz ele. — É a melhor descoberta que fiz hoje.

— Mas ainda são sete e meia — respondo.

— É importante fazer muitas descobertas todos os dias. — Ele se levanta de novo. — É isso o que diferencia um dia do outro.

Se essa afirmação for verdadeira, explica muitas coisas sobre a minha vida.

—Você parece bem assustada. — Michael se senta na cadeira ao meu lado e se inclina para a frente de modo que seu rosto fique paralelo ao meu.— Fizemos progresso. Anime-se!

— Progresso? Progresso com o quê?
Ele franze a testa.
— Com a investigação do Solitaire. Demos um importante salto aqui.
— Ah.
— Você ainda não parece animada.
— Consegue me imaginar animada com alguma coisa?
— Sim, consigo.
Olho para sua cara de bobo. Ele começa a tamborilar os dedos.
— Bom — diz Michael —, nós vamos à reunião deles.
Eu não havia pensado nisso.
— Hum... vamos?
— *Hum*, sim. É sábado que vem. Se precisar, vou arrastar você para lá.
— Por que você quer ir? Por qual motivo?
Ele arregala os olhos.
— Não está curiosa?
Ele está viajando. Está viajando mais do que eu, e não é pouco.
— Hum... olha — digo. — Podemos perfeitamente sair juntos se... tipo... você quiser. Mas eu não ligo para o Solitaire e, para ser sincera, não quero me envolver. Então, hum, é isso aí. Foi mal.
Ele lança um olhar demorado a mim.
— Interessante.
Não digo nada.
— Eles trancaram você nesta sala, e ainda assim você não se importa. Por que não encaramos isso desse jeito: eles

são a organização criminosa do mal e você é o Sherlock Holmes. Serei John Watson. Mas precisamos ser Benedict Cumberbatch e Martin Freeman interpretando Sherlock e Watson, porque o Sherlock da BBC é infinitamente melhor do que todas as outras adaptações.

Olho para ele.

— É a única adaptação que trabalha a relação deles *direito*.

—Você parece uma *fangirl*! — sussurro, chocada.

Mais uma pausa, na qual me pergunto se os fãs de Sherlock estão certos e se existe mesmo um clima entre Sherlock Holmes e John Watson.

Por fim, nós nos levantamos e saímos. Ou, pelo menos, eu faço isso. Ele me segue, fechando a porta ao sair. Pela primeira vez, percebo que Michael está usando só a camisa, a gravata e a calça, sem colete nem blazer.

— Não está com frio? — pergunto.

Ele pisca e olha para mim. Seus óculos são enormes. Os cabelos estão tão bem arrumados que quase parecem ser feitos de pedra.

— Por quê? Você está?

Descemos o corredor e, quando quase chegamos ao final, percebo que Michael não está mais atrás de mim. Eu me viro. Ele parou na frente da C16 e a abriu.

Michael franze a testa. Parece meio bizarro assim.

— O que foi? — pergunto.

Ele demora mais do que deveria para responder.

— Nada. Pensei que haveria alguma coisa aqui, mas não tem nada.

Antes que eu pergunte o que diabos ele está dizendo, alguém atrás de mim grita:

— Tori!

Eu me viro de novo. Zelda está correndo na minha direção com uma expressão que será a causadora de rugas prematuras.

— Tori! Você descobriu alguma coisa?

Fico pensando se devo mentir ou não.

— Não, não descobrimos nada. Foi mal.

— Como assim "não descobrimos"?

Eu me viro para Michael de novo. Ou para o espaço onde Michael estava. Mas ele não está ali. Só então me pergunto o que fez com que ele decidisse aparecer no colégio às 7:30 da manhã.

DEZ

PASSO O RESTO DO DIA pensando no que Michael dissera na frente da C16. Mais tarde, volto para ver com meus próprios olhos, mas ele estava certo: não tem nada lá.

Acho que ficar trancada em uma sala de TI meio que mexeu comigo.

Não conto a Becky sobre o lance do Solitaire. Ela está ocupada espalhando a notícia a respeito da sua festa de aniversário à fantasia que acontecerá na sexta, e acho que não se importaria muito.

Na hora do almoço, Lucas me encontra no refeitório. Estou tentando ler outro capítulo de *Orgulho e preconceito*, mas acho que vou assistir ao filme porque esse livro derrete o cérebro. O refeitório está bem vazio — todo mundo provavelmente foi ao Asda porque a comida do Higgs parece comida de cadeia.

—Tudo bem? — pergunta ele, sentando-se à minha mesa. Odeio isso. "Tudo bem." Sei lá se isso é um cumprimento ou uma pergunta. Respondo com "bem, obrigada" ou "e aí"?

—Nada mal — digo, me ajeitando na cadeira. — E você?

— Estou bem, obrigado.

Percebo que ele está procurando algo para dizer. Depois de uma pausa estupidamente comprida, ele estende o braço na minha direção e dá um tapinha no livro que estou segurando.

—Você odeia ler, não é? Por que não assiste ao filme?

Olho para ele e digo:

— Hum, não sei.

Depois de outra pausa estupidamente demorada, ele pergunta:

—Você vai para a casa da Becky na sexta?

Que pergunta idiota.

— Hum, sim — respondo. — Imagino que você também vá.

— Sim, sim. Você vai fantasiada de quê?

— Ainda não sei.

Ele meneia a cabeça como se o que eu disse significasse alguma coisa.

— Bem, tenho certeza de que você vai estar bonita — diz ele, então acrescenta depressa. — Sabe, quando éramos pequenos, você curtia muito se fantasiar, coisa e tal.

Não me lembro de ter me fantasiado de nada que não fosse um Jedi. Dei de ombros.

—Vou encontrar alguma coisa.

Ele fica bem vermelho, como sempre, e permanece sentado ali observando quando tento ler durante algum tempo. Muito bizarro. Meu Deus. Por fim, pega o celular e começa a escrever uma mensagem e, quando sai para conversar com Evelyn, me pergunto por que ele está sempre vagando por aí feito um fantasma que não quer ser esquecido. Não quero falar com ele, na verdade. Sei lá, achei que seria legal tentar reavivar nossa amizade, mas é difícil demais. Não quero falar com ninguém.

Claro, conto tudo ao Charlie quando chegamos em casa. Ele não sabe o que dizer a respeito da mensagem misteriosa do Solitaire. Na verdade, ele me disse que eu deveria parar de falar tanto com o Michael. Não sei bem o que penso a respeito disso.

No jantar, o papai pergunta:

— Como foi hoje cedo?

— Não encontramos nada — respondo.

Mais uma mentira. Eu devo beirar a loucura.

Meu pai começa a falar sobre outro livro que vai me emprestar. Ele está sempre me emprestando livros. Meu pai cursou a faculdade quando tinha trinta e dois anos e se formou em literatura inglesa. Hoje, trabalha com TI. Mesmo assim, está sempre esperando que eu acabe me tornando uma pensadora filosófica que leu muito Chekhov e James Joyce. Revelar que odeia livros para o meu pai é como revelar a homossexualidade a pais homofóbicos. Nunca pude contar a ele, e ele me emprestou tantos livros que é tarde demais para reparar esse dano.

De qualquer modo, dessa vez é *Metamorfose*, do Franz Kafka. Assinto, sorrio e tento parecer um pouco interessada, mas provavelmente não soa tão convincente.

Charlie logo muda de assunto e nos conta sobre um filme que ele e Nick assistiram no fim de semana, *Educação*, que pela descrição do Charlie parece ser uma sátira paternalista de garotas adolescentes do mundo todo. Oliver, então, nos conta a respeito do seu novo trator de brinquedo e por que ele é muito mais majestoso do que todos os outros tratores de brinquedo que ele tem. Para a alegria dos meus pais, terminamos de jantar em uma hora, o que deve ser um novo recorde.

— Muito bem, Charlie! Ótimo trabalho! — diz papai, dando um tapinha nas costas dele, mas Charlie se retrai. Minha mãe assente e sorri, mostrando o máximo de expressividade que consegue. Parece que Charlie ganhou o Prêmio Nobel. Ele sai da cozinha sem dizer nada, e se aproxima para assistir a *The Big Bang Theory* comigo. Não é um programa muito engraçado, mas eu ainda assisto a um episódio, pelo menos, todo santo dia.

— Quem eu seria — pergunto em determinado momento —, se fosse algum dos personagens de *The Big Bang Theory*?

— Sheldon — diz Charlie sem hesitar. — Mas não sendo tão enfática em relação a seus pontos de vista.

Viro a cabeça na direção dele.

— Nossa, estou me sentindo ofendida.

Charlie ri.

— Ele é o único motivo pelo qual esse programa é bom, Victoria.

Penso no que ele diz e assinto.

—Você provavelmente está certo.

Charlie fica deitado imóvel no sofá, e eu o observo por um minuto. Seus olhos estão meio vidrados, como se ele não estivesse assistindo à TV de fato, como se estivesse mexendo nas mangas da camisa. Charlie sempre usa camisas de manga comprida.

— Quem eu seria? — pergunta.

Toco o queixo de modo pensativo e declaro:

— Howard. Sem dúvida. Porque ele está sempre conversando com as moças...

Charlie joga uma almofada em mim do outro sofá. Eu grito e me encolho no canto, e lanço uma saraivada de almofadas na direção dele.

Esta noite, assisto à versão de *Orgulho e preconceito* com Keira Knightley, e a considero quase tão horrorosa quanto o livro. O único personagem tolerável é o sr. Darcy. Não entendo por que Elizabeth o considera orgulhoso no começo, porque fica bem claro que ele é apenas tímido. Qualquer ser humano normal deveria identificar aquilo como timidez e sentir pena do coitado porque ele é péssimo em festas e eventos sociais. Não é culpa dele, na verdade. Ele só é assim.

Escrevo um pouco mais no blog e fico deitada ouvindo a chuva e me esqueço da hora, e me esqueço de vestir o pijama. Acrescento *Metamorfose* à pilha de livros por ler. Começo a assistir ao *Clube dos cinco*, mas não estou prestando muita atenção, por isso pulo a melhor parte, aquela em que todos estão sentados em círculo e revelam as coisas mais profundas e pessoais, e choram e coisa e tal. Assisto a essa cena três vezes e desligo o filme. Ouço o gigante/demônio, mas ele mais parece um rosnado hoje, um ronco profundo e barulhento feito um tambor. No papel de parede de redemoinho do meu quarto, desenhos amarelos tortos balançam de um lado a outro, de um lado a outro até eu ficar hipnotizada. Na cama, alguém colocou uma enorme jaula de vidro em cima de mim e o ar está se tornando azedo aos poucos. Nos meus sonhos, estou correndo em círculos no topo de um penhasco, mas tem um garoto de chapéu vermelho que me pega todas as vezes que eu tento saltar.

ONZE

— NÃO ESTOU BRINCANDO, Tori. Essa é uma decisão muitíssimo séria.

Olho bem nos olhos de Becky.

— Ah, eu sei. Isso poderia determinar todo o futuro da existência humana.

Estamos no quarto dela. São 16:12, sexta-feira. Estou sentada de pernas cruzadas no beliche dela. Tudo aqui é cor-de-rosa e preto e, se esse quarto fosse uma pessoa, seria uma Kardashian com pouca grana. Tem um pôster de Edward Cullen e Bella Swan na parede. Sempre que olho para ele, sinto vontade de destruí-lo no fragmentador de papel.

— Não, falando sério, não estou brincando. — Becky levanta cada uma das roupas de novo, uma em cada mão. — Sininho ou Hermione?

Olho para as duas. Não são muito diferentes, só que uma é verde e a outra é cinza.

— Sininho — digo.

Ao ver como ela mantém a calma e o bom humor agindo feito uma idiota, seria uma ofensa ao nome de Hermione Granger e ao de J. K. Rowling e a todos os fãs de Harry Potter que Becky fosse como a bruxa mais esperta daquela época.

Ela assente e joga a roupa de Hermione em uma montanha cada vez maior de roupas.

— Foi o que pensei. — Becky começa a se trocar. — De que você vai se fantasiar?

Dou de ombros, ainda pensando em Harry Potter.

— Eu não ia me fantasiar. Pensei que pudesse usar minha capa de invisibilidade.

Becky, só de calcinha e sutiã, apoia as mãos no quadril. Sei que não deveria me sentir esquisita, porque sou a melhor amiga dela há bastante tempo. Mas ainda me sinto desconfortável. Desde quando a nudez se tornou tão normal?

— Tori. Você vai se fantasiar. É a minha festa à fantasia e eu mando.

— Tudo bem. — Penso bastante, considerando minhas opções. — Eu poderia ir de... Branca de Neve?

Becky para como se estivesse esperando a conclusão. Franzo a testa.

— O que foi?

— Nada. Eu não disse nada.

— Você não acha que eu devo ir de Branca de Neve.

— Não, não, você pode ir de Branca de Neve. Se quiser. Olho para as minhas mãos.

— Certo. Eu... vou pensar nisso. — Torço meus polegares. — Eu poderia... arrumar os cabelos... encaracolados...

Ela parece satisfeita e veste o vestidinho verde com asas de fada.

—Você vai tentar falar com as pessoas hoje? — pergunta.

— Isso é uma pergunta ou uma ordem?

— Uma ordem.

— Não posso prometer nada.

Becky ri e me dá um tapinha no rosto. Detesto isso.

— Não se preocupe. Vou cuidar de você. Sempre cuido, certo?

Em casa, visto uma camisa branca e uma saia preta que comprei certa vez para uma entrevista de trabalho à qual não compareci. Então, encontro meu colete preto e a calça preta preferidos. Meu cabelo está comprido o suficiente para fazer tranças pequenas, e passo mais delineador do que o normal.

Wandinha Addams. Eu estava meio que brincando sobre a Branca de Neve e, de qualquer modo, não gosto da Disney.

Saio de casa perto das sete. Nick, Charlie e Oliver estão se sentando para jantar. Meus pais sairão para ver uma peça e passarão a noite num hotel. Para ser sincera, Charlie e eu insistimos para que eles passassem a noite lá em vez de fazer o trajeto de duas horas de volta para casa. Acho que eles estavam só meio preocupados por não estarem perto do Charlie. Quase decidi ficar em casa e não ir à festa da Becky, mas Charlie garantiu a todos que ficaria bem, o que tenho certeza de que vai acontecer, porque Nick vai passar a noite com ele. E eu nem vou ficar muito tempo fora.

É uma festa escura. As luzes estão baixas e a casa está lotada de adolescentes. Passo pelos fumantes, e por aqueles que fumam socialmente, reunidos em círculos do lado de fora. Fumar não faz o menor sentido. O único motivo pelo qual alguém fuma é se quiser morrer. Não sei. Talvez todos queiram morrer. Reconheço a maioria das pessoas do colégio e do Truham, e há alunos do primeiro ao terceiro anos, e eu tenho certeza de que Becky não conhece todos eles em pessoa.

Algumas pessoas do Nosso Grupo estão enfiadas na estufa com outras que não conheço. Evelyn, encolhida no canto de um sofá, me vê primeiro.

—Tori!

Ela acena, e me aproximo. Olhando para mim de modo pensativo, ela diz:

— Quem é você?

—Wandinha Addams.

— Quem?

—Você assistiu à *Família Addams*?

— Não.

Mexo os pés.

— Ah.

A fantasia dela é incrível: cabelos alisados presos em um coque elegante, óculos escuros tipo abelha e um vestido estilo anos cinquenta.

— Você é Audrey Hepburn.

Evelyn levanta os braços.

— OBRIGADA! *Alguém* nessa festa tem *cultura*, finalmente!

Lucas também está aqui, sentado ao lado de uma garota e de um garoto que basicamente se tornaram um único ser. Ele está usando uma boina e uma camiseta listrada de mangas enroladas com uma calça jeans justa na altura dos tornozelos e tem uma réstia de alho pendurada no pescoço. De certo modo, está muito estiloso e muito ridículo ao mesmo tempo. Ele acena com timidez para mim com a lata de cerveja.

— Tori! *Bonjour!*

Aceno de volta e, então, quase fujo correndo.

Vou à cozinha. Há muitos alunos do primeiro ano aqui, principalmente garotas vestidas de princesas da Disney em versão promíscua, e três garotos vestidos de Superman. Eles estão conversando animados a respeito das brincadeiras do Solitaire, ao que parece achando tudo muito hilário. Uma das garotas até disse ter participado delas.

Todo mundo parece estar falando sobre o post de reunião no blog do Solitaire — aquele que Michael e eu encontramos depois que ele me tirou da sala de aula de TI. Parece que a cidade toda pretende comparecer.

Eu me vejo ao lado de uma garota que parece estar sozinha, possivelmente uma menina do primeiro ano, mas não sei muito bem, fantasiada de *Doctor Who*, impecável como David Tennant. Na mesma hora, sinto uma espécie de conexão com ela, já que parece estar muito solitária.

Ela olha para mim, e é tarde demais para fingir que não estou olhando, então digo:

— Sua fantasia é... hum... muito boa.

— Obrigada — diz ela, e eu meneio a cabeça e me afasto.

Ignorando as cervejas, os WKDs e os Bacardi Breezers, abro a geladeira de Becky à procura de uma limonada diet. Com o copo de plástico na mão, caminho até o jardim.

É um jardim lindíssimo: tem uma certa elevação com um lago ao fim dela, cercado por uma série de salgueiros sem folhas. Há grupos reunidos no deck de madeira e no gramado, apesar de a temperatura estar beirando 0°C. De algum modo, Becky pegou um holofote. Ele brilha como o sol, e os grupos de adolescentes lançam sombras em movimento pelo gramado. Vejo Becky/Sininho com um grupo diferente de alunos do segundo ano. Eu me aproximo dela.

— Oi — digo, posicionando-me no círculo.

—Toriiiii! — Ela está segurando uma garrafa de Baileys Irish Cream com um daqueles canudos retorcidos de plástico. — Cara! Adivinha? Tenho uma coisa muito incrível para te contar! É incrível demais! Você vai morrer, é demais, demais! Você vai morrer!

Sorrio para ela, apesar de Becky estar me chacoalhando pelos ombros e derrubando Baileys em mim.

— Você. Vai. MORRER.

— Sim, sim, eu vou morrer...

— Sabe o Ben Hope?

Sim, sei quem é o Ben Hope, e também sei exatamente o que ela está prestes a dizer.

— *Ben Hope me chamou para sair* — balbucia.

— Ai, meu Deus!

— Pois é! Tipo... eu não esperava *nada disso*! Estávamos conversando mais cedo e ele admitiu que gosta de mim; ai, meu Deus, ele estava tão fofo e *sem jeito*!

Ela começa a falar por um tempo a respeito de Ben Hope enquanto beberica seu Baileys, e eu vou sorrindo, assentindo, e sem dúvida me sentindo muito contente por ela.

Depois de um tempo, Becky começa a repetir a história toda para uma garota fantasiada de Minnie Mouse, e eu me sinto um pouco entediada, por isso checo meu blog pelo celular. Tem um símbolo pequeno de (1), o que significa que tenho uma mensagem:

Anônimo: *Pensamento do dia: Por que os carros sempre abrem passagem para as ambulâncias?*

Leio a mensagem várias vezes. Poderia ser de qualquer pessoa, acho, mas ninguém que eu conheço na vida real sabe sobre o meu blog. Anônimos idiotas. Por que os carros sempre abrem passagem para as ambulâncias? Porque o mundo não é composto só por idiotas. Por isso.

Porque o mundo não é composto só por idiotas.

Assim que faço essa dedução, Lucas me encontra. Ele está meio irritado.

— Não entendo quem você é — diz ele, sempre tão *envergonhado*.

— Sou a Wandinha Addams.

— Ah, que linda, que linda.

Ele concorda mostrando que entende, mas percebo que não faz ideia de quem seja Wandinha Addams.

Olho além dele, para o jardim iluminado. Todas as pessoas são uma escuridão borrada. Eu me sinto meio mal e essa limonada diet está deixando um gosto nojento na minha boca. Quero despejá-la ralo abaixo, mas acho que vou me sentir ainda mais perdida se não tiver nada que possa segurar.

— Tori?

Olho para ele. O alho foi má ideia. Não cheira bem.

— Sim?

— Perguntei se você estava bem. Parece que você está enfrentando uma crise de meia-idade.

— Não é crise de meia-idade. É só uma crise de vida.

— Como é? Não ouvi.

— Estou bem, só entediada.

Ele sorri para mim como se eu estivesse brincando, mas não estou brincando. Todas as festas são chatas.

—Você pode conversar com outras pessoas, sabia? — comento. — Não tenho nada de interessante a dizer.

—Você sempre tem coisas interessantes a dizer — diz ele. — Só não as diz.

Minto e digo que preciso de outra bebida, apesar de o meu copo estar cheio além da metade e eu me sentir bem mal. Saio do jardim. Estou sem fôlego e muito brava sem motivo. Passo pela multidão de adolescentes idiotas e bêbados e me tranco no banheiro do andar de baixo. Alguém passou mal aqui — sinto cheiro de vômito. Olho para meu reflexo no espelho. Meu delineador está manchado, então eu o corrijo. Lacrimejo e volto a estragá-lo, e tento não começar a chorar. Lavo as mãos três vezes e desfaço as tranças porque estou com cara de idiota.

Tem alguém batendo na porta do banheiro. Estou aqui dentro há muito tempo só me olhando no espelho, observando meus olhos lacrimejando e secando, lacrimejando e secando. Abro a porta pronta para socar a pessoa e me vejo bem na frente do bendito Michael Holden.

—Ah, graças a Deus. — Ele corre para dentro e, sem se dar ao trabalho de me deixar sair ou de fechar a porta, levanta a tampa do vaso e começa a mijar. — Graças. A. Deus. Pensei que teria que mijar no canteiro de flores, pelo amor de Deus.

— Certo, mije na presença de uma mulher — digo.

Ele balança a mão de um jeito casual.

Deixo o banheiro.

Quando saio pela porta da frente, Michael me alcança. Ele está fantasiado de Sherlock Holmes. Com chapéu e tudo.

— Aonde você vai? — pergunta.

Dou de ombros.

— Está quente demais ali dentro.

— Está frio demais aqui fora.

— Desde quando você sente frio?

— Será que um dia você vai conversar comigo sem fazer comentários sarcásticos?

Eu me viro e começo a me afastar, mas ele ainda vem atrás de mim.

— Por que você está me seguindo?

— Porque não conheço mais ninguém aqui.

—Você não tem nenhum amigo no último ano?

— Eu... hum...

Paro na calçada na frente da casa de Becky.

—Acho que vou para casa — digo.

— Por quê? Becky é sua amiga. É aniversário dela.

— Ela não vai se importar. Ela não vai nem notar.

— O que você vai fazer em casa? — pergunta ele.

Blogar. Dormir. Blogar.

— Nada.

— Por que não entramos em um quarto do andar de cima para assistir a um filme?

Saindo da boca de outra pessoa, pareceria que ele está me pedindo para entrar em um quarto e fazer sexo com ele, mas como é Michael quem está dizendo isso, sei que ele está falando sério.

Percebo que a limonada diet do meu copo terminou. Não lembro quando a bebi. Quero ir para casa, mas não vou porque sei que não vou dormir. Só vou ficar deitada no meu quarto. O chapéu do Michael é bem idiota. Ele provavelmente pegou aquele casaco de um defunto.

— Ótimo — digo.

DOZE

HÁ UMA LINHA A SER ATRAVESSADA ao formar relacionamentos com as pessoas. O cruzamento dessa linha ocorre quando você passa de apenas conhecer alguém a saber *sobre* alguém, e Michael e eu atravessamos essa linha na festa de aniversário de dezessete de Becky.

Subimos a escada e entramos no quarto dela. Ele, claro, começa a investigar, enquanto eu caio e rolo na cama. Ele passa pelo pôster de Edward Cullen e Bella Inexpressiva Swan, erguendo uma sobrancelha para ele de modo duvidoso. Passa pela estante de fotos de apresentações de dança e medalhas, e pela estante de livros pré-adolescentes que estão intocados há anos, e se aproxima de pilhas e pilhas de vestidos amassados, shorts, camisetas, calças, sutiãs, livros, mochilas e folhas diversas até, enfim, abrir um guarda-roupa, passar pelas prateleiras de roupas dobradas e localizar uma pilha pequena de DVDs.

Michael pega o *Moulin Rouge*, mas pela minha cara, logo o devolve à estante. Algo parecido acontece quando ele pega o *Coisas de meninos e meninas*. Depois de mais um momento, Michael se assusta e pega um terceiro DVD, salta para o outro lado do quarto até a TV de tela plana e a liga.

— Estamos assistindo a *A Bela e a Fera* — anuncia ele.

— Não, não estamos — digo.

— Acho que você vai perceber que estamos, sim.

— Por favor — imploro. — Não. E *Matrix*? *Encontros e desencontros*? *Senhor dos anéis*?

Não sei por que estou dizendo isso. Becky não tem nenhum desses filmes.

— Estou fazendo isso pelo seu próprio bem. — Ele insere o DVD. — Acredito que seu desenvolvimento psicológico sofreu muito devido à falta de encanto Disney.

Não me dou ao trabalho de perguntar sobre o que ele está falando. Ele se senta na cama ao meu lado e se recosta na cabeceira com um travesseiro. O logo da Disney aparece na tela. Já sinto meus olhos sangrando.

— Você já assistiu a um filme da Disney? — pergunta ele.

— Hum, sim.

— Por que você detesta a Disney?

— Não detesto a Disney.

— Então, por que não quer assistir a *A Bela e a Fera*?

Viro a cabeça. Ele não está assistindo ao filme, apesar de ter começado.

— Não gosto de filmes que são falsos — respondo. — Nos quais os personagens e a história sejam... perfeitos. As coisas não acontecem dessa maneira na vida real.

Ele sorri, mas é um sorriso triste.

— Não é para isso que os filmes servem?

Eu me pergunto por que estou aqui. Eu me pergunto por que ele está aqui. A batida patética do andar de baixo é a única coisa que ouço. Há alguns desenhos na tela, mas são só formas em movimento. Ele começa a falar comigo.

—Você sabia — diz ele — que, na história original, a Bela tem duas irmãs? Mas, no filme, ela é filha única. Fico tentando entender. Não é muito divertido ser filha única.

—Você é filho único?

— Sim.

Isso é meio interessante.

— Eu tenho dois irmãos — conto.

— Eles são como você?

— Não. Definitivamente, não são.

A Bela está sendo cortejada por um cara musculoso. Ele não é atraente, mas eu simpatizo com o fato de ele não gostar de literatura.

— Ela gosta muito de ler — digo, balançando a cabeça para a moça de azul. — Isso não pode ser saudável.

—Você não assiste à aula de literatura inglesa avançada?

— Sim. Dou um jeito de passar, mas não curto. Detesto livros.

— Eu deveria ter estudado inglês. Teria sido bom nisso.

— Por que não estudou?

Ele olha para mim e sorri.

—Acho melhor só ler e não estudar livros.

A Bela sacrificou sua liberdade para salvar seu pai. É muito sentimental. E ela está chorando por isso.

— Me conta alguma coisa interessante sobre você — pede Michael.

Penso por um momento.

—Você sabia que eu nasci no dia em que Kurt Cobain se matou?

— Na verdade, sim. Ele tinha só vinte e sete anos, coitado. Vinte e sete. Talvez a gente morra quando tiver vinte e sete.

— Não tem nada de romântico na morte. Detesto quando as pessoas usam o suicídio de Kurt Cobain como desculpa para adorá-lo por ser uma alma atormentada.

Michael para e olha para mim, depois diz:

— Sim, acho que sim.

Bela fez greve de fome. Isso até os talheres e louças da casa cantarem e dançarem para ela. Agora está sendo perseguida por lobos. Estou me esforçando para seguir o roteiro.

— Me conta alguma coisa interessante a seu respeito — digo.

— Hum... Eu sou, tipo, ridiculamente burro?

Franzo a testa para ele. Isso, obviamente, não é verdade. Ele lê minha mente.

— Sério. Não tiro nenhuma nota melhor do que C em nenhuma matéria desde o sétimo ano.

— O quê? Por quê?

— Eu só...

Parece quase impossível que alguém como Michael seja burro. Pessoas como ele — pessoas malucas que fazem as coisas acontecer — são sempre espertas. Sempre.

— Quando o assunto são as provas... eu normalmente não escrevo o que eles querem que eu escreva. Não sou muito bom em... hum... organizar todas as coisas na minha mente. Tipo, faço a aula avançada de biologia e entendo o que é síntese de peptídeos, mas não consigo escrever. Não sou disléxico nem nada. Só não sei o que os professores querem ouvir. Não sei se só me esqueço das coisas, ou talvez eu não saiba como explicá-las. *Não sei.* E é bem *horrível.*

Ao longo disso, ele faz gestos retorcidos com as mãos. Imagino todas as informações voando em série no cérebro dele, incapazes de formar palavras compreensíveis. Parece fazer sentido. Ele está maluco. Talvez não de um jeito ruim. Mas ele está maluco, sem dúvida.

— É muito injusto — continua ele. — O colégio literalmente não se importa com você, a menos que seja bom em escrever coisas ou seja bom em memorizar ou saiba resolver equações difíceis de matemática. E as outras coisas importantes da vida? Como ser um ser humano decente?

— Detesto o colégio — digo.

—Você detesta tudo.

— É engraçado porque é verdade.

Ele se vira para mim de novo. Nós olhamos um para o outro. Na tela, uma pétala cai da rosa que eu acredito ser simbólica de alguma coisa.

— Seus olhos têm cores diferentes — digo.

— Eu não disse que sou um anime mágico?

— Sério, mas por quê?

— Meus olhos azuis escondem a força da minha vida passada, e eu a uso para chamar meus anjos da guarda para me ajudar na minha luta contra as forças sombrias.

—Você está bêbado?

— Sou poeta.

— Bem, controle-se, Lorde Tennyson.

Ele sorri.

— *O rio vai parar de correr.* — Está claro que ele está citando um poema, mas um que eu nunca ouvi. — *O vento vai parar de soprar, as nuvens deixarão de fugir, o coração deixará de bater. Todas as coisas morrem.* ["All things will die", de Lorde Tennyson (N. da R.T.)]

Jogo uma almofada nele. Michael se abaixa para desviar, mas minha mira é espetacular.

— Certo, certo. — Ele ri. — Não é tão romântico quanto parece. Alguém jogou uma pedra no meu olho quando eu tinha dois anos, então, basicamente, sou meio cego. É bem irritante, na verdade.

Na TV, eles estão dançando. É um pouco esquisito. Uma mulher velha está cantando. Eu me flagro cantando junto — ao que parece, já ouvi essa música. Michael se une a mim. Alternamos as frases.

Ficamos em silêncio por muito tempo, observando as cores na tela. Não sei por quanto tempo o silêncio dura, mas em determinado momento ouço Michael fungar e o vejo levar a mão ao rosto. Quando olho ao redor, vejo que ele está chorando, chorando de verdade. Eu me sinto confusa por um momento. Olho para a tela. A Fera acaba de morrer.

E Bela o está segurando, chorando e, ah, espere, uma lágrima cai nos pelos dele, e então um monte de mágica acontece e, sim, pronto, ele por milagre ressuscitou dos mortos. Ah, e ele ficou lindo também. Não é incrível? É o tipo de merda que eu detesto. Nada realista. Sentimental. Merda.

Mas Michael está chorando. Não sei bem o que fazer. Ele levou uma das mãos ao rosto, e os olhos e o nariz estão enrugados. Parece que ele está tentando segurar as lágrimas.

Decido dar um tapinha na sua outra mão, que está apoiada na cama. Espero que isso passe uma impressão de conforto, não de sarcasmo. Acho que passa a impressão certa, porque ele segura minha mão e a aperta com muita força.

O filme termina logo depois disso. Ele o desliga com o controle remoto e ficamos sentados em silêncio olhando para a tela escura.

— Eu conheci seu irmão — diz Michael, depois de muito tempo.

— Charlie?

— Do Truham...

Viro a cabeça sem dizer nada.

Michael continua.

— Nunca falei com ele. Ele sempre me pareceu meio quieto, mas todo mundo o adorava, o que é muito raro em um colégio só de garotos. Ele era diferente.

É então que eu decido contar. Não sei por que isso acontece. Mas entendo essa necessidade. Meu cérebro desiste. Não me mantenho presa a ele.

Conto a ele sobre Charlie.

Tudo.

Sobre quando ele começou a colecionar coisas, e sobre quando ele parou de comer, e sobre quando ele começou a se ferir.

Para ser honesta, já não é mais grande coisa. Ele foi ao hospital. Está melhor. E tem o Nick. Bem, ele ainda está se recuperando, mas está bem. Está tudo bem.

Não sei quando, mas adormeço. Não totalmente. Não sei mais dizer se estou acordada ou se estou sonhando. Deve ser esquisito adormecer nesse tipo de situação, mas estou começando a não me importar mais com coisas assim. O que mais me surpreende é como tudo acontece de repente. Normalmente, demora muito. Normalmente, quando estou tentando dormir, faço muitas coisas tolas, tipo rolar e imaginar que estou dormindo ao lado de alguém, então estico o braço e toco seus cabelos. Ou uno as mãos e, depois de um tempo, começo a achar que estou segurando a mão de outra pessoa, não a minha. Juro por Deus que tem algo de errado comigo. Juro mesmo.

Mas, dessa vez, eu me sinto rolar a ponto de ficar aconchegada no peito dele, embaixo do braço. Michael tem um cheiro leve de fogueira. Em algum momento, acho que alguém abre a porta e nos vê deitados meio adormecidos e juntos. Independentemente de quem seja, olha para nós por um momento e volta a fechar a porta em silêncio. Os gritos no andar de baixo começam a diminuir apesar da música ainda estar tocando. Fico atenta a qualquer criatura demoníaca do lado de fora da janela, mas a noite está silenciosa. Nada me prende. Está ótimo. Sinto o ar no quarto e é como se não houvesse nada.

Meu telefone toca.

1:39
Casa chamando

— Alô?
— Tori, você já está vindo para casa?
— Oliver? Por que não está dormindo?
— Eu estava assistindo a *Doctor Who*.
—Você não assistiu ao episódio dos Anjos Lamentadores, não é?
— ...
— Ollie? Você está bem? Por que ligou para mim?
— ...
— Oliver? Você está aí?
— Aconteceu alguma coisa com o Charlie.

Devo ter feito uma cara muito esquisita depois, porque Michael lança a mim um olhar estranho. Um olhar engraçado, assustado.

— O que... aconteceu?
— ...

— O que aconteceu, Oliver? O que o Charlie fez? Onde ele está?

— Não consigo entrar na cozinha. O Charlie fechou a porta e eu não posso abrir. Só estou ouvindo o Charlie.

— ...

— Quando você vem para casa, Tori?

— Estou indo agora.

Desligo.

Michael está acordado. Estou sentada de pernas cruzadas no meio da cama. Ele está sentado de pernas cruzadas na minha frente.

— Merda — digo. — Merda merda merda merda merda merda porra.

Michael nem sequer me pergunta. Só diz:

— Vou levar você para casa.

Estamos correndo. Saímos porta afora, descemos a escada e passamos pelas pessoas. Algumas ainda estão aproveitando a festa, algumas estão amontoadas no chão, algumas estão se agarrando, algumas estão chorando. Estou quase na porta da frente quando Becky me pega. Ela está fodida.

— Estou *fodida*. — Ela segura meus braços com muita força.

— Estou indo embora, Becky.

— Você é tão *linda*, Tori. Sinto sua falta. Amo muito você. Você é tão *linda* e fofa.

— Becky...

Ela se segura no meu ombro, com os joelhos fraquejando.

— Não fique triste. Prometa para mim, Tori. Prometa. Prometa que não vai mais ficar triste.

— Eu prometo. Eu tenho que...

— Eu odeio o Jack. Ele é tão... tão... idiota. Eu mereço um... alguém como o Ben. Ele é tão *lindo*. Igual a você. Você detesta tudo, mas ainda assim é linda. Você é tipo... você é um fantasma. Amo muito você... muito. Não fique... não... fique triste nunca mais.

Não quero me afastar dela porque ela está mais do que bêbada, mas preciso chegar em casa. Michael me empurra para a frente, e nós abandonamos Becky, cujas pernas parecem fracas demais, a maquiagem carregada demais, os cabelos penteados para trás demais.

Michael está correndo e eu também estou. Ele sobe na bicicleta. É uma bicicleta de verdade. As pessoas andam nessas coisas ainda?

— Sobe na garupa — diz ele.

—Você está brincando — falo.

— É isso ou ir andando.

Eu subo na garupa.

E, assim, Sherlock Holmes e Wandinha Addams voam noite adentro. Ele está pedalando tão depressa que as casas pelas quais passamos se tornam borrões em linhas cinza e marrom, e estou me segurando à cintura dele com tanta força que meus dedos ficaram dormentes. Percebo que estou feliz, ainda que não devesse estar, e a emoção conflituosa só deixa o momento mais maluco, mais radiante, mais imensurável. O vento sopra no meu rosto e faz meus olhos ficarem marejados, e perco a noção de onde estamos, apesar de conhecer essa cidade do avesso, e só penso que deve ter sido essa a sensação daquele garoto que saiu voando com o ET. Como se não importasse se eu morresse.

    Chegamos à minha casa em quinze minutos. Michael não entra. Ele tem modos, preciso admitir. Ele sobe na bicicleta quando olho para ele.

    — Espero que Charlie esteja bem — diz.

    Assinto.

    Ele assente de volta. E vai embora. Destranco a porta e entro em casa.

TREZE

OLIVER DESCE A ESCADA meio sonolento. Pijama do *Thomas e seus amigos*. Ursinho de pelúcia no braço. Fico feliz por ele nunca ter entendido o que há de errado com Charlie.

—Você está bem, Oliver?

— Mmmm... sim.

—Você vai para a cama?

— E o Charlie?

— Ele vai ficar bem. Deixa comigo.

Oliver assente e sobe a escada de novo, esfregando os olhos. Corro em direção à porta da cozinha, que está fechada. Sinto náuseas. Nem acordei de todo ainda.

— Charlie. — Bato à porta.

Silêncio total. Tento entrar, mas ele a trancou com alguma coisa.

— Abra a porta, Charles. Não estou brincando. Vou quebrar a porta.

— Não vai, não. — A voz dele está morta. Vazia. Mas estou aliviada porque ele está vivo.

Abaixo a maçaneta e empurro a porta com meu corpo todo.

— Não entre! — Ele parece em pânico, o que me deixa em pânico porque Charlie nunca entra em pânico e é por isso que ele é quem é. — Não entre aqui! Por favor!

— Ouço o barulho de coisas sendo arrastadas sem parar.

Não paro de jogar o corpo contra a porta, e o que a está bloqueando começa a se afastar. Abro o suficiente para passar e entro.

— Não, vá embora! Me deixa aqui sozinho! — Olho para ele. — Sai daqui!

Ele andou chorando. Seus olhos estão muito vermelhos, ele está com olheiras, e a escuridão da sala o afoga em um brilho. Tem um prato de lasanha na mesa da cozinha, frio, intocado. Toda a nossa comida foi retirada dos armários, da geladeira e do congelador, e disposta do lado de fora em ordem de tamanho e cor em várias pilhas pelo cômodo. Há alguns lenços manchados de sangue nas mãos dele.

Ele não está
melhor.

— Sinto muito — diz, encolhido na cadeira, com a cabeça jogada para trás, os olhos inexpressivos. — Sinto muito, sinto muito. Eu não queria. Me desculpa.

Não consigo fazer nada. É difícil não vomitar.

— Sinto muito — repete ele. — Sinto muitíssimo.

— Onde está o Nick? — pergunto. — Por que ele não está com você?

Ele fica muito vermelho e murmura algo inaudível.

— O quê?

— Nós discutimos. Ele foi embora.

Comecei a negar balançando a cabeça. Ela vai da esquerda para a direita, da esquerda para a direita, em um ato incontrolável de rebeldia.

— Aquele idiota. Aquele idiota imbecil.

— Não, Victoria, foi minha culpa.

Meu telefone está na minha mão e estou teclando o número de Nick. Ele atende depois de dois toques.

— Alô?

—Você entende a gravidade do que acabou de fazer, seu grande idiota?

— Tori? O que você...

— Se o Oliver não tivesse ligado para mim, o Charlie poderia... — Não consigo nem dizer. — Isso é tudo culpa sua.

— Não sou... Espera, que merda aconteceu?

— Que merda você *acha* que aconteceu? Você abandonou o Charlie durante uma refeição. Não pode fazer isso. Não pode deixá-lo enquanto ele está comendo, muito menos *chateá-lo*. Você não aprendeu isso ano passado?

— Eu não...

— Confiei em você. Você tinha que cuidar dele, mas entrei na cozinha e ele está... eu não deveria ter saído. Deveria ter ficado aqui. Nós somos... eu sou a pessoa que deveria *estar aqui* quando isso acontece.

— Espera. O que...

Estou segurando o telefone com tanta força que chego a tremer. Charlie está olhando para mim, com lágrimas caindo dos olhos. Ele está tão velho. Não é uma criancinha. Em alguns meses, ele vai completar dezesseis anos, como eu. Ele parece ser mais velho do que eu, pelo amor de Deus. Poderia passar por alguém de dezoito anos, fácil.

Solto o telefone, puxo uma cadeira para perto do meu irmão e o abraço.

Nick chega e, com Charlie, limpamos a cozinha. Charlie não para de fazer careta e de levar as mãos à cabeça enquanto eu desorganizo as pilhas de coisas valiosas dele, mas faço isso porque o psiquiatra dele nos disse que é preciso ser bruto. Ele gritava comigo quando eu mudava os alimentos de lugar. Às vezes, ele tentava me conter fisicamente. Mas não faz mais isso.

Eu me livro da lasanha. Encontro o kit de primeiros socorros e coloco curativos no braço de Charlie. Felizmente, os cortes não são fundos o bastante para precisar de pontos, dessa vez. Arrumo a mesa e faço três porções de torrada com feijão, e nós três nos sentamos. É uma refeição difícil. Charlie não quer comer nada. Ele não para de mexer as pernas e de levar o garfo à boca, mas sempre para no meio do caminho. Às vezes, no hospital, eles permitiam que

Charlie bebesse uma bebida com muitas calorias em vez de fazer uma refeição. Não temos nada disso em casa. Tento não gritar com ele, porque isso vai piorar tudo.

Por fim, Nick e eu o levamos para a cama.

— Sinto muito — diz Charlie, deitado na cama com o braço em cima da testa.

Estou de pé na porta. Nick está no chão usando o pijama de Charlie, que é pequeno demais para ele, com um cobertor e um travesseiro. Está olhando para Charlie com uma expressão de medo e amor ao mesmo tempo. Eu ainda não o perdoei, mas sei que ele vai se redimir. Sei que ele se importa com Charlie. Muito.

— Eu sei — digo. — Mas vou ter que contar ao papai e à mamãe.

— Eu sei.

—Volto para ver você daqui a pouco.

— Está bem.

Fico parada ali. Depois de um tempo, ele pergunta:

—Você... está bem?

Uma pergunta bizarra, na minha opinião. Foi ele quem acabou de...

— Estou perfeitamente bem.

Apago a luz e desço para ligar para meu pai. Ele permanece calmo. Calmo demais. Não gosto disso. Quero que entre em pânico, grite e enlouqueça, mas ele não faz isso. Ele me conta que eles irão para casa agora mesmo. Desligo o telefone, encho um copo com limonada diet e me sento na sala de estar por um tempo. É madrugada. Todas as cortinas estão abertas.

Não se encontram muitas pessoas como Charlie Spring no mundo. Acho que já disse isso. Especificamente, não se encontram muitas pessoas como Charlie Spring em colégios só de meninos. Se quer saber minha opinião, esses colégios parecem ser infernais. Talvez seja porque não conheço muitos garotos. Talvez seja por eu ter uma impressão muito ruim dos caras que vejo saindo pelos portões do Truham, derramando Lucozade nos cabelos uns dos outros, chamando um ao outro de gay e perseguindo garotos ruivos. Não sei.

Não sei nada sobre a vida de Charlie naquele colégio.

Volto para o andar de cima e espio no quarto do meu irmão. Ele e Nick estão adormecidos na cama de Charlie, este deitado no peito daquele. Fecho a porta.

Vou para o meu quarto. Começo a tremer de novo, me olho no espelho por muito tempo e me pergunto se sou mesmo a Wandinha Addams. Eu me lembro de ter encontrado o Charlie no banheiro daquela vez. Havia muito mais sangue naquela ocasião.

Está muito escuro no quarto, mas a página inicial do meu blog, aberta na tela do laptop, serve como uma luminária azul. Ando em círculos; ando em círculos e mais círculos até meus pés doerem. Coloco Bon Iver para tocar, depois um pouco de Muse, seguido por Noah and the Whale; sabe como é, coisas bem idiotas e aflitivas. Choro e paro. Tem uma mensagem de texto no celular, mas não a leio. Ouço o escuro. Todos estão vindo pegar você. Seus batimentos cardíacos são passos. Seu irmão é psicótico. Você não tem amigos. Ninguém sente pena de você. *A Bela e a Fera* não é real. É engraçado porque é verdade. Não fique triste nunca mais. Não fique triste nunca mais.

CATORZE

14:02

Michael Holden **chamando**

— Alô?
— Não acordei você, né?
— Michael? Não.
— Ótimo. Dormir é importante.
— Como conseguiu meu número?
—Você ligou para mim, lembra? Na sala de TI. Salvei seu contato.
— Que espertinho você é.
— Eu diria engenhoso.
—Você ligou para falar de Charlie?
— Liguei para falar sobre você.

— ...

— O Charlie está bem?

— Meus pais o levaram ao hospital hoje. Para fazer exames, coisas assim.

— Onde você está?

— Na cama.

— Às duas da tarde?

— Sim.

— Será que eu poderia...

— O quê?

— Poderia ir até aí?

— Por quê?

— Não gosto de pensar que você está aí sozinha. Você me lembra uma pessoa idosa que mora sozinha, tipo... com gatos e assistindo à TV durante o dia.

— É mesmo?

— E eu sou um cara bacana e jovem que gostaria de ir à sua casa para fazer você se lembrar da guerra e me oferecer um chá com biscoitos.

— Não gosto de chá.

— Mas gosta de biscoitos. Todo mundo gosta de biscoitos.

— Não estou a fim de comer biscoitos hoje.

— Bom, ainda assim, eu vou, Tori.

—Você não precisa vir. Estou bem.

— Não *minta*.

Ele vai vir. Não me dou ao trabalho de trocar o pijama nem de pentear os cabelos, nem de ver se meu rosto está normal. Não me importo. Não saio da cama, apesar de estar com fome, aceitando o fato de que minha indisposição para me levantar provavelmente fará com que eu morra de inanição. Então, percebo que não posso deixar meus pais terem *dois filhos* que passam fome. Ai, Deus, que dilema. Até mesmo ficar deitada na cama é estressante.

A campainha toca e toma a decisão por mim.

Fico na varanda com uma das mãos na porta aberta. Ele fica no degrau de cima com uma aparência animada demais e alto demais com os cabelos repartidos de lado e os óculos estupidamente grandes. A bicicleta dele está acorrentada à nossa cerca. Eu não tinha notado ontem à noite que há um cesto nela. Está um frio de congelar, mas ele está vestindo só uma camiseta e calça jeans outra vez.

Michael olha para mim de cima a baixo.

— Minha nossa.

Tento fechar a porta na cara dele, mas ele a mantém aberta com uma das mãos. Não posso impedi-lo depois disso. Ele vem e me agarra. Me abraça. Encosta o queixo na minha cabeça. Meus braços estão presos nas laterais do corpo e meu rosto está meio pressionado contra o peito dele. O vento sopra ao nosso redor, mas não estou com frio.

Ele prepara uma xícara de chá para mim. Minha nossa, como eu detesto chá. Bebemos em canecas desbotadas à mesa da cozinha.

Ele pergunta:

— O que você faz aos sábados? Você sai?

— Não se puder evitar — digo. — E você?

— Não sei bem.

Tomo um gole da água suja.

—Você não sabe?

Ele se recosta.

— O tempo passa. Faço coisas. Algumas delas importam. Outras, não.

— Pensei que você fosse otimista.

Ele sorri.

— Só porque algo não importa não quer dizer que não valha a pena fazê-la. — A luz da cozinha está apagada. Está muito escuro. — Então, aonde devemos ir hoje?

Balanço a cabeça, negando.

— Não posso sair, Oliver está aqui.

Ele pisca sem entender.

— Oliver?

Espero que ele se lembre, mas ele não se lembra.

— Meu irmão de sete anos. Eu contei que tenho dois irmãos.

Ele hesita de novo.

—Ah, sim. Sim. Contou. — Ele está bem animado. — Ele é como você? Posso conhecê-lo?

— Hum, claro...

Ligo para Oliver e ele desce a escada depois de um ou dois minutos com um trator em uma das mãos, ainda de pijama e roupão. O roupão tem orelhas de tigre no capuz. Ele está na escada, inclina-se no corrimão e olha para a cozinha.

Michael se apresenta, claro, acenando e sorrindo.

— Oi! Sou o Michael.

Oliver se apresenta também, com a mesma animação.

— Meu nome é Oliver Jonathan Spring! — diz ele, balançando o trator. — E este é o Trator Tom.

Ele segura o Trator Tom perto da orelha e ouve, depois continua:

— Trator Tom não acha que você seja perigoso, então você pode entrar no trator sala de estar, se quiser.

— Seria muito legal visitar o trator sala de estar — diz Michael. Acho que ele está um pouco surpreso. Oliver não é nada parecido comigo.

Oliver o analisa com olhos críticos. Depois de pensar por um momento, ele leva uma mão à boca e sussurra alto para mim:

— Ele é seu *namorado*?

Isso me faz rir. Alto. Uma risada de verdade. Michael ri também, depois para e olha para mim enquanto continuo a sorrir. Acho que ele nunca me viu rir antes. Será que ele já me viu sorrir? Ele não diz nada. Só olha.

E é assim que o resto do meu sábado acontece com Michael Holden.

Não me dei ao trabalho de me trocar. Ele invade os armários da cozinha e me ensina a fazer um bolo de chocolate, e comemos bolo de chocolate durante o resto do dia. Michael corta o bolo em quadradinhos, não em fatias, e quando o questiono sobre isso, ele só responde:

— Não gosto de me conformar com cortes convencionais de bolos.

Oliver continua correndo escada acima e abaixo mostrando a Michael sua coleção ampla e variada de tratores, pelos quais Michael se interessa educada e animadamente. Tiro um cochilo no quarto entre quatro e cinco da tarde enquanto Michael fica no chão lendo *A metamorfose*. Quando acordo, ele me conta por que o personagem principal não é de fato o personagem principal ou algo assim, e também me conta que não gostou do fim porque o tal personagem principal morre. Então, ele se desculpa por ter estragado o fim para mim. Faço ele se lembrar de que não leio.

Depois disso, nós três entramos no trator sala de estar e jogamos um jogo de tabuleiro antigo chamado Jogo da Vida, que Michael encontrou embaixo da minha cama. Você recebe uma grana preta, tipo no Monopoly, e o objetivo do jogo parece ser ter a vida mais bem-sucedida. É um jogo muito antigo. De qualquer modo, ele demora cerca de duas horas e, depois de mais uma rodada de bolo, jogamos *Sonic Heroes* no PS2. Oliver triunfantemente derrota nós dois, e tenho que carregá-lo de cavalinho pelo resto da noite como pagamento. Quando o levo para a cama, faço Michael assistir a *Os excêntricos Tenenbaums* comigo. Ele chora quando Luke Wilson corta os pulsos. Nós dois choramos quando Luke Wilson e Gwyneth Paltrow decidem manter o amor que sentem um pelo outro em segredo.

São dez da noite quando minha mãe, meu pai e Charlie chegam em casa. Charlie sobe direto para dormir sem dizer nada para mim. Michael e eu estamos no sofá na sala de estar e ele está tocando uma música para mim no meu laptop. O laptop está ligado no rádio. Música com piano. Ou coisa assim. Está fazendo com que nós dois cochilemos, e estou encostada nele, mas não de um jeito romântico, nada disso. Meus pais meio que param à porta e ficam ali, hesitantes, paralisados.

— Oi — diz Michael. Ele se levanta e estende uma das mãos para meu pai. — Sou Michael Holden. Sou o novo amigo da Tori.

Meu pai aperta a mão dele.

— Michael Holden. Certo. É um prazer conhecê-lo, Michael.

Michael aperta a mão da minha mãe também, o que eu acho um pouco esquisito. Não sei. Não sou especialista em etiqueta social.

— Certo — diz mamãe. — Claro, amigo da Tori.

— Espero que não haja problema no fato de eu ter vindo aqui — comenta Michael. — Conheci Tori há algumas semanas. Pensei que talvez ela fosse meio solitária.

— Problema nenhum — responde meu pai, assentindo. — Muito gentil da sua parte, Michael.

A conversa é tão chata e clichê que quase sinto vontade de dormir. Mas não durmo.

Michael volta a falar com meu pai:

— Li *A metamorfose* enquanto estava aqui. Tori me disse que o senhor emprestou o livro a ela. Achei incrível.

— Achou? — A luz da literatura brilha nos olhos do meu pai. — O que mais achou?

Eles continuam falando sobre literatura enquanto fico deitada no sofá. Percebo que minha mãe me olha de relance, como se tentasse arrancar a verdade de mim. Não, digo a ela por telepatia. Não, Michael não é meu namorado. Ele chora assistindo a *A Bela e a Fera*. Ele me ensinou a fazer bolo de chocolate. Ele me seguiu quando fui a um restaurante e fingiu esquecer o porquê.

QUINZE

QUANDO ACORDO, não me lembro de quem sou porque estou tendo um sonho maluco. Mas, em pouco tempo, desperto direito e descubro que é domingo. Ainda estou no sofá. Meu telefone está no bolso da camisola e olho as horas nele. São 7:42 da manhã.

Imediatamente subo a escada e espio o quarto do Charlie. Ele ainda está dormindo, claro, e parece bem tranquilo. Seria bom se ele sempre estivesse assim.

Ontem, Michael Holden me contou muitas coisas, e uma delas foi onde ele mora. Assim — e ainda não sei bem como ou por que isso acontece —, algo nesse domingo desanimador faz com que eu saia do sofá e vá para a casa dele no Sol Moribundo.

O Sol Moribundo é um penhasco que dá vista para o rio. É o único penhasco no condado. Não sei por que tem um penhasco acima de um rio, porque não existem, normalmente, penhascos acima de rios, só em filmes e em documentários abstratos a respeito de lugares aos quais nunca iremos. Mas o Sol Moribundo tem esse nome dramático porque se você ficar de pé olhando para o ponto mais distante do penhasco, você fica de frente para o sol poente. Há alguns anos, decidi dar uma volta pela nossa cidade, e me lembro da casa marrom que ficava a poucos metros da beira do penhasco, como se estivesse prestes a se jogar.

Talvez seja o fato de eu me lembrar de tudo isso que me faça caminhar pela rua comprida e sair da casa marrom no Sol Moribundo às nove da manhã.

A casa de Michael tem um portão de madeira e uma porta de madeira, e uma placa na parede da entrada na qual se lê Casa da Jane. É onde seria de se esperar encontrar um fazendeiro ou um idoso solitário. Fico ali, na frente do portão. Vir aqui foi um erro. Um erro enorme. São nove da manhã. Ninguém levanta às nove da manhã em um domingo. Não posso bater à porta da casa de alguém. Fazíamos isso no ensino fundamental, pelo amor de Deus.

Volto a descer a rua.

Dei vinte passos quando ouço o som da porta da frente se abrindo.

— *Tori?*

Paro na rua. Não deveria ter vindo aqui. Não deveria ter vindo aqui.

—Tori? É você, não é?

Devagar, eu me viro. Michael fechou o portão e está descendo a rua correndo na minha direção. Ele para na minha frente e abre seu sorriso brilhante.

Por um momento, não acredito que é ele. Está desarrumado. O cabelo, que costuma ser repartido de lado com gel, está revolto em mechas onduladas, e ele está vestindo uma quantidade admirável de roupas, incluindo um colete e meias de lã. Os óculos estão escorregando do nariz. Ele não parece desperto, e sua voz, normalmente tão fraca, está um pouco rouca.

— Tori! — ele chama e pigarreia. — É Tori Spring!

Por que vim aqui? O que estava passando pela minha cabeça? Por que sou idiota?

— Você veio à minha casa — diz ele, balançando a cabeça de um lado a outro com o que só imagino que seja encantamento puro. — Sei lá, pensei que você pudesse vir, mas também pensei que não... sabe?

Olho para um dos lados.

— Desculpa.

— Não, não, que bom que você veio. De verdade.

— Posso ir para casa. Não quis...

— *Não.*

Ele ri, e é uma risada bacana. Passa uma das mãos pelos cabelos. Nunca o vi fazer isso.

Eu me flagro retribuindo o sorriso. Também não entendo bem como isso acontece.

Um carro se aproxima por trás de nós, e logo vamos para o canto da rua para deixá-lo passar. O céu ainda está um pouco laranja e, em todas as direções, menos na cidade, vemos campos muitos abandonados com mato alto, a grama comprida balançando feito ondas do mar. Começo a sentir que estou no filme *Orgulho e preconceito*, sabe, aquela cena do fim na qual eles vão para o campo na névoa e o sol está nascendo.

—Você quer... sair? — pergunto. E acrescento depressa:
— Hoje?

Ele está boquiaberto, literalmente. Por. Que. Sou. Tão. Idiota?

— S-sim, claro. Uau, sim. *Sim*. Por quê?

Olho para a casa.

—Você tem uma bela casa — elogio.

Fico imaginando como ela é por dentro. Fico tentando imaginar quem são os pais dele. Tento imaginar como ele decorou o quarto. Com pôsteres? Com luzes? Talvez tenha pintado alguma coisa. Talvez ele tenha jogos de tabuleiro antigos em pilhas. Talvez tenha um pufe. Talvez tenha bonequinhos. Talvez ele tenha lençóis de estampa asteca e paredes pretas, e ursinhos de pelúcia em caixas, e um diário embaixo do travesseiro.

Michael olha para a casa, e sua expressão muda de repente, fica desanimada.

— Sim — diz. — Acho que sim. — Ele se vira para mim. — Mas poderíamos ir a algum lugar.

Ele volta correndo para o portão e o tranca. O cabelo dele está hilário. Mas bonito. Não paro de olhar. Ele volta e passa por mim, depois se vira e estende a mão. Seu colete, grande demais para ele, está esvoaçando ao redor do corpo.

—Você vem?

Dou um passo na direção dele. E faço algo muito, muito patético.

— Seu cabelo — digo, erguendo a mão para segurar uma mecha escura que cobre o olho azul dele. — Está... *solto*. — Coloco a mecha de lado.

Então percebo o que estou fazendo, dou um salto para trás e me retraio. Queria poder desaparecer, tipo o Harry Potter.

Pelo que parece um tempo muito longo, ele não para de olhar para mim com uma expressão congelada, e depois disso, juro que fica um pouco vermelho. Ele ainda está estendendo a mão. Eu a pego, mas isso quase faz com que *ele* se sobressalte.

— Sua mão está muito fria — diz ele. —Você *tem* sangue no corpo?

— Não — respondo. — Sou uma fantasma. Lembra?

DEZESSEIS

TEM ALGUMA COISA DIFERENTE NO AR quando descemos a rua. Estamos de mãos dadas, mas não de um jeito romântico, nada disso. O rosto de Michael não sai da minha mente, e chego à conclusão de que não conheço o garoto que está andando do meu lado. Não o conheço mesmo.

Michael me leva a um café na cidade, chamado Café Rivière. Fica perto de um rio, por isso tem esse nome nada original, e eu já estive ali muitas vezes antes. Somos as únicas pessoas ali, além do proprietário francês e idoso que está varrendo o chão, e nos sentamos a uma mesa com uma toalha de mesa xadrezinha e um vaso de flores perto de uma janela. Michael bebe chá. Eu como um croissant.

Morrendo de vontade de conversar, ainda que não saiba o porquê, começo com "Por que você mudou de colégio?".

A cara que ele faz na mesma hora me mostra que não fiz a pergunta de um jeito casual como pretendia.

Eu me encolho.

— Ah, desculpa. Desculpa. Que enxerida! Não precisa responder.

Durante vários momentos, ele continua bebendo o chá. Em seguida, pousa a xícara na mesa e olha para as flores entre nós.

— Não, tudo bem. Não é muito importante.

Ele ri sozinho, como se estivesse me lembrando de uma coisa.

— Eu... hum... não me dei muito bem com as pessoas de lá. Nem com os professores, nem com os alunos... Pensei que mudar um pouco de ambiente poderia me fazer bem. Pensei que talvez eu me desse melhor com garotas ou algo idiota assim.

Ele dá de ombros e ri, mas não está achando graça, é uma risada diferente.

— Mas não. Obviamente, minha personalidade é fantástica demais tanto para garotas quanto para garotos.

Não sei por que, mas começo a me sentir bem triste. Não é minha tristeza normal de sempre, sabe, aquele drama desnecessário e dó de mim mesma, mas, sim, uma tristeza que é meio projetada para fora.

—Você deveria estar no elenco de *Waterloo Road* ou de *Skins* ou qualquer coisa assim — digo.

Ele ri de novo.

— Por quê?

— Porque você é...

Termino a frase dando de ombros. Ele responde com um sorriso.

Permanecemos em silêncio por vários outros instantes. Eu como. Ele bebe.

— O que vai fazer ano que vem? — pergunto. É meio como se eu o estivesse entrevistando, mas, pela primeira vez, sinto algo esquisito. Como um *interesse*. — Faculdade?

Ele mexe na xícara em postura distraída.

— Não. Sim. Não, não sei. Está tarde demais, de qualquer modo; o prazo da UCAS era ontem. Como posso me decidir sobre o que estudar na faculdade? Na maior parte do tempo, no colégio, não sou capaz nem de decidir qual *caneta* usar.

— Pensei que nosso colégio, tipo... *fizesse* os alunos se candidatarem à faculdade no último ano. Ou pelo menos a um programa de aprendiz ou coisa assim. Ainda que a pessoa não aceite o convite, no fim das contas.

Ele ergue as sobrancelhas.

— Sabe, o colégio não pode *obrigar* você a fazer nada.

A verdade da frase dele me acerta como se fosse um tapa na cara.

— Mas... por que não se candidatou a algumas faculdades, de qualquer modo? Para o caso de decidir querer ir?

— Porque *odeio* estudar! — Isso sai bem alto. Ele começa a balançar a cabeça. — Pensar em ter que me sentar em uma cadeira por três anos e aprender coisas que não vão me ajudar na vida *literalmente* me enoja. Sempre fui péssimo em provas e sempre serei, e *odeio* que todo mundo pense que é preciso fazer faculdade para se ter uma vida decente!

Fico parada, embasbacada.

Não dizemos nada por cerca de um minuto, até que ele olha nos meus olhos.

— Eu provavelmente só vou fazer esportes — diz ele, calmo de novo, com um sorriso tímido.

— Isso. O que você faz?

— Oi?

— Qual esporte você pratica?

— Sou um patinador de velocidade.

— Espera aí... um o quê?

— Patinador de velocidade.

— Tipo corrida no gelo?

— É.

Balanço a cabeça.

— Parece que você escolheu o esporte mais improvável.

Ele assente, concordando.

— Pois é.

— Você é bom nisso?

Ele faz uma pausa.

— Mais ou menos — diz ele.

Começou a chover. As gotas caem no rio, água encontrando água, e escorrem pela janela como se o vidro estivesse chorando.

— Ser patinador seria bem legal — comenta ele. — Mas, sabe como é, é difícil. Coisas assim são difíceis.

Como um pouco mais de croissant.

— Está chovendo. — Ele se apoia na mão. — Se o sol saísse de novo, apareceria um arco-íris. Seria bonito. Olho pela janela. O céu está cinza.

— Não precisa aparecer um arco-íris para ficar bonito.

O dono do café murmura algo. Uma idosa com um cajado entra e se senta ao nosso lado, perto de uma janela. Parece um baita esforço para ela. Percebo que as flores na nossa mesa são falsas.

— O que devemos fazer? — pergunta Michael.

Demoro um pouco para pensar.

—Vai ter *Star Wars: O império contra-ataca* no cinema hoje à tarde — digo.

—Você é fã de *Star Wars*?

Cruzo os braços.

— Isso te surpreende?

Ele olha para mim.

—Você é muito surpreendente. De modo geral.

E sua expressão muda.

—Você é fã de *Star Wars* — diz ele.

Franzo a testa.

— Bem... sou.

— E sabe tocar violino.

— Hum... sei.

— Gosta de gatos?

Começo a rir.

— Do que você está falando, porra?

— Me distraia um pouco.

— Sim, está bem, os gatos são fabulosos.

— E o que você acha sobre a Madonna? E sobre o Justin Timberlake?

Michael é uma pessoa muito esquisita, mas essa conversa está chegando cada vez mais perto da insanidade.

— Hum... sim, algumas músicas deles são boas. Mas, por favor, explique o que você está falando. Estou começando a me preocupar com sua saúde mental.

— *Solitaire*.

Nós dois paramos, um olhando para a cara do outro. A brincadeira com *Star Wars*. O vídeo do violino. Os gatos, "Material Girl", "SexyBack", do Justin Timberlake...

— Você está sugerindo o que acho que está sugerindo?

— O que acha que estou sugerindo? — pergunta ele, com cara de inocente.

— Acho que você está sugerindo que o Solitaire tem algo a ver *comigo*.

— E o que você tem a dizer sobre isso?

— Posso dizer que isso é a coisa mais hilária que ouvi esse ano. — Fico de pé e começo a vestir o casaco. — Sou, literalmente, a pessoa mais sem graça da face da Terra.

— Isso é o que *você* pensa.

Em vez de discutir mais, pergunto:

— Por que está tão interessado neles?

Ele para e se recosta de novo.

— Não sei. Só fico curioso em relação a isso, sabe? Quero saber quem está fazendo isso. E por quê. — Ele ri.

— Minha vida é bem sem graça.

Demora alguns segundos para o impacto total dessa última frase dele chegar a mim.

É a primeira vez que ouço Michael Holden dizer algo assim. Algo que eu diria.

— Ei — digo. Meneio a cabeça para ele, afirmando. — A minha também.

Antes de sairmos do café, Michael compra uma jarra de chá para a senhora. Em seguida, ele me leva ao rinque de patinação para me mostrar a rapidez com que patina. Percebo que ele tem muita amizade com todos os funcionários. Michael os cumprimenta enquanto passa, e eles fazem questão de me cumprimentar também, o que é meio esquisito, mas me deixa meio tranquila.

Michael patina como louco. Ele não passa por mim, ele *voa*, e tudo fica mais lento e eu vejo seu rosto se virar para mim e um sorriso, o sorriso dele, se abre e ele desaparece, deixando só seu cheiro. Eu, em comparação, caio mais de sete vezes.

Depois de deslizar pelo gelo por um tempo, ele decide ter pena e patinar comigo. Seguro as mãos dele, tentando não cair de cara, enquanto Michael patina de costas, e me puxa junto e ri tanto da minha cara concentrada que pequenas lágrimas aparecem no canto dos seus olhos. Quando pego o jeito da coisa, nós patinamos pelo rinque ao som de "Radio People", de Zapp, uma preciosidade não valorizada dos anos 1980, e por coincidência minha música preferida de *Curtindo a vida adoidado*. Na saída, depois de cerca de uma hora, ele me mostra a foto dele no quadro do Clube de Patinação, aos dez anos, segurando um troféu acima da cabeça. Não tem ninguém na cidade além de poucos idosos. Domingo preguiçoso. Visitamos todas as lojas antigas. Toco um violino de segunda mão e me lembro de um número surpreendentemente grande de músicas. Michael me acompanha ao piano, e tocamos até os donos da loja decidirem que somos chatos demais e nos mandarem embora. Em outra loja, encontramos um caleidoscópio incrível. É de madeira e se abre para fora feito um telescópio, e nós nos revezamos analisando os detalhes até Michael decidir comprá-lo. É caro também. Pergunto por que comprou. Ele diz que não gostou de pensar que o instrumento talvez nunca fosse visto por alguém.

Caminhamos ao longo do rio e lançamos pedras nele, e brincamos de jogar gravetos na água sobre a ponte. Voltamos ao Café Rivière para almoçar um almoço tardio e para Michael tomar mais chá. Vamos ao cinema assistir *Star Wars: O império contra-ataca*, que, claro, é excelente, e então assistimos à *Dirty Dancing* porque parece que estamos fazendo um dia "De volta aos anos 1980". *Dirty Dancing* é um filme muito idiota. A protagonista provavelmente é a pessoa mais irritante que tive a infelicidade de conhecer. Ainda mais por causa das suas roupas. E sua voz.

No meio do filme, recebo outra mensagem no meu blog.

Anônimo: Pensamento do dia: Por que as pessoas deixam jornais nos trens?

Mostro o comentário a Michael.

— Que pergunta *fantástica* — diz ele.

Não entendo por que é uma pergunta fantástica, por isso eu a apago, como fiz com a outra.

Não sei que horas são, mas está escurecendo. Voltamos ao Sol Moribundo. Mais à frente no penhasco fica a casa de Michael, brilhando contra o céu. O topo do penhasco realmente é o melhor lugar do mundo. O melhor lugar do universo.

Nós nos equilibramos na beirada, deixando o vento passar por nossas orelhas. Balanço minhas pernas e, depois de certa persuasão, ele também faz a mesma coisa.

— O sol está se pondo — diz ele.

— O sol também se levanta — falo, sem me conter.

Ele vira a cabeça como um robô.

— Diga de novo.

— O quê?

— Diga de novo.

— Dizer o quê?

— O que acabou de dizer.

Suspiro.

— *O sol também se levanta*.

— E quem, posso perguntar, escreveu essa preciosidade literária?

Suspiro de novo.

— Ernest Hemingway.

Ele começa a balançar a cabeça.
—Você odeia literatura. Odeia. Não consegue nem mesmo ler *Orgulho e preconceito*.

Eu não respondo.

— Cite outros três romances de Hemingway.

— É mesmo? Você vai mesmo me pedir para fazer isso?

Ele sorri.

Reviro os olhos.

— *Por quem os sinos dobram*. *O velho e o mar*. *Adeus às armas*.

Ele fica boquiaberto.

— Não li nenhum deles.

—Vou ter que testar você.

— Ai, meu Deus.

— Quem escreveu *A redoma de vidro*?

— ...

— Não finja que não sabe, Spring.

É a primeira vez que ele me chama só pelo sobrenome. Não sei bem o que isso diz sobre nosso relacionamento.

— Certo. Sylvia Plath.

— Quem escreveu *O apanhador no campo de centeio*?

— J. D. Salinger. Você está me dando os mais fáceis.

— Certo. Quem escreveu *O chamado*?

— Samuel Beckett.

— *Um teto todo seu*?

—Virginia Woolf.

Ele olha para mim de soslaio.

— *Os belos e malditos*.

Quero parar de responder, mas não consigo. Sou incapaz de mentir para ele.

— F. Scott Fitzgerald.

Ele balança a cabeça.

—Você sabe os nomes de todos os livros, mas não leu nenhum deles. É meio como se recusar a pegar uma única moeda numa chuva de dinheiro.

Sei que se eu insistisse em continuar lendo além das primeiras páginas, provavelmente gostaria de alguns livros, mas não insisto. Não consigo ler livros porque eu sei que nada daquilo é real. Sim, sou hipócrita. Os filmes não são de verdade, e eu os amo. Mas os livros... são diferentes. Quando você assiste a um filme, é meio alguém de fora olhando para dentro. Com um livro... você está bem ali. Você está ali dentro. É o personagem principal.

Um minuto depois, ele pergunta:

—Você já namorou alguém, Tori?

Dou risada.

— Claro que não.

— Não diga isso. Você é sexy pra caramba. Poderia ter um namorado com facilidade.

Não sou sexy pra caramba coisa nenhuma.

Começo a falar com sotaque.

— Sou uma mulher forte e independente que não depende de homem nenhum.

Isso faz Michael rir tanto que ele tem que rolar para o lado e esconder o rosto com as mãos, o que me faz rir também. Continuamos rindo histericamente até o sol se pôr quase por completo.

Quando nos acalmamos, Michael se deita na grama.

— Espero que você não se importe se eu disser, mas parece que a Becky não anda muito com você no colégio. Sei lá, se eu não soubesse, não teria como adivinhar que vocês eram melhores amigas. — Ele olha para mim. —Vocês não conversam muito.

Cruzo as pernas. Mais uma mudança repentina de assunto.

— É... ela... não sei. Talvez seja por isso que somos melhores amigas. Porque não precisamos mais conversar tanto.

— Olho para ele deitado. O braço está sobre a testa, os cabelos espalhados no escuro e o resto da luz rodopiando em formatos caleidoscópicos no seu olho azul. Desvio o olhar. — Ela tem muito mais amigos do que eu, acho. Mas tudo bem. Não me incomodo. É compreensível. Sou bem chata. Sei lá, ela teria uma vida muito chata se passasse o tempo todo comigo.

—Você não é chata. É o oposto de chata.

Pausa.

— Acho que você é uma ótima amiga — diz.

Ele sorri para mim e me lembro da expressão dele no dia em que nos conhecemos; alegre, vibrante, com algo quase inalcançável.

— Becky tem muita sorte de ter alguém como você.

Eu não seria nada sem a Becky, acho. Apesar de as coisas estarem diferentes. Às vezes, choro pensando em quanto a amo.

— É o contrário — digo.

A maior parte das nuvens já se afastou. O céu está laranja no horizonte, levando a um azul-escuro acima das nossas cabeças. Parece um portal. Começo a pensar no filme do *Star Wars* a que assistimos mais cedo. Eu queria muito ser Jedi quando era criança. Meu sabre de luz seria verde.

— Eu deveria ir para casa — falo, por fim. — Não contei a meus pais que pretendia sair.

— Ah. Certo. — Nós dois nos levantamos. — Vou para casa com você.

— Não precisa fazer isso.

Mas ele faz, de qualquer modo.

DEZESSETE

QUANDO CHEGAMOS DO LADO DE FORA DE CASA, o céu está escuro e sem estrelas.

Michael se vira e me abraça. Isso me pega de surpresa, de um jeito que eu não tenho tempo para reagir, e meus braços ficam, de novo, presos nas laterais do meu corpo.

— Tive um dia muito bom — diz ele, me abraçando.

— Eu também tive.

Ele me solta.

— Você acha que somos amigos?

Hesito. Não consigo pensar no porquê. Hesito sem motivo.

Vou me arrepender do que digo em seguida quase na mesma hora em que as palavras saem da minha boca.

— É como se... se você quisesse muito ser meu amigo — digo.

Ele parece levemente envergonhado, parece quase se desculpar.

— É como se você estivesse fazendo isso sozinho — comento.

— Todas as amizades são egoístas. Talvez se fôssemos todos altruístas, deixaríamos uns aos outros em paz.

— Às vezes, isso é o melhor.

Essa frase o magoa. Eu não deveria ter dito. Estou afastando a felicidade temporária dele.

— É?

Não sei por que não posso dizer que somos amigos e pronto.

— O que é isso? Essa coisa toda. Conheci você, tipo... há duas semanas. Nada disso faz sentido. Não entendo por que você quer ser meu amigo.

— Foi o que você disse da última vez.

— Última vez?

— Por que está deixando tudo isso tão complicado? Não somos crianças de seis anos.

— Eu sou péssima em... eu sou... não sei.

Ele entorta os lábios para baixo.

— Não sei o que dizer — digo.

— Tudo bem. — Ele tira os óculos para limpá-los com a manga da blusa. Eu nunca o vi sem óculos antes. — Está tudo bem.

E então, quando volta a colocar os óculos, toda a tristeza se desfaz, e o que sobra por baixo é o Michael de verdade, o fogo, o garoto que patina, o garoto que me seguiu até um restaurante para me dizer algo sobre o qual ele não se lembrava, o garoto que não tem nada melhor a fazer a não ser me forçar a sair de casa e viver.

— Está na hora de eu desistir? — pergunta, e ele mesmo responde. — Não, não está.

—Você fala como se estivesse apaixonado por mim. Pelo amor de Deus.

— Não há motivo para eu não me apaixonar por você.

—Você deu a entender que era gay.

— Isso é subjetivo.

— E então?

— Se sou gay?

— Se está apaixonado por mim.

Ele pisca.

— *Isso é segredo.*

— Vou entender isso como um não.

— Claro que vai. Claro que vai entender isso como um não. Nem sequer teve que fazer a pergunta, não é?

Ele está me irritando. Muito.

— Meu Deus do céu! Sei que sou uma pessimista idiota, mas pare de agir como se eu fosse uma espécie de psicopata deprimida!

E, de repente — feito uma mudança de vento, um obstáculo na rua ou o momento em que você grita num filme de terror —, de repente, ele se torna uma pessoa bem diferente. Seu sorriso desaparece, e o azul e o verde dos olhos se intensificam. Ele cerra o punho e rosna, *rosna* para mim.

—Talvez você *seja mesmo uma psicopata deprimida.*

Paro, assustada, enjoada.

— Tudo bem.

Eu me viro,

entro em casa

e fecho a porta.

Charlie está na casa de Nick — quem diria? Vou ao quarto dele e me deito. Ele tem um mapa-múndi do lado da cama com certos lugares circulados. Praga. Quioto. Seattle. Também há várias fotos dele com Nick. Nick e Charlie na London Eye. Nick e Charlie num jogo de rúgbi. Nick e Charlie na praia. O quarto dele é muito organizado. Obsessivamente organizado. Tem cheiro de produto de limpeza. Olho para o livro que ele está lendo, ao lado do travesseiro dele. Chama-se *Abaixo de zero* e é de Bret Easton Ellis. Charlie já conversou comigo sobre ele, certa vez. Disse que gostava do livro porque é do tipo que faz você entender as pessoas um pouco melhor, e também disse que o ajudava a *me* entender um pouco melhor. Não acreditei muito nele, porque acho que os romances podem muito bem fazer lavagem cerebral nas pessoas, e parece que Bret Easton Ellis não é bem falado no Twitter.

No criado-mudo há uma gaveta onde ficavam todas as barras de chocolate organizadas, mas minha mãe as encontrou e jogou no lixo algumas semanas antes de Charlie ir para o hospital pela primeira vez. Agora, há muitos livros na gaveta. Muitos dos quais, claro, meu pai deu a ele. Fecho a gaveta.

Vou pegar meu laptop e o levo ao quarto de Charlie, e começo a navegar por alguns blogs.

Estraguei tudo, não é?

Estou brava por Michael ter dito aquilo. Detesto que ele tenha dito aquilo. Mas eu disse coisas idiotas também. Fico sentada pensando se Michael vai conversar comigo amanhã. Isso deve ser minha culpa. Tudo é minha culpa.

Fico imaginando o quanto Becky vai falar sobre Ben amanhã. Muito. Penso também com quem mais eu poderia ficar. Não tem ninguém. Penso que nunca mais quero sair dessa casa. Penso se tinha lição de casa a fazer este fim de semana. Penso na pessoa terrível que eu sou.

Coloco *Amélie* para assistir, que é o melhor filme estrangeiro da história do cinema. Na minha opinião, esse é um dos filmes *indie originais*. Acerta *em cheio* no romance. Dá para dizer que é de *verdade*. Não é tipo "ela é linda, ele é bonitão, os dois se odeiam, e então percebem que existe um outro lado dos dois, começam a gostar um do outro, declaração de amor, fim". O romance desse filme tem sentido. Não é falso, é crível. É *real*.

Desço a escada. Minha mãe está no computador. Digo boa-noite a ela, mas ela demora pelo menos vinte segundos para me ouvir, por isso subo a escada de novo com um copo de limonada diet.

DEZOITO

BECKY ESTÁ com Ben Hope na escola. Eles estão juntos. Estão juntos no salão e estão sorrindo muito. Depois que passo muitos minutos sentada em uma cadeira giratória, Becky enfim percebe que estou aqui.

— Oi!

Ela sorri para mim, mas o cumprimento parece forçado.

— Bom dia.

Becky e Ben também estão sentados, e Becky está com as pernas esticadas sobre o colo dele.

— Acho que nunca falei com você — diz Ben. Ele é tão atraente que eu me sinto mais do que esquisita. Detesto isso. — Qual é o seu nome?

— Tori Spring — respondo. — Estou na sua turma de matemática. E de inglês.

— Ah, sim, pensei que a tinha visto! — Acho que ele não tinha me visto. — Sim, sou o Ben.

— Sim.

Permanecemos sentados ali por um tempo, ele esperando que eu continue a conversa. Está claro que ele não me conhece bem.

— Espere. Tori *Spring*? — Ele semicerra os olhos para mim. — Você... é a irmã de *Charlie* Spring?

— Sou.

— Charlie Spring... que sai com Nick Nelson?

— Isso.

Instantaneamente, todos os rastros de simpatia desaparecem do rosto, deixando apenas um tipo de ansiedade sofrida. Por um momento, é quase como se ele estivesse esperando uma reação da minha parte. Mas logo passa.

— Legal. Sim, eu o vi no Truham.

Meneio a cabeça.

— Legal.

— Você conhecia Charlie Spring? — pergunta Becky. Ben mexe nos botões da camisa.

— Não muito. Eu o via por aí, sabe? Mundo pequeno, né?

— Sim — digo, depois murmuro: — *Né*.

Becky está olhando para mim com uma expressão esquisita. Olho para ela, tentando lhe contar por telepatia que não quero estar aqui.

— Tori — diz Becky —, você fez o dever de casa de sociologia?

— Fiz. E você?

Ela sorri timidamente e olha de esguelha para Ben. Eles trocam um olhar brincalhão.

— Estávamos ocupados. — Ela ri.

Tento não pensar nas conotações da palavra "ocupados".

Evelyn está aqui o tempo todo, longe de nós, falando com algum aluno do segundo ano com quem eu não converso. Nesse momento, ela gira na cadeira, revira os olhos para Ben e Becky e diz:

— Ai, por que vocês dois são tão *adoráveis*?

Olho para ela. Seu penteado de hoje está bem peculiar, o que só enfatiza sua originalidade hipster. Ela está usando brincos grandes e as unhas estão pretas. Sei que a aparência não deveria importar, nem as roupas, e me esforço para não julgá-la, mas sou uma pessoa muito ruim, então fracasso feio.

Procuro na bolsa, encontro meu dever de casa e o entrego a Becky.

— Devolva na aula de sociologia — digo.

— *Ah*. — Ela pega a folha de papel. — Você é *incrível*. Obrigada, querida.

Becky nunca me chamou de "querida" em toda a minha vida. Ela já me chamou de "cara". Já me chamou de "chapa". Já me chamou de "meu" cem bilhões de vezes. Mas nunca, nunca me chamou de "querida".

O sinal toca e saio sem me despedir.

Lucas se aproxima de mim no intervalo enquanto estou arrumando meus livros no armário. Ele tenta dar início a uma conversa e, para ser sincera, só porque sinto muita pena dele na maior parte do tempo, me esforço muito para ouvi-lo. Mas "me esforço muito" quer dizer que eu só não o ignoro. Sinto que os cabelos dele cresceram desde sexta.

Conversamos sobre a festa de Becky.

— Sim, fui para casa meio cedo — diz ele. — Você meio que desapareceu do nada.

Fico me perguntando se ele me viu com Michael.

— Pois é — respondo, olhando depressa para ele com uma das mãos na porta do armário. — Hum... eu também fui para casa.

Ele meneia a cabeça para mim e enfia as mãos nos bolsos da calça. Mas percebo. Percebo que ele sabe que eu não fui para casa. Há um silêncio breve, e ele segue em frente depressa.

— Não sei se ela gostou do meu presente — comenta ele, dando de ombros. Em seguida, olha para mim. — Sempre fui muito bom em comprar presentes para *você*.

Concordo balançando a cabeça. É verdade.

— Sim, verdade.

— Cinco de abril, né?

Ele se lembra do dia do meu aniversário.

Eu me viro, demorando mais do que preciso para pegar meus livros de matemática.

— Bem lembrado.

Mais uma pausa esquisita.

— O meu é em outubro — diz ele. Então, ele já tem dezessete. — Pensei que você pudesse não se lembrar.

— Não sou muito boa em lembrar as coisas.

— Sim. Não, tudo bem.

Ele ri. Começo a me sentir meio tonta. Quando os alunos enfim saem para a terceira aula, o alívio quase me faz desmaiar.

Na quarta aula, Solitaire aparece de novo. O único site que os computadores do colégio acessam é o blog do Solitaire, que no momento está mostrando uma foto grande de Jake Gyllenhaal sem camisa, embaixo das seguintes palavras:

> *Pessoal do Solitaire,*
>
> *Chegamos aos 2 mil seguidores. Sua recompensa é a destruição de todas as aulas de TI de hoje no Higgs, à la Gyllenhaal. Para aqueles de vocês que não frequentam o Higgs, temos certeza de que gostarão de Gyllenhaal mesmo assim.*
>
> *Paciência Mata*

Os professores estão praticamente arrancando os alunos das salas de informática, e todas as aulas de TI são canceladas até segunda ordem. Eu admiro o Solitaire por seus esforços.

Kent decidiu avançar um pouco com as coisas, e não o critico por isso. No começo do almoço, me vejo entrando na sala do ensino médio para fazer uma "entrevista de aluno", que é um termo dos professores para "interrogatório". Kent está ali sentado à frente do computador e Strasser também, piscando animada. Eu me sento em uma cadeira. Na parede em frente há um pôster no qual se lê "CONVERSAR É BOM". Isso não faz o menor sentido.

— Não vamos segurá-la aqui por muito tempo — diz ela. — Aqui é seguro. O que você disser aqui dentro permanecerá em segredo.

Kent lança um olhar esquisito a Strasser.

— Só queremos saber se você viu ou ouviu algo que possa nos ajudar — diz ele.

— Não — respondo, apesar de haver mensagens, e a invasão da C13, e a reunião. — Sinto muito. Nada.

Sei que isso é mentira. E não sei por que menti. Só sinto que se disser algo a respeito do que vi e ouvi, isso vai me *envolver*. E eu não gosto de estar *envolvida*.

—Tudo bem — diz Kent. — Fique atenta. Sei que você não é monitora, mas... você sabe como é.

Afirmo balançando a cabeça e me levanto para sair.

— Tori — chama Kent. Eu me viro. Ele lança um olhar para mim. Um olhar diferente. Mas então passa. — Fique atenta. As coisas não podem piorar.

Estou navegando por um blog no salão depois do almoço quando Nosso Grupo entra e se senta a uma mesa, vindo do refeitório. Hoje, vejo Becky, Lauren e Rita. Nada de Lucas nem de Evelyn. Eu me esqueci de preparar meu almoço e estou sem dinheiro, mas, para ser sincera, estou meio enjoada só de pensar em comida. Becky me vê perto dos computadores e se aproxima. Saio do blog e abro um trabalho de inglês que não terminei.

— Por que está aqui sozinha?

— Não fiz aquele trabalho de inglês ainda.

— Que trabalho de inglês? Pensei que tivéssemos outro dever de casa.

— O miniensaio. Os protagonistas de *Orgulho e preconceito*. É para amanhã.

—Ah. É, não vai rolar de jeito nenhum. Comecei a perceber que prefiro viver a fazer trabalhos.

Meneio a cabeça como se entendesse.

— É justo.

—Você viu minha atualização no Facebook?

—Vi.

Ela suspira e leva as mãos ao rosto.

— Estou muito feliz! Nem acredito! Ele é o cara mais maneiro que já conheci.

Concordo e sorrio.

— Estou muito feliz por você! — Não paro de assentir e sorrir. Estou como aquele buldogue da Seguradora Churchill. *Isso.*

— No sábado, enviei uma mensagem de texto a ele, tipo... você estava falando sério sobre todas as coisas que disse na festa, ou estava só afetado pelo álcool, e ele disse que estava falando sério a respeito de tudo, que gosta muito de mim.

— Que bonitinho!

— Eu gosto muito dele também.

— Que bom!

Ela pega o telefone e percorre a lista de contatos, então o balança e ri.

— Há muito tempo não me sinto tão feliz!

Mantenho as mãos unidas no colo.

— Estou muito feliz por você, Becky!

— Hehehehe, obrigada.

Permanecemos em silêncio por alguns segundos. Apenas sorrimos.

— O que você fez no fim de semana? — pergunta ela, por obrigação.

Passo a mão pelos cabelos. Uma mecha tinha caído para o lado errado.

— Nada. Você me conhece.

Ela continua olhando nos meus olhos.

— Acho que você poderia ser muito mais extrovertida do que é. Tipo... você não se esforça. Se tentasse, poderia encontrar um namorado rapidinho.

— Não preciso de namorado — digo.

Depois de um tempo, os alunos vão para a aula. Terminei e imprimi aquele trabalho. Todo mundo segue para os seus grupos, menos eu. Começo a caminhar para a minha sala, mas quando viro à direita, Michael passa por mim e, ao vê-lo, sinto vontade de começar a dar chutes e socos nas coisas. Ele para e pergunta:

— Aonde você vai?

Mas eu caminho, passo pelo portão da escola e continuo andando. Não tem quase ninguém na nossa cidade moribunda e estamos com temperaturas congelantes, mas deixei meu casaco no colégio, e quando finalmente chego em casa, estou sozinha, então vou para a cama e durmo até minha mãe me acordar para jantar, sem ter a menor ideia de que fugi da escola.

Naquela tarde, Charlie tem um horário com o psiquiatra no hospital, e todos decidimos ir — minha mãe, meu pai e eu —, por isso deixamos Oliver em casa com Nick de babá. Meus pais vão a uma reunião primeiro, e deixam Charlie e eu na sala de espera. É a primeira vez que estou no hospital desde que Charlie foi internado ano passado, e ainda é assustadoramente otimista. Na parede tem um quadro grande de um arco-íris e do sol com uma carinha sorridente.

A ala dos adolescentes tem pacientes com todos os tipos de doenças mentais. Neste momento, na mesma sala em que estamos, há uma garota anoréxica lendo *Jogos vorazes*, e a ironia disso tudo é cruel demais para que eu caia na risada. Tem um garoto mais jovem, de uns treze anos, assistindo *Shrek* e rindo feito um louco de tudo o que o Burro diz.

Charlie não conversa comigo desde sexta-feira. Mas também não conversei com ele. Depois de vários minutos, ele quebra nosso silêncio.

— Por que não estamos conversando? — Ele está usando uma camisa xadrez larga e calça jeans. Seus olhos estão escuros e inexpressivos.

— Não sei. — É tudo o que digo.

—Você está brava comigo.

— Não estou, não.

— Deveria estar.

Cruzo as pernas no sofá.

— Não é sua culpa.

— De quem é, então? — Ele se apoia em uma das mãos. — Quem é responsável por isso?

— *Ninguém* — digo. — Merdas acontecem. Merdas acontecem com pessoas erradas. Você sabe disso.

Ele olha para mim por muito tempo, com a cabeça um pouco abaixada. Está segurando as mangas da camisa, por isso não vejo os punhos.

— O que você esteve aprontando? — pergunta ele.

Penso antes de dizer.

— Passei o fim de semana todo com Michael Holden.

Ele ergue as sobrancelhas.

— Não nesse sentido — falo.

— Eu não disse nada.

— Mas estava pensando.

— Por que passou o fim de semana todo com ele? Vocês são amigos? — Os olhos dele brilham. — Eu não pensei que você tinha feito isso.

Fecho a cara.

— Ele me disse que eu era uma "psicopata deprimida". Acho que ele não...

A máquina de água borbulha. As janelas estão entreabertas e o vento está esvoaçando as cortinas dos anos 1980. Charlie olha para mim.

— O que mais está acontecendo? — pergunta. — Não conversamos direito há muito tempo.

Relaciono os acontecimentos.

— Becky está saindo com Ben Hope. Ela fala sobre ele o tempo todo. Não converso com papai nem com mamãe direito desde sábado. Não tenho dormido muito. E... Michael.

Charlie assente.

— Muita coisa.

— Eu sei. Uma série de problemas de Primeiro Mundo.

No corredor fora da sala de visitas, o alarme de emergência começa a tocar, indicando que em algum lugar no prédio um paciente precisa ser controlado. Observo pelas cortinas quando uma garota passa correndo, gritando, e acaba sendo perseguida e pega por três assistentes grandalhões. É quase cômico. Charlie nem pisca.

— Espere — disse ele. — Você disse que Becky está saindo com *Ben Hope*?

— Sim.

— Ben Hope que estudava no Truham?

— Por quê? Você o conhece?

A pergunta quase parece assustá-lo. Depois de uma breve pausa, ele diz:

— Sim, éramos amigos. Mas não somos mais.

— Sei.

— Não vou ao colégio amanhã também.

— Sério?

— Sério. Mamãe e papai estão me obrigando. Eles estão levando isso meio longe demais.

Dou risada.

— Encontrei você coberto de sangue na cozinha, idiota.

Ele se recosta.

— Bom, sou ou não sou uma bela rainha dramática?

—Você quer que eu pegue o ônibus com você na quarta? Costumo ir andando à escola, e Charlie vai de ônibus. Odeio pegar ônibus.

A expressão dele fica mais leve e Charlie sorri.

— Quero, obrigado. — Ele se ajeita no sofá, de modo que seu corpo fica de frente para mim. — Acho que você deveria dar uma chance ao Michael.

Uma chance?

— Sei que Nick e eu dissemos que ele é esquisito, e ele *é* esquisito, e sei que você acha que é mais fácil ficar sozinha, mas cada minuto que você passa pensando no que não está fazendo é outro minuto em que você se esquece de como conviver com os outros.

— Eu não...

— Michael é legal. Ele provou isso. Não entendo por que você não aceita coisas assim. Se não puder aceitar as coisas que não entende, vai passar a vida questionando tudo. Assim, você vai ter que viver a vida na sua própria cabeça.

Somos interrompidos por uma enfermeira que entra na sala e pede para Charlie ir à reunião com nossos pais. Ele se levanta, mas não se afasta. Olha para mim.

— Isso é ruim? — pergunto.

Ele pisca lentamente, olhando de relance para a anoréxica que está lendo *Jogos vorazes*.

—Victoria, é assim que uma pessoa acaba vindo parar num lugar como este.

DEZENOVE

O ALARME DE INCÊNDIO TOCA na quinta aula do dia seguinte. Eu tinha acabado de me sentar no salão, ouvindo "Fix You", do Coldplay, no iPod sem parar (patético, eu sei), quando a sirene começou a tocar. Estamos no meio do mato congelante do campo do colégio, em fila com nossos grupos.

Ouço pelo menos três pessoas comentando sobre um incêndio no escritório de Kent, mas por ter passado mais de cinco anos numa escola só de meninas, aprendi a não confiar em nada do que dizem.

Ninguém que eu conheça de verdade está no meu grupo, por isso estremeço e olho ao redor. Vejo Michael em um grupo a algumas fileiras de mim, meio deslocado entre os alunos do terceiro ano. Ele parece meio deslocado em qualquer lugar.

Começo a me perguntar se meu acesso no domingo é o motivo pelo qual ele não me ligou nem me procurou na escola. Fico tentando imaginar se ele ainda vai querer ser meu amigo. Talvez eu devesse ouvir o Charlie. Se ele acha que Michael é legal, deve ser, e eu deveria dar uma chance a ele. Não que isso importe, porque eu recusei sua sugestão, de qualquer modo. Ele não vai me dar outra chance. Tudo bem. Beleza. Não quero ir àquela reunião do Solitaire nesse sábado, então pelo menos escapei dessa.

Fico olhando para ele porque alguma coisa não está certa.

Com os olhos semicerrados, ele está olhando para um livro sem ler, e seu rosto está tão congelado que *eu* fico tensa. Na verdade, quase acho que ele está prestes a chorar. Não vejo o nome do livro, mas é muito grosso e está quase no fim. Além disso, a gravata dele não está feita — ele a enrolou no pescoço tipo um cachecol — e seus cabelos não estão repartidos como sempre. Queria saber o que ele está lendo. Sei que não gosto de livros, mas sempre dá para saber o que alguém está pensando ao observar o que está lendo.

Um pouco mais adiante, Lucas caminha em direção ao campo com Evelyn e um cara desconhecido com cabelos compridos, parte do último grupo a chegar. Lucas parece igualmente triste. Começo a sentir que todo mundo está triste. Tudo está triste. Tudo triste.

Fico me perguntando se Lucas é o namorado secreto da Evelyn. É possível que seja.

Não quero mais pensar em Lucas nem em Michael. Pego meu celular e acesso o blog do Solitaire. Pelo menos posso dar mais uma olhada em Jake Gyllenhaal. Ele é um ser humano lindo.

Mas tem um post novo que superou Jake. É uma foto de uma mão, talvez a de uma garota, mas pode ser de um garoto, com o indicador esticado, prestes a quebrar o vidro de um botão do alarme de incêndio de uma escola. Embaixo, está escrito:

OUSO
PERTURBAR O UNIVERSO?

Olho para a foto por muito tempo e começo a me sentir um pouco claustrofóbica. Aquela pergunta, aquelas duas linhas de poesia, ficam brilhando na minha mente como se estivessem se dirigindo a mim. Fico tentando entender como sequer *sei* que essas duas linhas são de um poema, porque acho que nunca vi um poema que não fizesse parte de um trabalho de escola. Eu me pergunto se deveria indagar a Michael, porque ele provavelmente saberia de qual poema era, mas então lembro que ele acha que sou uma psicopata depressiva. E termina aí.

VINTE

CHEGO EM CASA. Tudo acontece normalmente. Digo oi a Nick e a Charlie. Ligo meu laptop. Coloco um filme para assistir. E aí faço algo esquisito.

Ligo para o Michael.

16:49
Chamando

M: Alô?

T: Oi, é a Tori.

M: Tori? Sério? Você me ligou *de novo*? Duas vezes em quinze dias. Você não me passa a impressão de ser alguém que gosta de dar telefonemas.

T: Pode acreditar, não sou.

M:
T: Eu reagi de modo exagerado. Sou eu quem tem que pedir desculpa. Liguei para me desculpar.
M:
T:
M: Também peço desculpa. Não acho que você seja uma psicopata.
T: Não? É uma suposição válida.
M: Nem sei por que precisamos nos desculpar. Nem me lembro sobre o que estamos discutindo. Não acho que *discutimos*.
T: Está em negação?
M: Você está?
T: O que quer dizer?
M: Sei lá.
T: Me desculpe por ter reagido mal.
M:
T: Quero ser sua amiga. Pode... podemos...
M: Já somos amigos, Tori. Não precisa pedir. Já somos amigos.
T:
M: Charlie está bem?
T: Ele está bem.
M: Você está bem?
T: Estou bem.
M:
T:
M: Sei que Becky e Ben andam bem juntinhos.

T: Ah, sim, eles estão praticamente grudados. Ela está bem feliz.
M: Você está feliz?
T: O quê?
M: Você está feliz?
T: Sim, estou feliz por ela. Estou feliz por ela. É minha melhor amiga. Estou bem feliz por ela.
M: Não foi o que perguntei.
T: Não entendi.
M:
T:
M: Você vai à reunião do Solitaire comigo no sábado?
T:
M: Não quero ir sozinho.
T: Vou.
M: Você vai?
T: Sim.
M:
T: Por que estou ouvindo o sopro do vento? Onde você *está*?
M: No rinque.
T: No rinque de *patinação*?
M: Tem algum outro rinque?
T: Você está ao telefone e patinando ao mesmo tempo.
M: Os homens são bons em executar várias tarefas, sabe? Onde você está?
T: Em casa, claro.
M: Que fracassada.

T: Que música é essa que está tocando?

M:

T: É música de filme, não é?

M: É?

T: É do *Gladiador*. Chama-se "Now We Are Free".

M:

T:

M: Seu conhecimento acerca de filmes é mágico.

T: Mágico?

M: Você é mágica, Tori.

T: É você quem sabe patinar. É a coisa mais próxima de voar que um ser humano consegue fazer sem um veículo.

M:

T: Você pode voar, Michael.

M:

T: O que foi?

M: Posso voar.

T: Você pode voar.

M: Ninguém nunca...

T:

M: Preferiria encontrar você em Hogwarts, então.

T: Ou na Terra do Nunca.

M: Ou nos dois.

T: Ou nos dois.

VINTE E UM

FICAR SENTADA ao lado de Charlie numa manhã de quarta-feira me acalma. Tenho muitas mensagens não lidas no blog, mas não quero lê-las. Está muito, muito ensolarado hoje. Encontramos Nick fora do Truham. Ele dá um beijo rápido em Charlie, e os dois começam a conversar, rindo. Observo quando ele e Charlie entram e sobem o caminho até o Higgs.

Estou meio que me sentindo bem porque Michael e eu estamos bem. Não sei por que exagerei tanto aquele dia. Não, mentira. Eu sei por quê. É porque sou uma idiota.

O sr. Compton, meu professor de matemática imbecil e incompreensível, decide, por somente uma aula, que precisamos formar pares com pessoas com quem não nos sentamos. E é assim que acabo me sentando ao lado de Ben Hope na aula de matemática do primeiro horário.

Trocamos cumprimentos e ficamos em silêncio enquanto Compton começa a explicar a regra do trapézio do modo mais complicado que se pode imaginar. Ben não tem estojo. Ele tem uma caneta e uma régua pequena que leva no bolso da camisa. Também se esqueceu de levar o livro. Tenho a sensação de que pode ter sido de propósito.

No meio da aula, Compton sai para tirar cópia de algumas folhas e passa um tempo fora. Para minha surpresa, Ben decide que precisa conversar comigo.

— Ei — diz ele. — Como está o Charlie?

Viro a cabeça devagar para a esquerda. Surpreendentemente, ele parece mesmo preocupado.

— Hum... — Verdade? Mentira? — Nada mal.

Ben assente.

— Sim. Certo.

— Charlie disse que vocês eram amigos, ou coisa assim.

Ele arregala os olhos.

— Hum, sim. Acho que sim. Mas sabe como é. Tipo, pois é. Todo mundo conhece o Charlie. Sabe?

Sim. Todo mundo conhece. Ninguém fica longe do colégio por três meses sem que todo mundo descubra o motivo.

— Sei.

O silêncio entre nós volta. Os outros alunos estão conversando e já está quase no fim da aula. Será que Compton foi comido pela fotocopiadora?

De repente, eu me vejo falando. Falando *primeiro*. Isso é bem raro.

—Todo mundo adora o Charlie no Truham — digo.
—Não adora? Ben começa a bater a caneta na mesa. Um sorriso estranhamente nervoso aparece no rosto dele.
—Bom, eu não diria *todo mundo*. — Ele engole em seco. Fecho a cara para Ben, que logo diz: — Não, quero dizer, ninguém pode ser amado por *todos*, não é?
Pigarreio.
—Acho que não.
—Não o conheço mais, na verdade — diz ele.
—Sim, entendo. Normalmente, pessoas como Charlie, pessoas boas, são esquecidas. Normalmente, as pessoas populares são as mais falantes e engraçadas, têm opiniões, usam roupas diferentes, abrem sorrisões e abraçam apertado. As pessoas boas são vulneráveis porque não sabem ser más. Não sabem como se colocar no alto. E seria de se pensar que alguém como Nick estaria acima no Truham — falante, atraente, líder da turma, jogador de rúgbi. Mas não. É o Charlie.

O que estou tentando dizer é que Charlie é uma boa pessoa e, apesar de tudo o que acabei de explicar, todo mundo gosta dele. E eu acho que isso é um milagre da modernidade.

VINTE E DOIS

ALMOÇO. SALÃO. Estou olhando para o meu reflexo em uma tela de computador manchada, com as mãos na cabeça. Não porque estou especialmente estressada nem nada — estou numa posição confortável, bem confortável.

— Oi — diz Lucas, sorrindo e sentado na cadeira ao meu lado. Olho para ele. Não parece tão envergonhado hoje, o que é um progresso colossal.

— Por que tão feliz? — pergunto.

Ele dá de ombros.

— Por que não?

Reviro os olhos, fingindo sarcasmo.

— Não gosto da sua atitude.

Ele olha para mim por um minuto. Pego o celular e abro o feed do meu blog.

Então, ele diz:

— Ei, hum, o que vai fazer no sábado?

— Hum, nada, acho.

— Você... deveríamos fazer algo.

— ... deveríamos?

— Sim. — Ele é quem está envergonhado. — Bem, se quiser.

— Tipo o quê?

Ele balança a cabeça, negando.

— Não sei. Só... ficar em algum lugar.

Eu me forço a pensar com muito cuidado a respeito. Poderia tentar. Para variar. Poderia tentar ser um ser humano bom.

— Ah, hum, eu disse que faria uma coisa à noite. Mas estou livre durante o dia.

Ele se anima.

— Ótimo! O que você quer fazer?

— Não sei. Foi ideia sua.

— Ah, sim... bem, você poderia ir à minha casa, se quiser. Só para assistir a filmes...

— Evelyn está bem com isso?

Sim. Cheguei lá.

— Hum... — Ele meio que dá risada, como se eu estivesse brincando. — Oi?

— Evelyn. — Minha voz começa a falhar. — Você não é... você e Evelyn...?

— Hum... estamos... não...

— Certo. Bem. Legal. Só para saber.

— Do que vocês estão falando? — Becky nos chama. Nós dois giramos na cadeira. — Parece que você está falando sobre algo interessante. Quero fofocar. *Diga.*

Pouso as pernas no colo de Lucas porque não estou nem aí para ser reservada.

— Obviamente estamos flertando. Minha nossa, Becky.

Por um segundo, Becky acha que estou falando sério. É um momento triunfante.

Mais tarde, passo por Michael no corredor. Ele para e aponta para mim.

—Você.

— Eu.

Rapidamente passamos a conversar numa escada.

— Está livre no sábado? — pergunta. Ele está segurando uma das suas canecas idiotas de chá de novo. Até deixou cair um pouco na camisa branca.

Estou prestes a dizer que sim, mas então me lembro.

— Hum... não. Eu disse que Lucas e eu faríamos algo. Foi mal.

— Ah, tranquilo. — Ele beberica o chá. — Vocês não podem faltar a reunião do Solitaire de qualquer modo.

—Ah.

—Você esqueceu?

— Não. Todo mundo está falando sobre isso.

— Acho que sim.

Nós nos entreolhamos.

— Eu *tenho* que ir? — pergunto. — Você sabe que eu não dou a mínima para o Solitaire.

— Sei — retruca ele, o que quer dizer sim, eu tenho que ir.

A horda de garotas de outros anos subindo a escada atrás de nós está diminuindo aos poucos. Preciso ir para a aula de inglês.

— De qualquer modo — diz ele. — Sim. Me encontre no sábado à noite. Quando você e Lucas terminarem... de se afagar. — Ele ergue e abaixa as sobrancelhas.

Lentamente, balanço a cabeça.

— Acho que nunca ouvi ninguém dizer essa palavra na vida real.

— Bom... — diz ele. — Fico feliz por ter tornado seu dia um pouco mais especial.

VINTE E TRÊS

QUANDO ERA MAIS JOVEM, todos os dias depois da aula eu descia a rua e encontrava o Charlie na frente do Truham. Então, seguíamos para casa de ônibus ou a pé. Apesar de ser um trajeto de ônibus de apenas dez minutos, eu tinha que aumentar o volume do meu iPod quase no máximo. Sabia que estaria surda aos vinte anos, mas se eu tivesse que ouvir aquelas crianças todo santo dia, acreditava que não chegaria aos vinte. Acho que ncm aos dezessete.

Ainda assim, apesar do meu boicote de dois anos ao ônibus, comecei a pegá-lo de novo na quarta-feira para fazer companhia a Charlie, e não tem sido tão ruim até aqui. Tivemos uma boa oportunidade de falar sobre as coisas. Gosto de conversar com o Charlie.

Bem, hoje é sexta, e o Michael decidiu que vai para casa comigo. Isso é legal, para dizer a verdade.

Nick está à minha espera na frente do Truham. Ele sempre fica particularmente lindo de gravata e blazer. A palavra "RÚGBI" costurada acima do brasão da escola reflete um pouco de luz do sol. Está usando óculos escuros. Ray-Bans. Ele vê quando Michael e eu nos aproximamos.

— Certo. — Nick assente, com as mãos nos bolsos, bolsa da Adidas atravessada no peito.

— Certo — repito.

Nick observa Michael.

— Michael Holden — diz ele.

Michael está com as mãos nas costas.

—Você é Nick Nelson.

Vejo a incerteza inicial de Nick passar com a reação estranhamente normal de Michael.

— Sim, pois é, eu me lembro de você. Do Truham. Você tem má fama, cara.

— Sim, pois é. Sou incrível.

— Radical.

Michael sorri.

— *Nicholas Nelson*.Você tem um nome excelente.

Nick ri daquela maneira calorosa dele, quase como se ele e Michael fossem amigos há anos.

— Pois é. Não tenho?

Grupos de alunos do Truham passam por nós, correndo por motivos inexplicáveis, enquanto o trânsito se mantém. Um grupo de alunas do nono ano do Higgs se aconchega de um grupo de garotos do nono ano do Truham contra o portal a vários metros de nós. Há pelo menos três casais no grupo. Deus.

Coço a testa, agitada.

— Onde está o Charlie?

Nick ergue a sobrancelha e se vira na direção do Truham.

— Ele é o único cara da turma que se importa com Clássicos, então provavelmente foi levado para uma longa conversa com o Rogers sobre, sei lá... provérbios gregos ou algo assim...

— Toriiiii!

Eu me viro. Becky está contornando os carros e saltitando na minha direção, com os cabelos roxos esvoaçados atrás dela.

Quando chega, ela diz:

— Ben disse que tinha que ir ao Truham para pegar algo do ano passado, um livro ou coisa assim, então vou esperar com vocês. Não quero ficar sozinha feito uma boba.

Sorrio. Está começando a ficar muito difícil fazer isso perto de Becky, às vezes, mas faço um esforço e forço um sorriso.

Michael e Nick estão olhando para ela com expressões vazias que não entendo.

— O que vocês estão fazendo aqui?

— Esperando Charlie — digo.

— Ah, sim.

— Devemos entrar para encontrá-lo? — sugere Nick.

— Ele está sendo muito lento.

Mas nenhum de nós se move.

— Parece que estamos em *Esperando Godot* — murmura Michael.

Ouvi falar da peça, mas não faço a menor ideia do que ele está falando.

E, como se as coisas não pudessem ficar mais esquisitas, Lucas aparece do nada.

Nick ergue os braços.

— Lucas! Cara!

Os dois se abraçam com um abraço de homens, mas Lucas parece bobo. Eles começam a trocar gentilezas e os dois usam as palavras "cara" e "amigo" vezes demais, e Michael acaba resmungando "Ai, meu *Deus*" alto demais. Felizmente, parece que Lucas e Nick não ouvem. Eu dou um risadinha.

— O que vocês estão fazendo aqui? — pergunta Lucas, fingindo não ver Michael.

— Esperando Charlie — diz Nick.

— Esperando Ben — replica Becky.

— Por que não vão à procura deles? Preciso entrar para pegar meu livro de artes.

— É o que Ben está fazendo — diz Becky.

Quando Ben volta a ser mencionado, Nick parece franzir a testa para Becky. Mas pode ser que eu esteja apenas imaginando.

— Bem, então vamos — chama ele e empurra os óculos nariz acima.

— Não podemos — sussurra Michael, transbordando sarcasmo, tão baixo que só eu ouço. — *Por que não?* Estamos esperando Charlie. *Ah.*

Ele pode estar citando uma frase, mas não ouvi nem vi nada sobre *Esperando Godot*, por isso não entendo.

Nick se vira na hora e entra no colégio. Becky logo vai atrás. E depois todos nós.

Eu me lembro na mesma hora do motivo pelo qual escolhi não estudar nesse colégio. Os garotos que passam por nós são mais do que desconhecidos. Eu me sinto presa. Quando entramos no prédio principal, as paredes parecem estar cada vez mais altas e as luzes estão baixas e piscando; vejo num breve flashback a nuca de Michael me levando em direção às provas de matemática nível avançado do Truham no ano passado. De vez em quando, passamos por radiadores antigos e enferrujados; nenhum deles parece estar emitindo calor. Começo a tremer.

— Meu Deus, parece um hospício abandonado, não é?

— Michael está à esquerda. — Eu tinha esquecido como as coisas são aqui. É como se elas tivessem sido construídas com sofrimento.

Passamos pelos corredores que parecem se materializar à frente dos nossos pés. Michael começa a assoviar. Os garotos do Truham lançam olhares engraçados na nossa direção, principalmente para Michael. Um grupo de garotos mais velhos grita:

— Oi! Michael Holden! *Babaca!*

E Michael se vira e ergue os dois polegares em sinal de positivo na direção deles. Passamos por portas duplas e nos encontramos em um labirinto grande de armários, nada diferente do nosso vestiário do Higgs. A princípio, parece vazio. Até ouvirmos uma voz.

— Que *porra* você disse a eles?

Nós cinco paramos.

A voz continua.

— Porque não me lembro de ter dito que você poderia espalhar *mentiras* a respeito de mim para a retardada da sua irmã. Quem mais está ali murmura algo inaudível. Já sei quem é. Acho que todo mundo já sabe quem é.

Vejo a cara de Becky. Não vejo essa expressão no rosto dela há muito tempo.

— *Não* me faça *rir*. Aposto que você mal podia esperar para sair correndo para contar a alguém. Todo mundo sabe que você é um idiota que gosta de atenção. Todo mundo sabe que você está fazendo isso para chamar atenção. E está contando mentiras a respeito de nós para sua irmã para ela poder espalhar a merda toda? Você acha que é muito melhor do que todo mundo porque não come, e agora voltou a estudar e, apesar de você nem ter *olhado* para mim desde que começou a andar com aquele cara do rúgbi, acha que pode espalhar merda a meu respeito que nem é verdade, porra.

— Não sei o que você acha que ouviu — diz Charlie, mais alto —, mas eu literalmente não contei a *ninguém*. De qualquer modo, não acredito que você ainda esteja *com medo* de as pessoas descobrirem.

Uma batida e um baque são ouvidos. Começo a correr em direção às vozes até perceber o que estou fazendo e encontrar Charlie encolhido no chão num canto do armário. Ben Hope está irado, batendo no rosto de Charlie, e tem sangue, e Nick acerta Ben na lateral do corpo e os dois caem no corredor e batem na parede, e estou ajoelhada ao lado de Charlie e levando minhas mãos ao rosto dele, sem ousar tocá-lo, mas os olhos dele mal estão abertos, e acho que estou tremendo e tudo parece algo que não sei e Nick está gritando "VOU MATAR VOCÊ!" várias e várias vezes; depois Michael e Lucas arrastam Nick para longe e eu ainda estou meio ali, sentada com meu irmão, com as mãos trêmulas, arrependida por ter acordado hoje, ontem, antes...

— Esse imbecil merece isso! — grita Ben, ofegante. — Ele é um mentiroso imbecil!

— Ele não disse nada para mim — digo, calma no começo. E começo a gritar. — ELE NÃO DISSE NADA PARA MIM!

Todo mundo fica em silêncio. Ben está ofegante. O que eu considerava atraente nele morreu e foi cremado.

Michael se ajoelha comigo, deixando Nick aos cuidados de Lucas. Ele estala os dedos levemente ao lado da orelha de Charlie. Charlie se remexe e seus olhos se abrem.

—Você sabe meu nome? — pergunta Michael, que não é mais Michael, mas alguém bem diferente, alguém sério, um sabe-tudo.

Depois de uma pausa, Charlie responde:

— Michael Holden. — Então, sorri feito um louco. — Holden... engraçado...

Algo muda em Nick e em um único movimento rápido, ele está no chão com a gente. Segura Charlie nos braços.

— Precisamos levá-lo ao hospital? O que está doendo?

Charlie ergue a mão, passa um dedo no rosto dele e abaixa a mão.

— Eu acho... que estou bem.

— Talvez ele tenha batido a cabeça — diz Nick.

— Não quero ir ao hospital — afirma Charlie. Seus olhos ficam fixos.

Olho ao redor. Becky parece ter desaparecido e Ben está se esforçando para ficar de pé, e Lucas parece não saber o que fazer consigo mesmo.

Charlie se levanta surpreendentemente depressa. Limpa uma mancha de sangue. Ele ficará com hematomas, mas pelo menos o nariz ainda está reto. Ele olha para Ben. Ben olha para trás e é quando vejo nos olhos de Ben.

Medo.

— Não vou contar — diz Charlie —, porque *não* sou um idiota feito você. — Ben zomba dele, mas Charlie ignora. — Mas acho que você deve pelo menos tentar ser honesto consigo mesmo, ainda que não possa ser honesto com as outras pessoas. Só é triste, sabe?

— Saia de perto de mim — resmunga Ben, mas a voz dele falha, como se estivesse à beira das lágrimas. — Suma com seu namorado, pelo amor de Deus.

Nick quase ataca pela segunda vez, mas vejo seu esforço para se controlar.

Ben olha nos meus olhos quando saímos. Olho para ele e sua expressão muda, passando do ódio para o que eu espero que seja arrependimento. Duvido. Sinto vontade de vomitar. Tento pensar em algo a dizer para ele, mas nada resume o que quero dizer. Espero que ele esteja com vontade de morrer.

Alguém segura meu braço e viro a cabeça.

—Vamos, Tori — diz Lucas.

Então, eu vou.

Enquanto saímos, Lucas com uma das mãos nas minhas costas, Nick e Michael apoiando Charlie, que ainda está um pouco trêmulo, passamos por Becky, que, por algum motivo, foi até o final de um corredor de armários. Nós nos olhamos. Sei que ela vai terminar com Ben. Ela tem que terminar com Ben. Deve ter ouvido alguma coisa. Ela é minha melhor amiga. Charlie é meu irmão.

Não entendo o que aconteceu.

— Deveríamos sentir pena de Ben? — pergunta alguém, talvez Michael.

— Por que não existem pessoas felizes? — indaga outra pessoa, talvez eu.

VINTE E QUATRO

ALGUÉM LIGA PARA O MEU CELULAR às 9:04, mas estou na cama e meu telefone está meio longe, por isso deixo que toque. Às 9:15, alguém liga no telefone fixo e Charlie entra no meu quarto, mas mantenho os olhos fechados e finjo que ainda estou dormindo, e ele vai embora. Minha cama sussurra para mim, para que eu fique. Minhas cortinas bloqueiam a luz do dia.

Às 14:34, meu pai abre a porta, ofegante e murmurando, e de repente me sinto enjoada. Cinco minutos depois, desço a escada e me sento no sofá da sala de estar.

Minha mãe entra para passar roupa.

— Você vai se vestir? — pergunta ela.

— Não, mãe. Não vou trocar de roupa nunca mais. Vou ficar de pijama até morrer.

Ela não diz mais nada. Apenas sai.

Meu pai entra na sala de estar.

— Então, você está viva?

Não digo nada porque não me sinto viva.

Ele se senta ao meu lado.

—Você vai me contar o que está acontecendo?

Não, não vou.

— Olha, se você quer ser mais feliz, precisa *tentar*. Tem que se esforçar. Seu problema é que você não tenta.

Eu tento. Tentei. Tentei por dezesseis anos.

— Cadê o Charlie? — pergunto.

— Com Nick. — Meu pai balança a cabeça, negando. —Ainda não acredito que Charlie levou um bastão de críquete na cara. Aquele garoto tem azar, mesmo.

Não digo nada.

—Você vai sair hoje?

— Não.

— Por que não? E o Michael? Você poderia passar o dia com ele de novo.

Não respondo e meu pai olha para mim.

— E a Becky? Não a vejo por aqui há algum tempo.

Não respondo de novo.

Ele suspira e revira os olhos.

— *Adolescentes* — diz, como se o simples fato de eu ser uma adolescente explicasse tudo a meu respeito.

E, então, ele sai ofegante, bufando e suspirando.

Eu me sento no cobertor sobre a cama, com uma limonada diet na mão e o celular na outra. Encontro o número de

Michael nos contatos e aperto o botão verde. Não sei por que estou ligando para ele. Acho que pode ser culpa do meu pai.

Cai direto na caixa postal.

Largo o telefone na cama e rolo para o lado de modo a ficar embaixo dos cobertores.

Claro que não posso esperar que ele apareça do nada. Afinal, ele tem uma vida. Tem uma família, trabalhos e coisas para fazer. A vida toda dele não gira ao meu redor.

Sou uma narcisista.

Procuro entre os lençóis e acabo encontrando meu laptop. Eu o ligo. Sempre que sinto dúvida em relação a alguma coisa, minha primeira parada é o Google.

E certamente estou em dúvida. A respeito de tudo.

Digito "Michael Holden" na barra de pesquisa e aperto o Enter.

Michael Holden não é um nome tão incomum. Muitos outros Michael Holdens aparecem, em especial páginas do MySpace. Desde quando o MySpace ganhou espaço? Muitos perfis do Twitter também surgem, mas não encontro o Twitter do meu Michael Holden. Ele não parece ser o tipo de cara que tem um perfil no Twitter. Suspiro e fecho o laptop. Pelo menos, tentei.

Então, como se eu tivesse combinado o momento de fechar o laptop, meu celular começa a tocar. Olho para a tela. O nome Michael Holden brilha. Com um tipo de entusiasmo novo, pressiono o botão verde.

— Alô?

— Tori! O que está rolando?

Parece que demoro mais do que o necessário para responder alguma coisa.

— Hum... hum, nada demais.

Por trás da voz de Michael, ouço o burburinho de pessoas.

— Onde você está? — pergunto. — O que está acontecendo?

Dessa vez, é ele quem para.

— Ah, sim, não contei a você, não é? Estou no rinque.

— Ah. Você tem treino ou algo assim?

— Hum, não. É que... tenho uma espécie de competição hoje.

— Uma competição?

— Isso!

— Que competição?

Ele para de novo.

— É... hum... é meio... é a semifinal do Campeonato Nacional de Patinação Juvenil.

Meu estômago se revira.

— Olha, preciso ir. Prometo que ligo quando terminar, está bem? E nós nos vemos à noite!

— ... sim.

— Certo, até mais tarde!

Ele desliga. Afasto o celular da orelha e olho para o aparelho.

Semifinal do Campeonato Nacional de Patinação Juvenil.

Não é uma competição idiota qualquer.
É...
É *importante*.
Era para isso que ele ia me convidar hoje, mas eu disse que não, que sairia com o *Lucas*. Por isso decidi evitar o Lucas.
Sem hesitar, saio da cama.

Paro a bicicleta de Charlie na frente do rinque. São 16:32 e está escuro. Devo ter perdido a apresentação. Não sei nem por que tentei, mas tentei. Quanto tempo duram as competições de patinação?

Por que Michael não me contou tudo isso antes?

Eu corro, sim, corro de verdade, entro na sala vazia e passo pelas portas duplas chegando ao estádio. Vários torcedores tomam a arquibancada do rinque e, à minha direita, patinadores ansiosos ocupam os bancos. Alguns deles devem ter dezesseis anos, alguns podem ter vinte e cinco. Não sou boa em adivinhar a idade de garotos.

Eu me aproximo da proteção de plástico do rinque e dou a volta até encontrar o portão onde a proteção não é tão alta. Olho por cima.

Tem uma corrida acontecendo. Por um momento, não sei para onde estou olhando nem quem estou procurando, porque todos parecem iguais com as mesmas roupas ridículas que são tipo macacões de vinil e capacetes redondos. Oito caras passam por mim e a rajada de ar toma meu rosto e meus cabelos, que eu me esqueci de arrumar antes de sair de casa, e eles se recostam nos cantos do rinque, muito perto do gelo, raspando-o com as pontas dos dedos. Não entendo como eles não caem.

Ao passarem por mim pela segunda vez é que o vejo; ele vira a cabeça, mostrando os olhos arregalados através dos óculos grandes e uma expressão ridiculamente firme. Os olhos me encontram e seu corpo se vira, os cabelos penteados para trás, e seu rosto, mais do que surpreso, permanece paralelo ao meu. Percebo na hora que algo mudou.

Ele fica olhando. Talvez para mim. Seu rosto se abre por completo, se ilumina, e todo o resto parece desaparecer na névoa. Coloco uma das mãos contra a proteção de plástico e me levanto.

Não sei se ele me viu. Não grito. Só fico parada.

Michael aparece na frente de todos. A multidão grita, mas um outro rapaz se destaca no grupo, voando, e o alcança, e passa Michael, e percebo que a corrida terminou e que Michael ficou em segundo lugar.

Eu me afasto do rinque e me protejo atrás da arquibancada quando os patinadores partem em direção ao portão. Homens mais velhos com roupões de ginástica cumprimentam os rapazes, e um deles dá um tapinha nas costas de Michael, mas tem algo de errado, muito errado com Michael.

Ele não é o "Michael Holden".

Tirou os patins e os óculos. Tira o capacete, as luvas, e os joga no chão.

Seu rosto se contorce numa careta, ele cerra os punhos de modo que a pele fica sem cor, passa pelo homem e se senta no banco. Chega a uma fileira de armários e olha dentro deles, sem expressão, com o peito subindo e descendo. Com uma malícia quase assustadora, Michael dá um soco nos armários, rosnando de raiva. Quando se vira, dá um chute num monte de capacetes de corrida, espalhando-os no chão. Agarra os próprios cabelos como se tentasse arrancá-los.

Nunca o vi assim.

Sei que não deveria me surpreender. Conheço Michael há menos de três semanas. Mas minha percepção em relação às pessoas raramente muda e, quando muda, nunca é tão drástica. É esquisito que vejamos alguém que sorri o tempo todo, assim presumimos que essa pessoa seja feliz o tempo todo. É esquisito que uma pessoa seja legal com você e então você já pensa que ela é uma "boa pessoa" de modo geral. Não sabia que Michael podia ser tão sério a respeito de algo, nem ficar tão irado. É como ver seu pai chorar.

Mas o que mais me assusta é que nenhuma pessoa, nesse mar de gente, pareça notar.

Caminho em direção a ele. Estou furiosa. Odeio todas as pessoas por não se importarem. Eu as afasto conforme caminho, sem desviar os olhos de Michael Holden. Enfim o alcanço, passando pela multidão, e observo quando ele começa a atacar um pedaço de papel que tirou do bolso, feito um louco. Por alguns segundos, não sei o que fazer a respeito. Mas depois me peguei dizendo:

— Sim, Michael Holden. Rasgue esse maldito papel.

Ele larga tudo, vira-se e aponta para mim.

A raiva suaviza e se torna tristeza.

—Tori — diz ele, mas não escuto, só vejo seus lábios formarem as palavras.

Ele está usando um macacão, está bem vermelho e os cabelos estão úmidos de suor. Seus olhos não param quietos devido à fúria, mas é *ele*.

Nós dois não sabemos o que dizer.

—Você chegou em segundo lugar — falo, por fim, sem motivo. — Incrível.

Sua expressão, passiva, triste, tão estranha, não muda. Ele tira os óculos do bolso e os coloca no rosto.

— Não venci. Não me classifiquei.

Ele desvia o olhar. Acho que está exagerando um pouco.

— Não pensei que você estivesse aqui. Pensei que tivesse imaginado ter visto você. — Ele faz uma pausa. — É a primeira vez que você me chama de Michael Holden.

Seu peito ainda está subindo e descendo depressa. Ele parece mais velho, de certo modo, com o macacão justo. E mais alto. O macacão é quase todo vermelho, com algumas partes cor de laranja e pretas. Michael tem uma vida inteira sobre a qual não conheço inscrita na sua roupa — centenas de horas no gelo, treinando, entrando em competições, testando seu vigor, tentando comer direito. Não sei de nada disso. Mas *quero* saber.

Abro e fecho a boca diversas vezes.

—Você fica bravo com frequência? — pergunto.

— Sempre estou bravo — diz ele.

Pausa.

— Normalmente, outras coisas se sobressaem, mas estou sempre bravo. E às vezes... — Ele olha de um jeito vago para a direita. — Às vezes... A multidão faz barulho e eu odeio essas pessoas ainda mais.

— O que aconteceu com você e Lucas? — pergunta ele.

Penso nos telefonemas para os quais eu estava "dormindo".

—Ah, sim. Não. Não é... não. Não estava me sentindo muito bem.

—Ah.

— Sabe... na verdade eu não *gosto* muito do Lucas... *não assim* — falo.

— Certo — diz ele.

Ficamos em silêncio por muito tempo. Algo muda no rosto dele. É meio parecido com esperança, mas não sei ao certo.

—Você não vai me criticar? — pergunta. — Dizer que é só uma competição de patinação? Que não significa nada?

Penso no que ele diz.

— Não. Significa alguma coisa.

Ele sorri. Poderia dizer que ele se parece com o Michael original de novo, mas não se parece, não. Tem algo novo no seu sorriso.

— A felicidade é o preço do pensamento profundo — diz ele.

— De quem é essa frase?

Ele pisca.

— Minha.

Estou sozinha de novo nessa multidão e sinto algo esquisito. Não é felicidade. Sei que é excelente ele ter chegado em segundo numa classificação nacional, mas só penso que Michael sabe mentir tanto quanto eu.

VINTE E CINCO

NÃO DESCOBRIMOS DE QUEM É A CASA, mas a "terceira casa depois da ponte" fica mesmo no rio. O amplo jardim desce para a água, que bate com persistência na terra. Há um barco a remo antigo amarrado a uma árvore que não deve ser usado há séculos, e por cima do rio é possível ver os campos planos do outro lado. Os campos, escurecidos na noite, se misturam no horizonte, como se não soubessem bem onde a terra termina e o céu começa.

Esse "encontro" não é um encontro.

É uma festa em casa.

O que eu estava esperando? Esperava cadeiras. Petiscos. Um alto-falante. Talvez uma apresentação de PowerPoint.

A noite está fria e ameaça nevar. Sinto uma vontade enorme de estar na minha cama, e meu estômago está tenso. Detesto festas. Sempre detestei. Sempre vou detestar. Nem é pelos motivos certos; odeio festas e odeio as pessoas que participam delas. Não tenho justificativa. Sou apenas ridícula.

Passamos pelos fumantes e pela porta aberta. São cerca de 22 horas. A música está bombando. Claramente, ninguém mora nessa casa — ela está sem mobília, exceto por algumas espreguiçadeiras alinhadas na sala de estar e no quintal, e percebo uma espécie de esquema de cores neutras. A única coisa que está dando vida à casa é a coleção impressionante de arte nas paredes. Não tem comida, mas há garrafas e copos de bebida coloridos por todos os lados. As pessoas estão reunidas em corredores e em salas, muitas delas fumando cigarro, muitas outras fumando maconha, poucas sentadas.

Muitas das garotas eu reconheço como alunas do Higgs, mas Michael não desconfia de que alguém dentre essas pessoas seja a mente por trás do Solitaire. Há alunos mais velhos que não conheço. Alguns deles devem ter vinte anos, se não tiverem mais. Para ser sincera, isso me deixa meio nervosa.

Não sei por que estou aqui. Vejo a aluna do primeiro ano que estava na festa de Becky, aquela que tinha ido como *Doctor Who*. Ela está sozinha, como da última vez, e parece meio perdida. Está caminhando muito devagar pelo corredor, sem bebida, olhando com tristeza para um quadro de uma rua molhada de paralelepípedos com guarda-chuvas vermelhos e janelas de um café. Eu me pergunto o que ela está pensando. Imagino que seja algo parecido com o que estou pensando. Ela não me vê.

As primeiras pessoas que encontramos são Becky e Lauren. Eu deveria ter imaginado que elas viriam, já que vão a todas as festas da cidade, e eu deveria ter imaginado que as encontraria bêbadas. Becky aponta para nós com a mão que não está segurando uma garrafa.

— Ai, meu Deus, Tori e Michael, gente! — Ela cutuca Lauren sem parar no braço. — Lauren! Lauren! É *Sprolden*!

Lauren franze a testa.

— Cara! Pensei que tínhamos concordado em chamá-los de "Mori"! Ou "Tichael"! — Ela suspira. — Cara, seus nomes não são bons o bastante, tipo, eles não funcionam, não como Klaine ou Romione, nem Destiel ou Merthur...

As duas riem sem controle.

Começo a me sentir ainda mais nervosa.

— Não pensei que vocês fossem se interessar pelo Solitaire.

Becky balança a garrafa, dando de ombros e revirando os olhos.

— Olha, uma festa é uma festa... não sei... um cara... mas, tipo, é o *Solitaire*, nós tipo... nos infiltramos no *Solitaire*... — Ela leva o dedo aos lábios.

— *Shhhhhhhh*. — Ela bebe no gargalo da garrafa. — Escuta, você sabe que música é essa? Tipo... a gente não consegue descobrir.

— É "Smells Like Teen Spirit". Nirvana.

— É mesmo, está certo, meu Deus, pensei que fosse isso mesmo. Não diz o nome da música na letra.

Olho para Lauren, que está olhando ao redor, surpresa.

—Você está bem, Lauren?

Ela volta à Terra e ri para mim.

— Essa festa não é de doido? — Lauren ergue os braços num gesto de como quem quer dizer "não sei". — Está chovendo caras lindos e as bebidas são gratuitas!

— Que bom para você — digo, e a vontade de ser uma pessoa legal desaparece lentamente.

Ela finge não me ouvir e ambas se afastam, rindo de nada.

Michael e eu andamos pela festa.

Não é como nos filmes nem nos seriados de drama adolescente, onde tudo perde a intensidade e fica em câmera lenta, as luzes piscando, as pessoas pulando com as mãos levantadas. Nada é assim na vida real. As pessoas ficam paradas ao redor.

Michael conversa com muita gente. Pergunta a todos sobre o Solitaire. Encontramos Rita, em silêncio com um grupo de meninas do meu ano. Ela me vê e acena, o que quer dizer que tenho que dizer oi.

— Oi — diz ela quando me aproximo. — Como está o Charlie? Fiquei sabendo de uma briga ou coisa assim. Ben Hope, não foi?

Pouca coisa permanece em segredo em uma cidade como essa, então não me surpreende que todos saibam.

— Não foi uma briga — digo bem depressa e pigarreio.

— Hum, ele está bem. Com hematomas, mas bem.

Rita assente de modo compreensivo.

— Ah, certo. Bem, fico feliz por ele não ter se machucado com gravidade.

Depois disso, Michael e eu acabamos em um círculo de alunos do terceiro ano na cozinha. Ele afirma que nunca falou com nenhum deles antes.

— Ninguém sabe, tipo... ninguém sabe quem fez —, fala uma garota. Ela está usando uma saia bem justa e um batom vermelho nada atraente. — Há rumores de que se trata de um traficante ou, tipo... um professor que foi demitido e quer se vingar.

— Fiquem de olho — interrompe um cara usando uma mochila com a palavra "ATLETA". — Tipo... fiquem de olho no blog, tá? Fiquei sabendo que as coisas vão ficar boas pra caramba quando eles fizerem um post novo mais tarde.

Uma pausa. Olho para o chão cheio de jornais. Vejo uma manchete anunciando "27 MORTOS" e uma foto de um prédio em chamas.

— Por quê? — pergunta Michael. — Por que isso?

Mas o cara só pisca, feito um peixe, e pergunta:

— Por que vocês não estão bebendo?

Decido ser uma pessoa normal e encontrar algo adequado para beber. Michael desaparece por muito tempo, por isso pego a garrafa dele de algum lugar e me sento sozinha em uma cadeira no pátio, me sentindo como um marido alcoólatra de meia-idade. Passa das onze e todo mundo está bêbado. Quem está desempenhando o papel de DJ se realoca no quintal e, depois de um tempo, não dá para saber se estou no quintal de uma casa numa cidade pequena ou numa edição do Reading Festival. Vejo Nick e Charlie pela janela da sala de estar, aos beijos em um canto como se fosse o último dia da vida deles, apesar do rosto machucado de Charlie. Acho que a cena é romântica. Parece que eles estão apaixonados.

Eu me levanto e entro para procurar Michael, mas a bebida da garrafa, seja o que for, é meio forte. Quando me dou conta, perdi o senso de tempo, espaço e realidade, e não tenho ideia do que estou fazendo. Eu me pego no corredor de novo, na frente daquele quadro que retrata a rua de paralelepípedos molhada com guarda-chuvas vermelhos e janelinhas escuras de cafés. Não paro de olhar para ele. Eu me forço a me virar e vejo o Lucas do outro lado do corredor. Não sei bem se ele me vê ou não, mas ele logo entra na outra sala. Eu me afasto e me perco na casa. Guarda-chuvas vermelhos. Janelinhas escuras de cafés.

Michael me pega do nada. Ele me puxa de onde eu estava — da cozinha, talvez, perdida em um mar de bonés Boy London e roupas de sarja — e começamos a atravessar a casa. Não sei para onde estamos indo. Mas não tento impedi-lo. Não sei bem o porquê.

Conforme caminhamos, fico olhando para a mão dele segurando meu punho. Talvez seja porque bebi, ou por estar com frio, ou talvez seja porque eu meio que *senti falta dele* quando ele estava longe, mas independentemente do que seja — fico pensando em como é bom tê-lo segurando meu braço. Não de um jeito esquisito e pervertido. A mão dele é grande, comparada à minha, e bem quente, e pelo modo com que os dedos dele envolvem meu braço, parece que eles tinham que fazer isso desde sempre, como se fossem peças que se encaixam em um quebra-cabeça. Não sei. Do que estou falando?

Por fim, quando saímos e estamos no meio dos dançarinos malucos, ele diminui o ritmo e gira na lama. É meio esquisito quando ele olha para mim. Mais uma vez, culpo a bebida. Mas é diferente. Ele está lindo ali, parado. Seus cabelos estão meio esvoaçados na direção errada, e a luz do fogo reflete nos seus óculos.

Acho que ele percebeu que bebi um pouco.

— Dança comigo? — berra ele mais alto do que os gritos.

Sem explicação, começo a tossir. Ele revira os olhos para mim e ri. Começo a pensar em bailes de formatura e casamentos e, por alguns segundos, acabo me esquecendo de que estamos em um quintal todo fodido e as pessoas estão vestidas com roupas quase idênticas.

Ele tira a mão do meu punho e a usa para alisar os cabelos, depois olha para mim pelo que parece ser um ano inteiro. Fico me perguntando o que ele está vendo. De repente, ele segura meus braços e literalmente se ajoelha aos meus pés.

— Por favor, dance comigo — implora. — Sei que dançar é esquisito e ultrapassado, e eu sei que você não gosta de fazer coisas assim e, para ser sincero, nem eu, e sei que a noite não vai durar muito e que em pouco tempo todo mundo vai para casa para ficar com a cara no laptop e para suas camas vazias, e provavelmente ficaremos sozinhos amanhã, e todos temos que ir para o colégio na segunda-feira. Mas acho que se você tentasse *dançar*, poderia sentir por alguns minutos que tudo isso, todas essas *pessoas*... nada disso é muito ruim.

Olho para baixo e encontro os olhos dele.

Começo a rir antes de me ajoelhar também.

E faço algo muito esquisito.

Quando estou de joelhos — não resisto —, meio que caio para a frente em cima dele e o abraço.

— Sim — digo no seu ouvido.

Ele passa os braços pela minha cintura, nós dois nos levantamos, e ele continua me puxando em meio à vastidão de adolescentes.

Chegamos ao centro da multidão que se reúne ao redor do DJ.

Ele pousa as mãos nos meus ombros. Nossos rostos se separam por centímetros apenas. A música está tão alta que ele tem que gritar.

— *Sim*, Tori! Eles estão tocando Smiths! Então tocando os lindos Smiths, Tori!

Os Smiths são a banda da internet — para ser mais específica e, infelizmente, uma banda que muitas pessoas ouvem porque o Morrissey tem aquela atitude vintage e autodepreciativa que todo mundo parece desejar. Se a internet fosse um país, "There is a Light That Never Goes Out" seria o hino nacional.

Sinto que dou um pequeno passo para trás.

—Você... você tem.. um *blog*?

Por um segundo, ele está confuso, mas só sorri e balança a cabeça.

— Caramba, Tori! Preciso ter um blog para gostar dos Smiths? É a regra agora?

E é nesse momento, acho, que decido que não me importo com mais nada hoje à noite, que não me importo com blogs, internet, filmes ou com o que as pessoas estão usando, e sim, sim, vou me divertir, vou me animar, vou passar tempo com meu único amigo, Michael Holden, e vamos dançar até não aguentarmos mais, depois vamos para casa e enfrentaremos nossas camas vazias. Quando começamos a pular sem parar, sorrindo de um jeito tão ridículo, trocando olhares e olhando para o céu ou para nada, Morrissey canta algo sobre timidez, e eu acho que as coisas não podem ser tão ruins, afinal.

VINTE E SEIS

À 00:16 **ENTRO**, porque se eu não fizer xixi, acho que minha bexiga vai estourar. Todo mundo está esperando pelo post do blog do Solitaire, que, de acordo com os últimos boatos, será publicado à 00:30. As pessoas estão sentadas segurando seus celulares. Encontro o banheiro e, quando saio, vejo Lucas sozinho em um canto, enviando uma mensagem de texto. Ele me vê olhando e dá um pulo, mas em vez de caminhar na minha direção, sai depressa. Como se estivesse tentando me evitar.

Eu o sigo até a sala de estar, querendo pedir desculpas por ter me esquecido de sair com ele hoje, mas ele não me vê. Observo quando Lucas se aproxima de Evelyn. Ela está usando aqueles brincos de argolas, saltos grossos, leggings com estampa de cruzes de cabeça para baixo e um casaco de pele falsa. Seus cabelos despenteados estão presos no topo da cabeça. Lucas, de modo parecido, está usando roupas hipster hoje — uma camiseta folgada da Joy Division com as mangas enroladas, jeans justos demais e coturnos. Ele diz algo a ela, que responde com um meneio de cabeça. É isso, concluo. Independentemente do que Lucas disse, eles são, sim, um casal.

Volto a sair. Enfim começou a nevar. Direito. A música acabou, mas todo mundo está saltitando, gritando, tentando pegar flocos com a boca. Olho para a cena. Os flocos boiam na água e se dissolvem, misturando-se com o rio conforme ele segue em direção ao mar. Amo a neve. Ela deixa tudo lindo.

É nesse momento que vejo Becky de novo.

Ela está encostada com um cara em uma árvore, e eu sei que ela ainda está irada porque eles nem estão se beijando de um jeito romântico. Estou prestes a me virar, mas eles se mexem um pouco e eu vejo quem é o cara.

É Ben Hope.

Não sei por quanto tempo fico ali, mas em determinado momento ele abre os olhos e me vê. Becky também olha. Ela ri e, então, *se dá conta*. Peguei uma bebida quando estava saindo, mas caiu na neve, e minha mão segura o vento. Eles se afastam de mim, e Ben passa por mim e entra na casa. Becky fica ao lado da árvore.

Ela ergue as sobrancelhas para mim quando me aproximo e pergunto:

— *Como é que é?*

Queria estar morta. Minhas mãos se fecham e se abrem. Ela ri.

— *Como é que é*, pelo amor de Deus!

Becky me traiu. Porque ela não se importa.

—Tudo o que pensei a seu respeito está errado — digo.

— Do que você está falando?

— Estou alucinando, por acaso?

—Você está bêbada?

—Você é uma *piranha* nojenta — retruco. Acho que estou gritando, mas não sei ao certo. Tenho só setenta por cento de certeza de que estou dizendo essas coisas em voz alta. — Eu achava que você era só esquecida, mas tenho provas concretas de que você *não está nem aí*.

— O q...

— Não tente agir como se não soubesse o que acabou de fazer. Crie vergonha na cara. Vamos, tente se defender. Estou literalmente morrendo de vontade de ouvir uma justificativa. Vai me dizer que eu não entendo?

Os olhos de Becky começam a ficar marejados. Como se ela estivesse mesmo *chateada*.

— Eu não...

— É isso, não é? Sou sua amiguinha ingênua cuja vida triste faz com que você se sinta *melhor* a respeito de si mesma. Bem, você está certa nisso. Não tenho uma única pista sobre nada. Mas sabe do que eu sei? Sei quando alguém está sendo uma vaca nojenta. Vá em frente, pode chorar suas lágrimas de crocodilo, se quiser. Você não está nem aí *com nada*, não é?

A voz de Becky está mais séria, ainda que um pouco hesitante, e ela começa a gritar comigo.

— Bem... você... você está sendo uma vaca nojenta. Minha nossa, acalme-se!

Paro. Isso é ruim. Preciso parar. Não consigo.

— Espera aí... você entende o nível de traição que você acabou de alcançar? Você tem *alguma* ideia do que é amizade? Não pensei que fosse possível que alguém fosse *tão* egoísta, mas está *claro* que me enganei redondamente. — Acho que estou chorando. —Você me matou.Você literalmente me matou.

— Acalme-se! Minha *nossa*,Tori!

—Você provou de modo concreto que todo mundo e tudo é merda para você. Muito bem. Estrelinha dourada para você. Por favor, pode se apagar da minha vida.

E é isso. Vou embora. Embora. Acho que todo mundo é assim. Sorrisos, abraços, anos juntos, feriados, confissões de madrugada, lágrimas, telefonemas, um milhão de palavras — não significam nada. Becky não se importa. Ninguém se importa.

A neve que cai está borrando minha visão, ou talvez sejam as lágrimas.Volto para a casa e, quando entro, as pessoas começam a gritar e a erguer os celulares acima da cabeça. Não consigo parar de chorar, mas pego meu telefone, encontro a página do Solitaire e vejo o post:

00:30 23 de janeiro
Pessoal do Solitaire,

Gostaríamos de ter vocês colaborando com nossa nova empreitada.

Na nossa reunião hoje, temos um aluno do segundo ano, chamado Ben Hope, que machucou de propósito um aluno do primeiro ano do Truham. Todo mundo sabe que Ben Hope é um homofóbico valentão que se esconde atrás da fachada da popularidade.

Esperamos que vocês se unam ao Solitaire na prevenção de atos de violência no futuro, dando a ele exatamente o que merece.

Ajam de acordo. Protejam os desprotegidos. A justiça é tudo. Paciência Mata.

VINTE E SETE

HÁ UMA MULTIDÃO AO MEU REDOR, pessoas gritando em todas as direções, e não consigo ir a lugar nenhum. Depois de vários minutos de pandemônio, o fluxo segue firme em uma direção em vez de se tornar um redemoinho, e sou arrancada da casa na corrente. Todo mundo está no quintal. Alguém grita:

— Carma, desgraçado!

É carma?

Dois garotos seguram Ben Hope enquanto vários outros dão chutes e socos nele. O sangue espirra na neve e o espetáculo ganha gritos animados sempre que um golpe é dado. A poucos metros dali, Nick e Charlie estão no meio da multidão, Nick abraçando Charlie, os dois com uma expressão impossível de decifrar. Charlie dá um passo à frente, como se estivesse prestes a intervir, mas Nick o puxa para trás. Eles trocam um olhar e depois dão as costas para a neve. Os dois saem da multidão e desaparecem.

Não pude apoiar o Charlie, e o Solitaire está fazendo meu trabalho por mim. Acho que nunca fiz meu trabalho direito.

Mas talvez isso não tenha a ver com o Charlie.

Relembro o que Michael disse para mim no Café Rivière.

Ai, Deus.

Talvez tenha a ver comigo.

Dou risada com as lágrimas ainda caindo, mas tanta risada que a barriga chega a doer. Boba. Ideia boba. Sou boba. *Egoísta*. Nada nunca tem a ver comigo.

Mais um golpe. A multidão grita de alegria, balançando as bebidas, como se estivessem todos num show, como se estivessem felizes.

Ninguém está tentando ajudar.

Ninguém

ninguém.

Não sei o que fazer. Se isso fosse um filme, eu estaria ali, seria a heroína impedindo essa falsa justiça. Mas não se trata de filme. Não sou a heroína.

Começo a entrar em pânico. Eu me viro para as pessoas e saio pelo outro lado. Meus olhos não firmam o foco. Sirenes começam a tocar ao longe. Ambulância? Polícia? Justiça é tudo? Paciência Mata?

Michael, do nada, me segura pelos ombros. Ele não está olhando para mim. Está olhando para a cena, como o resto das pessoas, observando sem fazer nada, sem se importar.

Afasto suas mãos de mim, murmurando.

— É o que somos. Solitaire. Poderíamos... eles poderiam... eles vão *matá-lo*. A gente acha que já viu pessoas más, mas aí encontramos pessoas piores. Elas não estão fazendo nada, não estão. Somos igualmente maus. Somos igualmente maus por não fazermos nada. Não nos importamos. Não nos importamos que eles o *matem*...

— Tori. — Michael segura meus ombros de novo, mas dou um passo para trás e ele abaixa os braços. — Vou levar você para casa.

— Não quero que você me leve para casa.

— Sou seu amigo, Tori. É o que fazemos.

— Não tenho amigos. Você não é meu amigo. Pare de fingir que se *importa*, porra.

Antes de ele contra-argumentar, vou embora. Estou correndo. Saí da casa. Estou fora do quintal. Estou fora do mundo. Os gigantes e demônios estão subindo e eu os estou perseguindo. Tenho certeza de que vou vomitar. Estou tendo alucinações? Não sou a heroína. É engraçado porque é verdade. Começo a rir, ou talvez esteja chorando. Talvez eu não me importe mais. Talvez eu desmaie. Talvez eu morra quando tiver vinte e sete.

PARTE 2

Donnie: Tem uma tempestade chegando — diz Frank. Uma tempestade que engolirá as crianças. E eu as devolverei do reino da dor. Devolverei as crianças de volta para suas portas. Enviarei os mortos de volta para o subterrâneo. Eu as enviarei de volta a um lugar onde ninguém mais pode vê-las. Só eu, porque sou Donnie Darko.

Donnie Darko: Versão do Diretor (2004)

UM

LUCAS ERA CHORÃO. Acontecia na maioria dos dias no ensino fundamental, e acho que era um dos principais motivos pelos quais eu era amiga dele. Eu não me importava com o choro.

Vinha devagar. Ele fazia uma cara esquisita por alguns minutos antes: não de triste, mas como se estivesse repassando um programa de TV na mente, observando os eventos se desdobrarem. Ele olhava para baixo, mas não para o chão. E, então, as lágrimas começavam a cair. Sempre em silêncio. Nunca ofegante.

Acho que não havia motivo em particular para o choro. Acho que era só a personalidade dele. Quando não estava chorando, nós jogávamos xadrez, duelo de sabres de luz ou batalhas de Pokémon. Quando estava chorando, líamos livros. Foi a época da minha vida em que li livros.

Eu sempre me sentia no ápice quando estávamos juntos. É engraçado —, nunca tive esse relacionamento com outra pessoa. Bem, talvez com Becky. No começo da nossa amizade. Quando Lucas e eu deixamos o ensino fundamental, saímos pensando que continuaríamos nos encontrando. Como todo mundo que já saiu do ensino fundamental pode imaginar, isso não veio a acontecer. Eu o vi apenas uma vez depois daquela época — antes de agora, claro. Um encontro por acaso na rua. Eu tinha doze anos. Ele me disse que tinha enviado um ovo de Páscoa pelo correio. Estávamos em maio. Eu não recebia correspondência nenhuma desde o meu aniversário.

Em casa, naquela noite, escrevi um cartão para ele. Disse que esperava que ainda pudéssemos ser amigos, e dei meu endereço de e-mail; fiz um desenho de mim e dele para reforçar. Nunca enviei esse cartão. Ele ficou na gaveta debaixo da minha mesa por muitos anos até eu limpar meu quarto. Quando o encontrei, eu o rasguei e joguei no lixo.

Penso em todas essas coisas enquanto caminho pelo colégio na segunda-feira. Não o encontro. Todo esse tempo estou apenas sentada, reclamando sobre a merda que tudo é, sem me dar ao trabalho de tentar melhorar as coisas. Eu me odeio por isso. Sou como todas as pessoas reunidas no encontro do Solitaire, que não se importam em ajudar. Acho que não consigo mais ser assim.

Michael não está em lugar nenhum onde possa vê-lo. Ele provavelmente decidiu me deixar em paz para sempre, o que é bastante compreensível. Eu estraguei tudo de novo. A Tori de sempre.

Bem, quero conversar com Lucas sobre sábado, pedir desculpas por não tê-lo encontrado como disse que encontraria. Dizer que ele não precisa mais me evitar.

Por duas vezes, acho que vi seus braços compridos em movimento pelo corredor, mas quando corro para alcançá-lo, percebo que é só mais um dos garotos magros do ensino médio. Lucas não está no salão antes da aula, no intervalo nem no almoço. Depois de um tempo, eu me esqueço de quem estou procurando e continuo caminhando sem parar. Confiro meu celular diversas vezes, mas só tem uma mensagem no meu blog:

Anônimo: *Pensamento do dia: Para que estudamos literatura?*

Becky e Nosso Grupo não falaram comigo durante todo o dia.

Ben Hope não foi ao hospital. Ele não estava prestes a morrer. Algumas pessoas parecem sentir pena dele, enquanto outras dizem que ele mereceu o que teve por ser homofóbico. Não sei mais o que acho sobre isso. Quando Charlie e eu conversamos a respeito, ele me pareceu bem abalado.

— Isso é minha culpa — disse ele, fazendo uma careta.

— É minha culpa Ben ter ficado bravo, para começo de conversa, então é minha culpa que o Solitaire...

— Não é culpa de ninguém — falei —, apenas do Solitaire.

Na terça, Kent pede para eu ficar na sala depois da aula de inglês. Becky parece achar que estou com problemas sérios, mas Kent não diz nada até as pessoas saírem. Ele se senta à mesa, os braços dobrados, óculos meio tortos de modo casual.

— Tori, acho que precisamos conversar a respeito do seu trabalho sobre os "protagonistas de *Orgulho e preconceito*".

— ...

— Foi um texto muito cheio de ira.

— ...

— Por que você decidiu escrevê-lo daquela maneira?

— Odeio aquele livro.

Kent passa a mão na testa.

— Sim, tive essa impressão.

Ele tira meu texto da pasta de papelão e o coloca entre nós.

— "Sinto muito, sr. Kent" — lê Kent. — "Mas não li *Orgulho e preconceito*. Discordei da primeira frase e foi o suficiente para mim."

Kent olha para mim por um momento, depois pula para o segundo parágrafo.

— "Elizabeth Bennet não deixa o sr. Darcy apesar de ele ser 'imperfeito'. Apenas quando o melhor lado dele é revelado é que ela decide aceitar Pemberley e os cem bilhões por ano. Imagine. Parece que é impossível, para as mulheres desse romance, ir além do exterior e tentar trazer à tona o melhor lado dos outros. Sim, tudo bem. Elizabeth sofre preconceito. Eu sei, eu sei, Jane Austen. Muito bem."

— Sim — digo. — Isso aí.

—Não terminei. — Kent ri. Ele pula para a minha conclusão. — "É por isso que o sr. Darcy é, a meu ver, um verdadeiro herói. Ele se esforça, apesar de ser maltratado e julgado. *Orgulho e preconceito* é a briga de um homem para ser visto pelos outros como ele vê a si mesmo. Assim, ele não é comum. Um herói comum é corajoso, confiante e vistoso. O sr. Darcy é tímido, assombrado por si mesmo e incapaz de lutar por seu personagem. Mas ele ama, e eu acho que é só o que importa no mundo da literatura."

Eu deveria sentir vergonha disso, mas não sinto.

Ele suspira de novo.

— É interessante que você se identifique com um personagem como o sr. Darcy.

— Por quê?

— Bem, a maioria dos alunos escolhe Elizabeth como o personagem mais forte.

Olho para ele.

— O sr. Darcy tem que aguentar todo mundo detestando-o por motivos que nem sequer são verdade, e ele nem reclama por isso. Eu acho que isso é ser muito forte.

Kent ri de novo.

— Elizabeth Bennet é tida como uma das mulheres mais fortes da literatura do século XIX. Imagino que você não seja feminista.

—Você acha que não sou feminista porque sinto mais empatia por um homem em uma comédia romântica pretensiosa do século XIX?

Ele abre um sorrisão e não responde.

Dou de ombros de novo.

— É só o que acho.

Ele assente de modo pensativo.

— Bem, é justo. Mas não escreva de modo tão coloquial no teste. Você é inteligente mas, com isso, vai tirar uma nota ruim.

—Tudo bem.

Ele devolve meu trabalho.

— Olha, Tori. — Ele coça o queixo, emitindo um som áspero com a barba crescendo. — Percebi que você não tem conseguido boas notas em todas as matérias em que mais se saía bem. — Ele pausa, hesita. — Quero dizer que você estava indo muito bem no primeiro ano. Principalmente em língua inglesa.

—Tirei um B no simulado de sociologia do semestre passado — digo. — Não é tão ruim.

—Tem tirado D em língua inglesa, Tori. Pessoas que tiram dois A em provas de inglês não tiram D em outras mais fáceis.

— ...

— Consegue pensar num motivo para isso ter acontecido?

Ele olha para mim com cuidado.

—Acho... Que não gosto mais... do colégio.

— Por quê?

— É só que... eu detesto estar aqui. — Minha voz perde a força. Olho para o relógio da sala de aula. — Preciso ir. Tenho aula de música.

Ele assente muito devagar.

— Acho que muitas pessoas detestam estar aqui. — Ele vira a cabeça para o lado e espia pela janela. — Mas é a vida, certo?

— É.

— Se ficarmos dizendo que detestamos viver, nunca vamos querer estar aqui. Você não pode desistir dela. Não pode ser derrotista em relação a ela.

— É.

— Certo.

Saio correndo porta afora.

DOIS

ENCONTRO LUCAS perto dos armários no fundo do corredor e, dessa vez, ele não consegue me evitar.

Está com Evelyn e com aquele cara do topete. Eles estão enrugando o nariz porque o Solitaire colocou o Higgs todo em polvorosa há aproximadamente uma hora. Clássico, nojento e desnecessário; no entanto, a maioria das pessoas hoje parece ser incentivadora desse tipo de brincadeira, de modo geral. O cheiro nesse corredor é de ovo podre. Cubro a boca e o nariz com meu casaco.

Lucas, Evelyn e o Cara do Topete estão conversando — sérios —, mas como me tornei uma pessoa grosseira e arrogante, não estou nem aí se vou interromper.

— Por que está me evitando? — pergunto.

Lucas quase derruba vários fichários grandes e olha ao redor de Evelyn. Ele afasta a mão do nariz.

—Victoria. Deus.

Evelyn e o cara se viram e me observam com suspeita antes de se afastarem. Dou um passo em direção a Lucas. Ele está com a bolsa jogada por cima do ombro.

—Tem certeza de que Evelyn não é sua namorada? — pergunto, ainda segurando a blusa sobre parte do rosto.

—O quê? — Ele ri com nervosismo. — Por que você acha isso?

—Eu sempre vejo você com ela. Você é o namorado secreto dela?

Ele pisca várias vezes.

—Hum, não. Não.

—Está mentindo?

—*Não.*

—Está bravo porque eu me esqueci de que íamos nos encontrar no sábado?

—Não. Não, juro que não.

—Então por que está me evitando? Não vejo você desde... Não vejo você desde essa semana.

Ele enfia o fichário no armário e tira um caderno grande de rascunhos.

—Não estou evitando você.

—Não minta.

Ele se retrai.

Entendi. Lucas tem tentado, desde o começo do semestre, fazer amizade comigo de novo. E eu tenho sido péssima nisso. Só porque detesto fazer amigos, tenho sido grosseira com ele e o ignoro, evito e não tenho feito esforço nenhum por ele. Sou eu, como sempre, sendo idiota com todo mundo sem motivo aparente. Entendo. Entendo que eu não me *envolva* com outras pessoas, exatamente. Mas, desde sábado, tenho sentido que *não* me envolver pode ser tão ruim quanto me envolver.

Parece que Lucas nem quer me conhecer.

— Olha — digo, soltando a blusa, sentindo o desespero tomar minha alma —, éramos melhores amigos, certo? Não quero que você me evite. Sinto muito se esqueci sobre sábado. Eu me esqueço de coisas assim. Mas você é uma das três pessoas com quem tenho amizade e não quero deixar de falar com você.

Ele passa uma das mãos pelos cabelos. Está no meio da testa.

— Eu... não sei o que dizer.

— Então, *por favor*, diga por que me evitou na noite de sábado.

Algo está diferente. Ele olha de um lado para outro.

— Não posso ficar perto de você. — E mais baixo: — Não consigo.

— O quê?

Ele bate a porta do armário para fechá-la. Faz um barulho que é alto demais.

— Preciso ir.

— Só...

Mas Lucas já se afastou. Fico parada perto do armário por um minuto. O cheiro de ovo podre parece estar aumentando, assim como minha raiva pelo Solitaire. Lucas se esqueceu de trancar o armário direito, então não resisto e dou uma espiada lá dentro. Há três fichários ali: o de literatura inglesa, o de psicologia e o de história, além de uma porção de folhas soltas. Pego uma. É uma folha de psicologia a respeito de como lidar com o estresse. Tem uma foto de uma garota com as mãos na cabeça, um pouco como naquele quadro famoso, *O grito*. Uma das sugestões é exercício físico frequente, e outra é escrever seus problemas. Devolvo a folha e fecho o armário de Lucas.

TRÊS

MINHA AVÓ E MEU AVÔ VIERAM NOS VER. Pela primeira vez em meses. Estamos todos à mesa do jantar tentando não chamar a atenção de ninguém, mas vejo que minha mãe fica olhando com preocupação na direção do meu avô, e depois para Charlie. Meu pai está sentado entre Charlie e Oliver. Estou à cabeceira da mesa.

— Sua mãe nos contou que você voltou ao time de rúgbi, Charlie — diz meu avô. Quando fala, ele se inclina para a frente como se não ouvíssemos o que diz, apesar de ele falar duas vezes mais alto do que todo mundo. Acho que isso é muito típico dele. — Foi uma bênção eles terem aceitado você de volta. Você estragou as coisas com eles, com todo aquele tempo que passou fora.

— É, foi bem bacana da parte deles — comenta Charlie. Ele está segurando a faca e o garfo ao lado do prato.

— Parece que não vemos Charlie há anos — diz minha avó —, não é, Richard? Quando virmos você de novo, é provável que esteja casado e com filhos.

Charlie se força a rir por educação.

—Você pode me passar o parmesão, papai? — pede minha mãe.

Meu avô passa o parmesão.

— Um time de rúgbi sempre precisa de um magricela feito você. Para correr, sabe? Se você tivesse comido mais desde sempre, teria crescido o bastante para ser um dos jogadores de verdade, mas acho que é tarde demais para isso. Pessoalmente, eu culpo seus pais. Mais vegetais escuros desde cedo.

— Papai, não contou a nós sobre sua viagem a Oxford — diz minha mãe.

Olho para o prato. É lasanha. Não comi nada ainda.

Discretamente, pego o telefone do bolso e vejo que tenho uma mensagem. Eu havia enviado uma mensagem de texto para Lucas mais cedo.

(15:23) **Tori Spring**
olha me desculpa mesmo

(18:53) **Lucas Ryan**
tudo bem bjo

(19:06) **Tori Spring**
claro que não está tudo bem

(19:18) me desculpa

(19:22) **Lucas Ryan**
não é por isso na vdd bjo

(19:29) **Tori Spring**
então pq está me evitando

Meu pai terminou de jantar, mas estou levando as coisas com calma por causa de Charlie.
— Como você está, Tori? — pergunta minha avó. — Está gostando do ensino médio?
— Sim, sim. — Sorrio para ela. — É excelente.
— Eles devem estar tratando vocês como adultos.
— Ah, sim, sim.

(19:42)
vc precisa me dizer pq

— E suas aulas são interessantes?
— Sim, muito.
— Tem pensado muito sobre a faculdade?
Sorrio.
— Não, não muito.
Minha vó assente.
— Deveria começar a pensar — resmunga meu avô. — Decisões importantes. Uma atitude errada e você pode acabar num escritório pelo resto da vida. Como eu.

— Como está a Becky? — pergunta minha avó. — Ela é uma garota adorável. Seria bom se você mantivesse contato com ela quando partir.

— Ela está bem, sim. Ela é bacana.

— Cabelos compridos lindos.

(19:45) Lucas Ryan
pode me ver no centro à noite? bjo

— E o Charlie? Tem pensado no ensino médio? No que diz respeito às matérias?

— Hum, sim, sem dúvida farei as clássicas, e talvez língua inglesa, mas tirando isso, não sei bem. Talvez educação física ou algo assim. Ou psicologia.

— Onde vai tentar?

— Higgs, acho.

— Higgs?

— Harvey Greene. O colégio de Tori.

Minha avó assente.

— Entendi.

— Uma escola só de garotas? — resmunga meu avô. — Não vai encontrar disciplina lá. Um rapaz em formação precisa de disciplina.

Meu garfo faz um barulho alto no prato. Meu avô olha para mim e depois para Charlie.

— Você fez bons amigos naquele colégio. Por que vai deixá-los?

— Eu vou vê-los fora do colégio.

— Seu amigo Nicholas está no ensino médio do Truham, não está?

— Sim.

— Por que não quer estudar com ele?

Charlie quase engasga com a comida.

— Não é isso, eu só acho que o Higgs é um colégio melhor.

Meu avô balança a cabeça, sem entender.

— Educação. O que é isso comparado com a amizade?

Não aguento mais esse papo, e estou ficando irritada demais para pedir licença sem passar mal. Enquanto me retiro, ouço meu avô dizer:

— A menina tem estômago sensível. Como o irmão dela.

Chego primeiro. Eu me sento a uma mesa do lado de fora do Café Rivière. Nós combinamos de nos encontrar às 21 horas, e faltam dez minutos. A rua está vazia e o rio está quieto, mas um eco distante de uma daquelas bandas *indie* — talvez Noah and the Whale ou Fleet Foxes ou Foals ou The xx ou alguma dessas, nunca sei a diferença — está saindo por uma janela aberta acima da minha cabeça. A música continua tocando enquanto espero por Lucas.

Espero até as 21 horas. E depois, espero até 21:15. E depois, espero até 21:30.

Às 22:07, meu celular vibra.

(22:07) **Lucas Ryan**
Desculpa bjo

Olho para a mensagem por muito tempo. Para a palavra sem ponto, e com o bjo sem sentido.

Coloco o telefone na mesa e olho para cima. O céu sempre parece estar mais claro quando está nevando. Solto o ar. Um bafo quente sopra acima da minha cabeça.

Em seguida, fico de pé e começo a caminhar de volta para casa.

QUATRO

NA REUNIÃO DE QUARTA-FEIRA, os alunos do ensino médio se espalham por cinco fileiras separadas do salão. É preciso preencher todos os espaços, caso contrário não cabe todo mundo, por isso não dá para escolher com quem sentar. É assim que termino, sem querer, me sentando entre Rita e Becky.

Conforme as pessoas vão preenchendo as fileiras de cadeiras, Ben Hope, de volta ao colégio com o rosto machucado, olha para mim. Não parece assustado, nem bravo, e nem parece tentar me ignorar. Só parece triste. Como se estivesse prestes a chorar. Provavelmente porque ele não vai mais ser popular. Não vi Ben e Becky juntos ainda, o que é um sinal de que talvez Becky tenha ouvido a minha explosão. Penso em Charlie. Fico me perguntando onde Michael pode estar. Gostaria que Ben não existisse.

Kent tem a palavra. Está falando sobre mulheres. A maioria dos presentes é formada por mulheres.

— ... mas vou dizer a verdade. Vocês, como mulheres, estão em desvantagem no mundo, automaticamente.

Becky, à minha direita, não para de cruzar e descruzar as pernas. Eu procuro não me mexer.

— Acho que... que muitas de vocês não percebem como têm tido sorte até aqui.

Começo a contar as pausas de Kent. Becky não se une a mim.

— Por frequentarem... o *melhor*... colégio feminino no condado... é um privilégio enorme.

Vejo Lucas duas fileiras à minha frente. Ele estava olhando nos meus olhos quando se sentou e eu não me dei ao trabalho de tentar desviar a atenção. Fiquei olhando. Nem me sinto brava, de verdade, por ele ter furado comigo ontem. Não sinto nada.

— Sei que muitas de vocês... reclamam do trabalho árduo, mas até terem que enfrentar o mundo real, o mundo do trabalho, não entenderão o sentido... de trabalho árduo.

Rita me dá um tapinha no joelho, de repente. Entrega a mim a folha do hino. Embaixo da letra de "Love Shine a Light", ela escreveu:

Você está se isolando!!!

— Vocês enfrentarão um choque enorme quando saírem deste colégio. Este colégio, onde *todos* são tratados como iguais.

Leio aquilo várias vezes e olho para Rita. Ela é só alguém que conheço. Não somos amigas.

—Vocês terão que trabalhar mais do que os homens... para chegar onde querem. *Essa* é a verdade.

Ela dá de ombros para mim.

—Assim, espero que enquanto estiverem neste colégio, pensem e valorizem o que têm. Vocês são todas muito sortudas. Têm o potencial de fazer o que quiserem fazer e ser o que quiserem ser.

Dobro a folha do hino e faço um origami de avião com ela, mas não o lanço, porque não podemos fazer isso na reunião. Todo mundo se levanta e canta "Love Shine a Light", e a letra quase faz com que eu dê risada. Ao sair, jogo o avião de papel discretamente no bolso do blazer de Becky.

Não me sento com ninguém no almoço. Acabo não almoçando, na verdade, mas não me importo. Ando pelo colégio. Em muitos momentos durante o dia, eu me pergunto onde Michael poderia estar, mas em outros, tenho certeza absoluta de que não me importa saber.

Não vi Michael durante toda a semana.

Tenho pensado muito na patinação dele. Nas semifinais do Campeonato Nacional Juvenil.

Fico me perguntando por que ele não me contou sobre isso.

Fico me perguntando por que ele não está aqui.

Estou sentada de costas para as quadras de tênis, cercada por gaivotas, o que é esquisito, porque elas já deveriam ter migrado. É a quinta aula. Música. Sempre mato a quinta aula da quarta-feira porque é a nossa aula de ensaio. Estou vendo todas as meninas do sexto ano saírem do prédio principal e irem para o campo, algumas correndo, a maioria rindo e cada uma delas com vários foguetes de fogos de artifício na mão. Não vejo nenhum professor.

Não sei o que o Solitaire disse às alunas do sexto ano, mas fica claro para mim que isso é coisa deles.

Pego o celular e entro no Google. Digito "Michael Holden" e, depois, o nome da nossa cidade. E pressiono o Enter.

Como num passe de mágica, meu Michael Holden aparece nos resultados de busca.

O primeiro resultado é uma matéria no jornal da nossa região, intitulado "Adolescente da região vence o Campeonato Nacional de Patinação de Velocidade". Clico nele. Demora um pouco para carregar. Meus joelhos começam a tremer de ansiedade. Às vezes, eu detesto a internet.

A matéria tem cerca de três anos. Tem uma foto do Michael com uns quinze anos, mas ele não parece tão diferente. Talvez seu rosto esteja um pouco menos definido. Os cabelos talvez um pouco mais compridos. Talvez ele não seja tão alto. Na foto, ele está sentado num pódio com um troféu e um buquê de flores. Está sorrindo.

O adolescente da região, Michael Holden, patinou e venceu o Campeonato Nacional de Patinação de Velocidade Sub16 deste ano...

Entre as vitórias anteriores de Holden estão o Campeonato Regional Sub12, o Campeonato Regional Sub14 e o Campeonato Nacional Sub14...

O diretor da Patinação de Velocidade do Reino Unido, sr. John Lincoln, pronunciou-se em resposta à sequência inegavelmente extraordinária de vitórias de Holden. Lincoln afirmou que "Encontramos um futuro competidor internacional. Holden mostra comprometimento, experiência, vontade e talento para sagrar o Reino Unido campeão em um esporte que nunca recebeu atenção satisfatória neste país."

Volto para a página dos resultados da pesquisa. Há muitos outros textos de natureza semelhante. Michael venceu os campeonatos Sub18 do ano passado.

Acho que por isso ele ficou bravo por ter chegado em segundo na semifinal. E é compreensível. Acho que eu também ficaria brava se fosse ele.

Fico ali, sentada, olhando para o Google por um tempo e me perguntando se estou surpresa, mas acho que não. Só parece momentaneamente impossível que Michael tenha essa vida espetacular que não conheço. Uma vida na qual ele não roda por aí com um sorriso no rosto fazendo coisas sem sentido.

É muito fácil acreditar que sabemos tudo sobre alguém.

Desligo o telefone e me recosto na cerca de arame.

As alunas do sexto ano se reuniram. Um professor sai correndo do colégio em direção a elas, mas é tarde demais. Elas fazem uma contagem regressiva a partir de dez, erguem os fogos de artifício e os estouram, e parece que entrei num campo de batalha da Segunda Guerra Mundial. Em pouco tempo, alguém está gritando e pulando, os fogos de artifício voando feito um furacão nas cores do arco-íris. Outros professores começam a aparecer, também gritando. Eu me pego sorrindo, depois começo a rir e, em seguida, me sinto decepcionada comigo mesma. Não deveria estar gostando de nada que o Solitaire está fazendo, mas também é a primeira vez na vida em que senti algo de positivo em relação ao sexto ano.

CINCO

ESTOU INDO PARA CASA no ônibus quando Michael enfim decide reaparecer de modo dramático. Estou sentada na segunda fileira do fundo, na escada à esquerda, ouvindo Elvis Costello como a maldita hipster que sou, quando ele aparece atrás de mim com a bicicleta velha e percorre a rua com a mesma velocidade do ônibus. A janela pela qual estou olhando está toda suja e a neve secou gotas de água nela, mas ainda assim vejo o rosto dele de perfil, sorrindo ao vento feito um cão com a cabeça para fora da janela do carro.

Ele se vira, procurando pelas janelas, e acaba percebendo que estou, na verdade, num ponto adjacente a ele. Com os cabelos esvoaçados, o casaco voando atrás dele feito uma capa, ele acena de maneira assustadora e bate a mão com tanta força na janela que todo aluno idiota no ônibus para de fazer o que está fazendo e olha para mim. Levanto a mão e aceno, sentindo-me um tanto mal.

Ele continua fazendo isso até eu descer do ônibus, dez minutos depois, e nesse momento começa a nevar de novo. Digo a Nick e a Charlie que eles podem seguir sem mim.

Quando ficamos sozinhos, nós nos sentamos em um muro do jardim, e Michael encosta a bicicleta. Percebo que ele não está vestindo o uniforme do colégio.

Olho para a esquerda, até encontrar o rosto dele. Michael não está olhando para mim. Espero que comece a conversa, mas ele não diz nada. Acho que está me desafiando.

Demorou mais do que deveria para que eu reconhecesse que quero ficar perto dele.

— Eu... — digo, forçando as palavras — sinto muito.

Ele hesita como se estivesse confuso, vira-se para mim e sorri de modo gentil.

— Tudo bem — diz.

Eu meneio a cabeça um pouco e desvio o olhar.

— Já fizemos isso antes, certo? — comenta ele.

— Isso o quê?

— O lance esquisito de pedir desculpas.

Lembro o comentário da "psicopata deprimida". Mas não é a mesma coisa. Eu estava sendo tola e a raiva dele o dominou. Foram só palavras.

Eu não sabia nada do Michael até então.

Ele ainda tem aquele brilho. Aquela luz. Mas tem mais. As coisas que não podem ser vistas, apenas encontradas.

— Onde você esteve? — pergunto.

Ele desvia o olhar e ri.

— Fui *suspenso*. Pela tarde de segunda, ontem e hoje.

Isso é tão ridículo que acabo rindo.

—Você finalmente fez alguém ter um acesso nervoso?

Ele ri de novo, mas é esquisito.

— Isso poderia acontecer, para ser sincero. — O rosto dele muda. — Não, sim, eu... hum... xinguei o Kent.

Dou risada.

—Você *xingou*? Foi suspenso por ter *xingado*?

— Sim. — Ele coça a cabeça. — Parece que o Higgs tem regras a esse respeito.

—A Terra da Opressão — digo, meneando a cabeça, citando Becky. — Como isso aconteceu?

— Meio que começou na aula de História, acho. Fizemos os simulados há algumas semanas, recebemos nossas notas na segunda, e minha professora pediu para eu ficar depois da aula porque, como era de se esperar, eu fui muito mal. Acho que tirei um E ou coisa assim. Então ela começou a descer a lenha em mim, sabe? Começou a reclamar dizendo que sou uma decepção, que nem me *esforço*. Foi quando comecei a ficar muito incomodado porque eu me esforcei, sim. Mas ela não parava mais, mostrou a prova, apontou para ela e disse: "O que você acha que é isso? Nada faz sentido aqui. Onde está a justificativa? Onde está sua técnica de redação?" Resumindo, ela acabou me levando à sala do Kent como se eu fosse um aluno do ensino fundamental.

Ele para. Não está olhando para mim.

— E Kent começou com um sermão de que eu deveria fazer melhor, que não estou me comprometendo o suficiente com o colégio e não estou me esforçando como deveria. Tentei me defender, mas você sabe como o Kent é. Assim que tentei argumentar, ele ficou todo agressivo e mandão, o que me deixou ainda mais irado, porque você sabe, os professores *não admitem* que eles *podem* estar errados, e tipo... eu não *pretendia*, mas acabei dizendo "Mas você nem *liga* pra porra nenhuma relacionada a mim, não é?". E... pois é, fui suspenso.

Isso me lembra o Michael que Nick descreveu no primeiro dia do semestre. Mas, em vez de achar a história um pouco esquisita, fico bem impressionada.

— Que rebelde — digo.

Ele olha para mim por muito tempo.

— Sim, sou incrível.

— Mas é verdade, os professores *não* estão nem aí.

— Pois é. Eu já deveria saber.

Nós dois voltamos a olhar para as casas do outro lado. As janelas estão todas laranja por causa do pôr do sol. Raspo os sapatos na calçada cheia de neve. Sinto uma certa vontade de perguntar a ele sobre a patinação, mas, ao mesmo tempo, acho que é uma coisa *dele*. Uma coisa particular e especial dele.

— Ando bem entediada sem você — digo.

Ele faz uma longa pausa.

— Eu também — diz Michael.

—Você soube o que o sexto ano fez hoje?

— Sim... foi hilário.

— Eu estava lá. Eu sempre fico no campo na quinta aula da quarta-feira, então eu estava lá, literalmente. Foi... foi como uma chuva de serpentinas ou coisa assim.

Ele parece parar de se mexer. Depois de alguns segundos, vira a cabeça devagar na minha direção.

— *Isso* foi uma boa coincidência — diz ele.

Demoro um pouco para entender o que ele está dizendo.

É ridículo. O Solitaire não teria como saber que eu sempre mato aquela aula e fico no pátio. Nem os professores notam, na maior parte das vezes. É *ridículo*. Mas começo a pensar no que Michael disse antes. A respeito de *Star Wars*. "Material Girl". Os gatos. O violino. E o ataque a Ben Hope — teve a ver com o *meu* irmão. Mas é impossível. Não sou especial. É impossível. Mas...

Foram *muitas* coincidências.

— Sim — digo. — Só uma coincidência.

Nós dois nos levantamos e começamos a percorrer o caminho que clareia aos poucos, Michael empurrando a bicicleta ao seu lado. Isso deixa uma linha cinza comprida atrás de nós. Pontinhos brancos de neve caem nos cabelos dele.

— E agora? — pergunto. Não sei bem de qual "agora" estou falando. Desse minuto? De hoje? Do resto das nossas vidas?

— Agora? — Michael pensa na minha pergunta. — Nós comemoramos e aproveitamos a juventude. Não é o que devemos fazer?

Eu me pego sorrindo.

— Sim. Sim, é o que devemos fazer.

Caminhamos um pouco mais. A neve deixa de ser um brilho suave e passa a se tornar flocos grandes feito moedas.

— Eu fiquei sabendo do que você disse à Becky — diz ele.

— Quem contou?

— Charlie.

— Quem contou ao *Charlie*?

Ele balança a cabeça.

— Não sei.

— Quando você conversou com ele?

Michael evita meus olhos.

— Outro dia. Eu só queria ter certeza de que você estava bem...

— O que foi, você acha que estou *deprimida* ou coisa assim?

Eu digo isso meio brava.

Não quero que as pessoas se preocupem comigo. Não tem nada *com o que* se preocupar. Não quero que as pessoas tentem entender por que estou como estou, porque *eu* deveria ser a primeira pessoa a entender isso. E eu *ainda* não entendo. Não quero que as pessoas interfiram. Não quero as pessoas na minha cabeça, falando disso e daquilo, sempre mexendo nos pequenos fragmentos de mim.

Se é isso o que os amigos fazem, não quero.

Ele sorri. Um sorriso adequado. E depois ri.

—Você não aceita que as pessoas se importem!

Não digo nada. Ele tem razão. Mas não digo nada. Ele para de rir. Muitos minutos se passam em silêncio. Começo a pensar sobre cerca de quatro semanas atrás, quando eu não conhecia o Michael. Quando o Solitaire não tinha acontecido. Sei que me sinto mais triste com as coisas. Muitas coisas ao meu redor têm sido tristes, e pareço ser a única pessoa capaz de ver isso. Becky, por exemplo. Lucas. Ben Hope. Solitaire. Todo mundo acha normal machucar os outros. Ou talvez eles não percebam que estão machucando as pessoas. Mas eu percebo.

O problema é que as pessoas não agem.

O problema é que *eu* não ajo.

Fico sentada aqui, sem fazer nada, pensando que alguém vai vir melhorar as coisas.

Por fim, Michael e eu acabamos na fronteira da cidade. Está escurecendo, e mais de uma lâmpada de poste pisca quando passamos, lançando uma luz amarela no chão. Descemos o caminho amplo entre duas casas grandes e chegamos aos campos, tomados de neve, que se estendem entre a cidade e o rio. Brancos, cinza e azuis; tudo em uma névoa borrada, chuva no para-brisa, uma pintura.

Fico ali parada. Tudo para, de certo modo, como se eu tivesse saído da Terra. Como se eu tivesse saído do universo.

— É linda — comento. — Não acha a neve linda?

Espero Michael concordar comigo, mas ele não concorda.

— Não sei — diz ele. — Está frio. É romântico, acho, mas isso só deixa as coisas frias.

SEIS

— ENTÃO, TORI. — Kent passa os olhos no meu próximo texto. — Qual foi sua opinião dessa vez?

É sexta-feira e estamos na hora do almoço. Eu não tinha nada para fazer, por isso vim entregar meu trabalho de inglês mais cedo. O tema é "Até que ponto o casamento é a preocupação principal de *Orgulho e preconceito?*". Kent parece falante hoje — minha característica menos preferida num personagem.

— Escrevi um trabalho normal.

— Pensei que você pudesse fazer isso. — Ele assente. — Ainda quero saber o que você achou.

Tento pensar no momento em que escrevi. No almoço de segunda-feira? Na terça? Todos os dias se tornam um só.

—Você acha que o casamento é a preocupação principal?

— É *uma* preocupação. Não uma preocupação *principal*.

—Você acha que a Elizabeth se importa com casamento em geral?

Eu imagino o filme.

—Acho que sim. Mas isso não ocorre a ela enquanto está com Darcy. Tipo... ela não liga as duas coisas. Darcy e casamento. Eles são dois problemas separados.

— Então, o que você acreditaria ser *a* preocupação principal de *Orgulho e preconceito*?

— Eles próprios. — Enfio as mãos nos bolsos do blazer.

— Eles passam o tempo todo procurando entender quem são e quem parecem ser.

Kent meneia a cabeça de novo, como se soubesse de algo que eu não sei.

— Que interessante. A maioria das pessoas diz que o amor é o tema principal. Ou o sistema de classes. — Ele coloca meu trabalho em uma pasta de papelão. —Você lê muitos livros em casa, Tori?

— Não leio.

Isso parece surpreendê-lo.

—Ainda assim, você decidiu fazer literatura inglesa nível avançado.

Dou de ombros.

— O que você faz para se divertir, Tori?

— Para me divertir?

— Com certeza você tem um passatempo. Todo mundo tem um passatempo. Eu leio, por exemplo.

Meus passatempos são beber limonada diet e ser uma idiota amarga.

— Eu tocava violino.
— Ah, está vendo? Um passatempo.

Não gosto das implicações da palavra "passatempo". Faz com que eu pense em artesanato. Ou golfe. Algo que pessoas animadas fazem.

— Mas desisti.
— Por quê?
— Não sei. Só não gostei muito.

Kent assente para mim pela centésima vez, batendo a mão no joelho.

— É justo. Do que você *realmente* gosta?
— Acho que gosto de assistir a filmes.
— E os amigos? Você não gosta de estar com eles?

Penso nisso. Eu deveria gostar de estar com eles. É o que as pessoas fazem. Elas ficam com os amigos para se divertir. Eles têm aventuras, viajam e se apaixonam. Eles brigam e perdem um ao outro, mas sempre se encontram de novo. É o que as pessoas fazem.

— Quem você consideraria seu amigo?

Mais uma vez, penso e faço uma lista na minha mente.

1. Michael Holden — o candidato mais qualificado para o status de amigo.
2. Becky Allen — foi a melhor amiga no passado, mas é claro que não é mais.
3. Lucas Ryan — ver anterior.

Quem mais era meu amigo antes disso? Não lembro.

— As coisas são muito mais fáceis com menos amigos.

— Kent suspira, dobrando os braços contra o casaco de tweed. — Mas a amizade vem com muitos benefícios.

Fico tentando imaginar o que ele está falando.

— Os amigos são mesmo tão importantes?

Ele une as mãos.

— Pense em todos os filmes que já viu. A maioria das pessoas que se saem bem e que acabam felizes têm amigos, não é mesmo? Normalmente, têm um ou dois amigos muito próximos. Veja Darcy e Bingley. Jane e Elizabeth. Frodo e Sam. Harry, Ron e Hermione. Os amigos são importantes. As pessoas que vivem sozinhas costumam ser os antagonistas. Como Voldemort.

— Até mesmo o Voldemort tinha seguidores — digo, mas a palavra "seguidores" me faz pensar no meu blog.

— Seguidores: sim. Amigos? Amigos de verdade? Definitivamente não. Não dá para depender apenas de si mesmo, apesar de parecer uma maneira mais fácil de viver.

Eu discordo, então decido não dizer nada.

Kent se inclina para a frente.

—Vamos, Tori. Saia dessa. Você é melhor do que isso.

— Melhor do que o quê? Desculpa se minhas notas não foram boas.

— Não seja boba. Você sabe que não é disso que estamos falando.

Franzo a testa.

Ele franze a dele em resposta — um franzir de testa sarcástico.

— Mexa-se. Está na hora de você se erguer. Não pode continuar deixando as oportunidades da vida escaparem.

Eu saio da cadeira e me viro para sair.

Quando abro a porta, ele murmura:

— Nada vai mudar até você decidir que quer que mude.

Fecho a porta ao sair, pensando se acabei de imaginar essa conversa toda.

SETE

A ÚLTIMA AULA É VAGA, por isso entro no salão. Fico olhando para Becky, que está trabalhando na outra mesa, mas ela não olha para mim. Evelyn também está ali. Ela fica ao telefone durante toda a hora.

Confiro meu blog e vejo uma mensagem:

Anônimo: *Pensamento do dia: Por que as pessoas acreditam em Deus?*

Confiro o blog do Solitaire, e o post de destaque no momento é um gif de um menininho fazendo bolinhas de sabão com um daqueles frascos de plástico. Um monte de bolhas explode no ar e sobe ao céu; a câmera as mostra e a luz do sol as atravessa, deixando-as cor-de-rosa, laranja, verde e azul. Então, o gif se repete, e dá para ver o menininho de novo, soprando as bolhas para o céu; o menino, as bolhas, o céu, o menino, as bolhas, o céu.

Quando chego em casa, até minha mãe nota que algo mudou e tenta, sem muito ânimo, saber o que é, mas acabo voltando para o quarto. Caminho por um tempo e me deito. Charlie entra no quarto e pergunta o que aconteceu. Quando estou prestes a contar a ele, começo a chorar, e não é um choro silencioso dessa vez, mas um choro alto, e eu me detesto tanto por isso que literalmente escondo o rosto com as mãos e choro tanto que paro de respirar direito.

— Preciso fazer alguma coisa — continuo dizendo. — Tenho que fazer alguma coisa.

— Fazer alguma coisa em relação a quê? — pergunta Charlie, puxando os joelhos contra o peito.

— Só... não sei... todo mundo, tudo enlouqueceu. Todo mundo enlouqueceu. Eu estraguei tudo com a Becky e não paro de estragar tudo com o Michael e nem sei quem *é* o Lucas, não de verdade. Minha vida era muito normal antes. Eu detestava me sentir tão entediada, mas quero me sentir assim de novo. Não me importava com nada antes. Mas, no sábado, todas aquelas pessoas, ninguém deu a *mínima*. Não se importaram com o fato de que Ben Hope poderia morrer de tanto apanhar. Eu sei que isso não aconteceu. Mas, tipo, eu não. Eu *não posso* mais ser assim. Sei que não faz sentido. Sei que só estou me estressando por nada. Eu sei, sou uma merda, sou um ser humano vergonhoso.

Mas antes do Solitaire, tudo estava bem. Eu estava bem. Eu costumava estar bem.

Charlie apenas assente.

— Certo.

Ele permanece sentado comigo enquanto estou reclamando e chorando. Quando me acalmo, finjo precisar dormir, por isso ele vai embora. Deito com os olhos abertos e penso em tudo o que aconteceu na minha vida toda, e não demoro muito para chegar onde estou. Concluo que é impossível dormir, por isso começo a procurar no quarto por nada em particular. Encontro minha caixa de coisas especiais na gaveta da mesa — uma caixa de recordações, acho — e em cima dela há um diário que escrevi no verão do sexto ano. Leio a primeira página:

Domingo, 24 de agosto
Acordei às 10:30. Becky *et moi* fomos ao cinema hoje e vimos Piratas do Carybe 2 (é assim que se escreve???). MINHA NOSSA, foi INCRÍVEL. Becky acha Orlando Bloom o mais lindo, mas prefiro o Johnny Depp. Ele é hilário e brilhante. Fomos comer pizza na rua de cima. Ela comeu havaiana, mas é claro que a minha era simples, só de queijo. DELÍCIA! Ela vem na próxima semana para passar a noite também, e vai ser muito divertido. Ela diz que precisa me contar sobre um garoto de quem ela gosta!! E vamos comer tanto e ficar acordadas a noite toda assistindo a filmes!!!!!

Coloco o diário na gaveta de baixo outra vez e me sento com calma por muitos minutos. Em seguida, eu o pego de novo, encontro uma tesoura e começo a rasgá-lo, cortando as páginas e a capa dura, rasgando e puxando, até sobrar um monte de algo parecido com confete no meu colo.

Na caixa de tesouro encontro ainda um frasco de bolhinhas de sabão vazio. Becky me deu no meu aniversário há muito tempo. Eu adorava bolhas, ainda que não me conformasse com o fato de elas serem vazias por dentro. E então eu me lembro do gif no blog do Solitaire. Isso é outra coisa. Outra coisa a adicionar na lista: o vídeo do violino e o *Star Wars*, toda aquela bobagem. Olho para o frasco de bolhinhas de sabão e não sinto nada. Ou tudo. Não sei.

Não. Eu *sei*, sim.

Michael estava certo. Sempre esteve certo. Solitaire. O Solitaire está... falando comigo. Michael tinha *razão*.

Não faz nenhum sentido, mas sei que sou eu. Tem tudo a ver comigo.

Corro até o banheiro e vomito.

Quando volto, afasto a caixa, fecho a gaveta e abro outra. Esta está cheia de artigos de papelaria. Testo todas as minhas canetas com rabiscos grandes nos pedaços de papel e enfio as que não funcionam embaixo da cama, ou seja, a maioria delas. Estou murmurando alto para encobrir os sons vindos da janela, porque sei que os estou inventando. Meus olhos não param de lacrimejar, depois se acalmam e lacrimejam de novo, e eu os esfrego com tanta força que vejo estrelas mesmo quando eles estão abertos.

Pego a tesoura de novo e passo pelo menos meia hora sentada na frente do espelho, aparando as pontas do cabelo obsessivamente. Pego uma caneta preta e sinto uma necessidade forte de escrever alguma coisa. Então, no meu próprio braço, com a caneta preta, escrevo "SOU VICTORIA ANNABEL SPRING" em parte porque não penso em mais nada a escrever, e em parte porque estou com a sensação de que preciso me lembrar de que tenho um nome do meio.

Solitaire está conversando comigo. Talvez de propósito, talvez não. Mas decidi que depende de mim fazer algo a respeito. Depende apenas de mim.

Caminho até a mesa de cabeceira. Pego algumas canetas velhas e alguns livros que não tenho lido, meus lencinhos de remover maquiagem e o diário no qual já não escrevo. Eu o abro, leio alguns dos registros e volto a fechá-lo. É muito triste. Uma adolescente cheia de clichês. Sinto nojo de mim mesma. Fecho os olhos e prendo a respiração por mais tempo que consigo (quarenta e seis segundos). Choro, de modo consistente e patético, por vinte e três minutos. Ligo o laptop e procuro meus blogs preferidos. Não posto nada no meu blog. Não lembro a última vez que fiz isso.

OITO

A SEMANA TEM SIDO ESQUISITA. Meio sem saber o que fazer, fiquei na cama a maior parte do tempo, navegando pela internet, assistindo TV etc. etc. Nick e Charlie vieram para "bater um papo" depois do almoço no domingo e fizeram com que eu me sentisse muito mal por ser uma preguiçosa. Meu fim de semana terminou com Nick e Charlie me arrastando a um festival local de música no The Clay, que é um campo sem grama perto da ponte, limitado por algumas árvores e cercas quebradas.

Nick, Charlie e eu passamos pela lama em direção aos grupos que rodeiam o palco. Ainda não está nevando de verdade, mas sinto que está chegando a hora. Quem pensou que janeiro fosse um bom mês para um festival de música provavelmente era sádico.

A banda, ao que parece uma banda *indie* de Londres, faz tanto barulho que é possível ouvi-la do outro lado da rua. Apesar de não haver luzes acesas, várias pessoas parecem estar segurando uma tocha ou carregando uma haste luminosa, e perto da beira do campo há uma grande fogueira. Eu me sinto muito despreparada. Penso em correr de volta para a ponte, subir a rua e ir para casa.

Não. Nada de correr para casa.

—Você está bem? — grita Charlie mais alto do que a música. Ele e Nick estão muitos metros à minha frente, Nick com uma tocha acesa na minha direção, o que me deixa cega.

—Vai ficar com a gente? — Nick aponta para o palco.

—Vamos assistir.

— Não — respondo.

Charlie só olha para mim quando me afasto. Nick o puxa para longe e eles desaparecem em meio à multidão.

Eu também desapareço na multidão.

Está bem quente e não enxergo muita coisa — só o verde e o amarelo de varetas luminosas e as luzes do palco. A banda está tocando há pelo menos meia hora e o campo do The Clay está mais para um lamaçal. A lama suja minha calça jeans. Vejo muitas pessoas que conheço do colégio e, sempre que as vejo, aceno de modo expansivo e sarcástico. No meio da multidão, Evelyn me chacoalha pelos ombros e grita que está procurando seu namorado. Isso faz com que eu não goste dela.

Depois de um tempo, percebo que não paro de pisar em pedacinhos de papel. Eles literalmente estão *por toda parte*. Estou sozinha na multidão quando decido pegar um deles e analisá-lo com atenção, iluminando-o com a lanterna do celular.

É um panfleto. De fundo preto. Tem um símbolo vermelho no meio: um coração virado para baixo, desenhado de qualquer jeito de modo a parecer a letra A, com um círculo ao redor da letra.

Parece o símbolo de Anarquia.

Embaixo do símbolo, está a palavra:

SEXTA-FEIRA

Minhas mãos começam a tremer.

Antes que eu pense no que isso significa, sou empurrada na direção de Becky. Ela está pulando sem parar perto da barreira com Lauren e Rita. Nós nos olhamos.

Lucas também está ali, atrás de Rita. Está vestindo uma camisa com pontinhas de metal na gola, por baixo de um colete de vovô e uma jaqueta jeans grande. Também está usando calça jeans de barra dobrada da Vans. Só de olhar para ele, eu me sinto muito triste.

Enfio o panfleto de SEXTA-FEIRA no bolso do casaco.

Ele me vê por cima do ombro de Rita e meio que se retrai, o que deve ser muito difícil em uma multidão como aquela. Aponto para meu peito, sem desviar o olhar. Então, aponto para ele. Em seguida, aponto para o lado vazio do campo.

Ele não se mexe e eu o seguro pelo braço e começo a puxá-lo para trás, para longe da multidão e dos alto-falantes reverberantes.

Eu me lembro de quando tínhamos dez anos, ou nove, ou oito, em uma situação parecida — eu puxando Lucas pelo braço. Ele nunca fazia nada sozinho. Eu sempre fui muito boa em fazer coisas sozinha. Acho que meio que *gostava* de cuidar dele. Mas chega um momento em que você não pode continuar cuidando de outras pessoas. Precisa começar a cuidar de si.

E, de novo, acho que não faço nenhuma das duas coisas.

— O que você está fazendo aqui? — pergunta ele. Nós nos afastamos da multidão e nos colocamos um pouco à frente da fogueira. Vários grupos de pessoas passam com garrafas de bebidas nas mãos, rindo, apesar de a área ao redor do fogo estar quase vazia.

— Estou fazendo coisas agora — digo. Ponho a mão no ombro dele e me inclino para a frente, com seriedade. — Por que... *quando* você se tornou hipster?

Ele tira a minha mão do ombro dele com delicadeza.

— Estou falando sério — diz ele.

A banda parou. Há um silêncio momentâneo, o ar tomado pelas vozes que se tornam um único barulho. Vejo muitos daqueles panfletos aos meus pés.

— Fiquei sentada na frente do café por uma hora inteira — conto, torcendo para que ele se sinta muito mal. —

Se não me contar por que está me evitando, então, tipo... podemos dar tudo por encerrado e parar de ser amigos. Ele fica tenso e vermelho, o que dá para ver mesmo com a luz fraca. Caio na real de que nunca mais seremos melhores amigos.

— É que... — diz ele — é muito difícil... para mim... estar perto de você...

— *Por quê?*

Ele demora um pouco para responder. Alisa os cabelos para o lado, esfrega o olho e confere para ver se a gola da blusa não está para cima, e coça o joelho. Em seguida, começa a rir.

—Você é muito engraçada, Victoria. — Ele balança a cabeça. —Você é mesmo muito engraçada.

Sinto vontade de dar um soco na cara dele. Mas recorro apenas à histeria.

— Mas que *porra* é essa? Do que você está *falando*?! — grito, mas não dá para perceber por causa do barulho na multidão. — Você é *louco*. Não sei por que você está me dizendo isso. Não sei por que você decidiu que deveríamos ser melhores amigos de novo e não sei por que você nem sequer olha nos meus olhos; não entendo *nada* do que você está fazendo nem dizendo, e isso está me *matando*, porque já não entendo nada sobre mim nem sobre Michael, nem sobre Becky nem sobre meu irmão nem sobre *nada* nesse planeta de merda. Se você secretamente me odeia ou algo assim, *precisa desabafar*. Estou pedindo para você me dar *uma* resposta direta, *uma* frase que possa resolver pelo menos *al-*

guma coisa na minha cabeça, mas NÃO. Você não se importa, não é?! Você não está NEM AÍ para os meus sentimentos nem para os sentimentos de ninguém. Você é como todas as outras pessoas.

—Você está errada — diz ele. —Você está err...

—Todo mundo tem *problemas* tenebrosos. — Balanço a cabeça com força, segurando-a com as duas mãos. Começo a falar com uma voz prepotente sem motivo. — Até mesmo você. Até mesmo o Lucas, perfeito e inocente, tem *problemas*.

Ele está olhando para mim de modo confuso e é hilário. Começo a rir.

—Talvez, tipo, *todo mundo* que eu conheço tenha problemas. Tipo... não há pessoas felizes. *Nada* funciona. Mesmo quando é alguém que você considera perfeito. Como o meu irmão! — Sorrio para ele. — Meu irmão, meu irmãozinho, ele é muuuuito perfeito, mas ele... ele não gosta de comida, tipo, literalmente não gosta de comida ou, sei lá, ele ama comida. Ele ama *tanto* que precisa ser perfeito o tempo todo, sabe?

Seguro Lucas por um ombro de novo para que ele compreenda.

— E, um dia, ele ficou muito bravo consigo mesmo, ele tipo... ele ficou muito puto, ele detestava o quanto adorava comida. Pois é, e ele pensou que seria melhor se não houvesse comida nenhuma. — Começo a rir tanto que meus olhos lacrimejam. — Mas isso é tão bobo! Porque precisamos comer comida para não morrer, não é? Então, meu irmão Charles, Charlie, ele, ele pensou que seria melhor se superasse isso naquele momento! Até que ele, ano passado, ele... — Eu seguro meu punho e aponto. — ... ele se *machucou*. E escreveu um cartão para mim, dizendo que estava muito arrependido e tal, mas que eu não deveria ficar triste porque ele estava bem *feliz* com aquilo.

Balanço a cabeça e rio sem parar.

— E sabe o que me dá vontade de *morrer*? O fato de, tipo, durante todo aquele tempo, eu *saber* que aconteceria, mas não ter feito *nada*. Nem disse nada a ninguém a respeito disso, porque pensei que estava *imaginando* coisas. Bem, eu me surpreendi muito quando entrei no banheiro naquele dia.

Lágrimas rolavam pelo meu rosto.

— E sabe o que é *literalmente hilário*? No cartão, havia a imagem de um *bolo*!

Ele está calado e não acha nada hilário, o que acho esquisito. Ele emite um som de dor e se vira depressa e se afasta. Seco as lágrimas que chorei enquanto ria, e tiro aquele folheto do bolso e olho para ele, mas a música começou outra vez, estou fria demais e meu cérebro não parece estar processando nada. Só aquela maldita imagem daquele maldito bolo.

NOVE

— VICTORIA? Tori? Você está aí?

Alguém está falando comigo ao telefone.

— Onde você está? Está tudo bem?

Estou sozinha perto da multidão. A música acabou. Todo mundo está esperando a próxima banda, e mais e mais pessoas começam a se unir, e em um ou dois minutos estou presa novamente na massa de corpos. O chão está coberto por aqueles panfletos e as pessoas começaram a recolhê-los. Tudo está acontecendo muito depressa.

— Estou bem — digo, por fim. — Charlie, estou bem. Estou no campo.

— Certo. Tudo bem. Nick e eu estamos voltando para o carro. Você também precisa vir.

Ouço um farfalhar quando Nick pega o telefone de Charlie.

—Tori, escute. Você precisa voltar para o carro *agora mesmo*.

Mas mal ouço o Nick.

Mal ouço o Nick porque outra coisa está acontecendo.

Há uma tela enorme de LED no palco. Até esse momento, ela está passando formas decorativas em movimento e, vez ou outra, os nomes das músicas que estão tocando.

A tela fica preta, deixando apenas pontos que são as hastes luminosas espalhadas pela multidão escura. Começo a me aproximar da tela, as figuras ao meu redor irresistivelmente atraídas em direção a ela. Eu me viro, pretendendo começar a me afastar da multidão, e é quando vejo — tem uma figura, a figura de um garoto, olhando inexpressivo do outro lado do rio. É Nick? Não sei dizer.

—Algo... algo está acontecendo... — digo ao telefone, virando-me na direção da tela.

—Tori, você PRECISA voltar para o carro. A coisa toda vai ficar MALUCA aí.

A tela de LED muda. Brilha numa luz branca, depois vermelha feito sangue, e em seguida volta a ficar preta.

—Tori? Alô? Está me ouvindo?

Há um pontinho vermelho no meio da tela.

—TORI?!

Ele aumenta e ganha forma.

É o coração de cabeça para baixo.

A multidão grita como se a Beyoncé tivesse acabado de subir ao palco.

Pressiono o botão vermelho do meu telefone.

E uma voz distorcida e sem gênero começa a falar.

— BOA NOITE, PESSOAS DO SOLITAIRE.

Todo mundo ergue os braços e grita — de alegria, de medo, não sei mais, mas estão *adorando*. Corpos avançam, batendo uns nos outros, todo mundo suando, e em pouco tempo estou me esforçando até para respirar.

— ESTAMOS NOS DIVERTINDO?

O chão vibra quando as vozes ressoam. O panfleto que peguei está na minha mão. Não vejo Lucas, nem Becky, nem ninguém que conheço. Preciso cair fora. Dou cotoveladas e dou um giro de cento e oitenta graus, e começo a passar pela multidão que está gritando...

— ESTAMOS AQUI PARA CONTAR SOBRE UM ACONTECIMENTO ESPECIAL QUE ESTAMOS PLANEJANDO.

Passo pelos corpos, mas parece que não estou me mexendo. As pessoas começam a olhar para cima, para a tela, como se estivessem hipnotizadas, gritando palavras impossíveis de entender...

E eu o vejo de novo. Espio entre os vãos das cabeças na multidão. Ali, do outro lado do rio. O garoto.

— QUEREMOS QUE SEJA UMA GRANDE SURPRESA. *NA PRÓXIMA SEXTA-FEIRA.* SE VOCÊ FREQUENTA O COLÉGIO HARVEY GREENE, O *COLÉGIO HIGGS,* É MELHOR SE PREPARAR.

Estreito os olhos, mas está muito escuro e as pessoas fazem muito barulho, estão tão felizes e assustadoras que não vejo quem é. Viro o corpo de novo para a tela de LED,

cotovelos e joelhos encostados no meu corpo, e uma contagem regressiva começa mostrando os dias, horas, minutos e segundos — a multidão começou a erguer os punhos — 04:01:26:52, 04:01:26:48, 04:01:26:45.
—VAI SER A MAIOR OPERAÇÃO DO SOLITAIRE!

E, com isso, de uma só vez, pelo menos vinte fogos de artifício são estourados na multidão, subindo, lançados pelas pessoas como meteoros e caindo feito chuva de faíscas na cabeça delas, a cinco metros de onde estou. As pessoas mais próximas dão gritos assustados, pulam para trás e para longe do perigo, mas a maioria dos gritos ainda é de felicidade, de animação. A multidão começa a se balançar e a tremer e sou levada em todas as direções; meu coração bate com tanta força que tenho a impressão de estar morrendo, sim, estou morrendo, vou morrer — até que, por fim, me afasto da multidão e me encontro na barranceira do rio.

Olho horrorizada para as pessoas. Os fogos de artifício de todas as formas e cores estão explodindo sem parar entre os corpos. Na ribanceira, vejo várias pessoas fugindo, uma ou outra em chamas. A alguns metros, uma garota cai e precisa ser arrastada para longe por seus amigos, que estão gritando.

Mas a maioria parece estar se divertindo. Estão encantadas com as luzes das cores do arco-íris.

— *Tori Spring!*

Por um momento, acho que é a voz do Solitaire falando, falando *comigo*, e meu coração para. Mas não é. É *ele*.

Escuto quando ele grita. Eu me viro. Ele está do outro lado do rio, que é estreito aqui, o rosto iluminado pelo celular como se estivesse prestes a contar uma história assustadora, sem fôlego, só de camiseta e calça jeans. Ele começa a acenar para mim. Juro por Deus que ele deve ter um sistema de aquecimento central interno.

Olho para Michael.

Ele está segurando uma garrafa.

— Isso é... isso é *chá*? — grito.

Ele levanta a garrafa e olha para ela, como se tivesse esquecido da sua presença ali. Volta a olhar para mim e seus olhos brilham, e ele grita para a noite:

— O chá é o elixir da vida!

Uma nova onda de gritos passa pelo grupo perto de mim. Eu me viro e vejo as pessoas se afastando, gritando e apontando para uma luz pequena no chão a apenas dois passos de onde estou. Uma pequena luz seguindo devagar em direção a um cilindro enfiado no chão.

— GOSTARÍAMOS, EM ESPECIAL, DE AGRADECER AO COMITÊ DO FESTIVAL QUE NÃO NOS DEIXOU ESTAR AQUI.

Demoro exatamente dois segundos para perceber que, se eu não me mexer, um dos fogos de artifício vai explodir na minha cara.

— TORI. — A voz de Michael me envolve. Eu pareço incapaz de me mexer. — TORI, PULE NO RIO AGORA MESMO.

Eu viro a cabeça na direção dele. É quase tentador aceitar meu destino e ponto final.

O rosto dele está paralisado em uma expressão de terror puro. Ele para e pula no rio.

Faz zero grau aqui.

— Puta merda — digo sem me controlar.

— FIQUEM DE OLHO NO BLOG. E FIQUEM DE OLHO UNS NOS OUTROS. VOCÊS SÃO TODOS IMPORTANTES. PACIÊNCIA MATA.

A luz está se aproximando do cilindro. Talvez eu tenha cinco segundos. Quatro.

— TORI, PULE NO RIO!

A tela fica escura e os gritos atingem o ponto mais alto. Michael está vindo na minha direção, uma das mãos estendida, a outra segurando a garrafa acima da cabeça. Minha única opção.

— TORI!!!

Salto da ribanceira no rio.

Tudo parece perder a velocidade. Atrás de mim, os fogos estouram. Enquanto estou saltando, vejo o reflexo deles na água, amarelos, azuis, verdes e roxos dançando pelas ondas, e está quase lindo, mas quase, apenas. Caio com um "splash" tão frio que minhas pernas quase bambeiam.

E sinto a dor no braço esquerdo.

Olho para ele. Vejo as chamas subindo pela manga. Ouço Michael gritar algo, mas não sei o que é. E enfio o braço na água gelada.

— Ai, meu Deus. — Michael está saindo, segurando a garrafa acima da cabeça. O rio tem pelo menos dez metros de largura. — PUTA que pariu, está congelando!

— E LEMBREM-SE, PESSOAL DO SOLITAIRE: JUSTIÇA É TUDO.

A voz interrompe. Do outro lado do rio, os grupos de pessoas estão correndo pela cidade até seus carros.

—Você está bem? — grita Michael.

Eu tiro o braço da água com hesitação. A manga do casaco está toda queimada, e o colete e as mangas da camisa estão em frangalhos. A pele que vejo ali está bem vermelha. Pressiono o local com a outra mão. Dói. Muito.

— Puta que pariu.

Michael tenta sair mais depressa, mas percebo que seu corpo está tremendo.

Dou um passo à frente, mais para dentro do rio, meu corpo tremendo sem controle, talvez por causa do frio e talvez porque acabei de escapar da morte, ou talvez por causa da dor ardida no braço. Começo a murmurar como se delirasse.

—Vamos morrer. Vamos acabar mortos.

Ele sorri. Está na metade do caminho. A água está batendo no peito.

— Bem, anda logo. Não estou a fim de morrer de hipotermia hoje.

A água subiu aos meus joelhos, ou talvez eu tenha dado um passo à frente de novo.

— Está bêbado?!

Ele ergue os braços acima da cabeça e grita:

— SOU O CARA MAIS SÓBRIO DESSE PLANETA INTEIRO!

A água está na minha cintura. Estou andando para a frente?

Ele está a dois metros de distância.

— Estou saindo! — diz ele, cantarolando. — Pode ser que eu demore um pouco! — E então: — Santa mãe de Deus, eu vou literalmente morrer congelado.

Estou pensando a mesma coisa.

— Qual é o seu problema? — pergunta ele. Não é preciso gritar. — Você só... só ficou parada.

— Eu quase morri — respondo, sem ouvi-lo direito. Acho que devo estar entrando em choque. — Os fogos de artifício.

— Tudo bem. Você está bem. — Ele ergue meu braço e dá uma olhada. Engole em seco e tenta não xingar. — Certo. Você está bem.

— Tem gente... tem muita gente ferida...

— Ei. — Ele encontra minha outra mão na água e se inclina um pouco para a frente de modo que nossos olhos fiquem paralelos. — Tudo bem. Todo mundo vai ficar bem. Vamos ao hospital.

— Sexta-feira — digo. — Solitaire é... na sexta-feira.

Olhamos para trás e a imagem é incrível. Está chovendo panfletos. Eles caem na multidão de grandes ventiladores montados no palco, e os fogos de artifício ainda estão surgindo pelo campo, cada um deles lançando uma onda de berros dos participantes. É uma tempestade, uma baita tempestade. O tipo de tempestade na qual você sai de casa para se molhar só pelo risco da morte.

— Estive procurando você — digo.

Não sinto a maior parte do meu corpo.

Por algum motivo, ele coloca as mãos no meu rosto e se inclina para a frente, dizendo:

— Tori Spring. Estou à sua procura *desde sempre*.

Os fogos continuam estourando sem parar, e o rosto de Michael continua brilhando com as cores do arco-íris; a luz reflete nos seus óculos e vários panfletos caem ao nosso redor como se estivéssemos presos em um furacão, e a água preta nos sufoca, e estamos tão perto e há pessoas gritando conosco e apontando, mas não estou nem aí, e o frio se tornou uma dor que não dói e mal se faz notar. E eu acho que as lágrimas congelam no meu rosto, e não sei bem o que acontece, mas por meio de um tipo de força planetária, eu me vejo agarrada a ele como se não soubesse mais o que fazer, e ele está agarrado a mim como se eu estivesse afundando, e eu acho que ele beija minha cabeça; pode ser só um floco de neve, mas ele sussurra: "ninguém chora sozinho", ou pode ter sido "ninguém morre sozinho", e eu sinto que enquanto ficar aqui, pode ser que exista uma pequena chance de haver algo minimamente bom no mundo, e a última coisa de que me lembro pensando antes de desmaiar de frio é que se eu morresse, preferiria virar fantasma a ir para o céu.

DEZ

ACHO QUE DEVE SER SEGUNDA-FEIRA. A noite passada foi um borrão. Eu me lembro de ter despertado na ribanceira do rio nos braços de Michael, eu me lembro do frio doloroso da água e do cheiro da camiseta dele, e me lembro de ter fugido. Acho que estou com medo de alguma coisa, mas não sei o que é. Não sei o que dizer.

Fui ao pronto-socorro. Nick e Charlie me obrigaram. Tenho um baita curativo no braço, mas tudo bem, não está doendo tanto. Preciso tirá-lo hoje à noite e passar pomada no ferimento. Não estou ansiosa para fazer isso.

Sempre que olho para a ferida, me lembro do Solitaire. Faz com que eu me lembre do que eles são capazes.

Todo mundo parece bem feliz hoje e não gosto disso.

O sol está muito forte e tenho que usar óculos escuros a

caminho do colégio porque o céu, uma enorme piscina, está tentando me afogar. Eu me sento no salão, e Rita pergunta o que aconteceu com meu braço, e digo a ela que o Solitaire fez isso. Ela pergunta se estou bem. A pergunta faz com que eu chore, por isso digo a ela que estou bem e fujo correndo. Estou bem.

Tenho flashes da vida ao meu redor. Um grupo qualquer de meninas está sentado. Uma garota do segundo ano olha pela janela enquanto as amigas dela riem ao redor. Uma imagem de uma montanha com a palavra "Ambição". Uma luz que não para de piscar. Mas acho que o que me acalma é saber que vou descobrir quem está por trás do Solitaire e o que estão planejando fazer na sexta-feira, e vou impedi-los.

Na hora do intervalo, já contei sessenta e seis pôsteres do Solitaire espalhados pelo colégio. "**SEXTA-FEIRA: A JUSTIÇA VIRÁ**". Kent, Zelda e os monitores estão em polvorosa, e não dá para passar por um corredor sem notar um deles arrancando cartazes das paredes, murmurando algo com raiva, baixinho. Hoje, há dois posts novos no blog do Solitaire: uma foto da reunião da semana passada, na qual um cartaz do Solitaire apareceu na tela do projetor, e uma imagem da Virgem Maria. Vou imprimir esses dois e colá-los na parede do meu quarto, onde já coloquei todos os posts anteriores do Solitaire. Minha parede já está quase toda coberta.

Primeiro, o Solitaire surrou um garoto. Depois, feriu gravemente um grupo de pessoas, tudo com o propósito de fazer um espetáculo. E todo mundo na cidade está apaixonado por ele.

Está claro para mim que, se eu não parar o Solitaire, ninguém mais vai.

Na hora do almoço, sinto que estou sendo seguida, mas quando chego ao departamento de TI, acredito que despistei quem quer que fosse. Então, eu me sento na sala C15, a que fica de frente para a C16, onde conheci Michael. Há três pessoas comigo na sala. Um aluno do terceiro ano está navegando no site da Universidade de Cambridge, e duas alunas do sexto ano estão fazendo o Quiz Impossível com enorme concentração. Elas não percebem minha presença.

Ligo o computador e navego pelo blog do Solitaire por quarenta e cinco minutos.

Em determinado momento, a pessoa que me seguiu entra na C15. É Michael, óbvio. Ainda me sentindo culpada por ter fugido outra vez, e sem querer falar sobre isso, passo por ele e saio da sala, e começo a andar depressa sem uma direção determinada. Ele me alcança. Estamos caminhando muito depressa.

— O que está fazendo? — pergunto.

— Estou andando — responde Michael.

Dobramos uma esquina.

— Matemática — diz ele. Estamos no corredor das salas de matemática. — Eles fazem os painéis bem bonitos aqui porque, caso contrário, ninguém gostaria de matemática.

Por que as pessoas achariam que matemática é divertido? Tudo o que ela faz é deixar nas pessoas a falsa impressão de desafio.

Kent sai de uma sala de aula alguns passos à nossa frente.

—Tudo certo, sr. Kent! — diz Michael. Kent meneia a cabeça para ele e passa por nós.

— Eu definitivamente acho que ele escreve poesia — continua Michael. — Dá para perceber. Nos olhos dele e no modo como cruza os braços o tempo todo.

Paro. Demos uma volta completa no primeiro andar do Higgs. Permanecemos imóveis, meio que olhando um para o outro. Ele está segurando uma xícara de chá. Por um momento bizarro, tenho a impressão de que queremos nos abraçar, mas logo ponho fim a esse pensamento, me virando, e volto para a C15.

Eu me sento ao computador para o qual estaria olhando, e ele se senta ao meu lado.

—Você fugiu de novo — diz Michael.

Não olho para ele.

— Não respondeu minhas mensagens de texto de ontem depois que fugiu. Tive que enviar uma mensagem ao Charlie, pelo Facebook, para descobrir o que tinha acontecido com você.

Não digo nada.

—Você recebeu minhas mensagens de texto? Minhas mensagens de voz? Eu meio que fiquei preocupado que você estivesse sofrendo de hipotermia ou coisa assim. E o seu braço. Fiquei bem preocupado.

Não me lembro de ter recebido mensagem nenhuma. Nem de texto, nem de voz. Eu me lembro de Nick gritando comigo por ser uma idiota, e de Charlie sentado ao meu lado no banco de trás do carro, e não ao lado do Nick no banco do passageiro. Eu me lembro de ter esperado no pronto-socorro por horas. E de o Nick ter adormecido recostado no ombro do Charlie, e do Charlie jogando um jogo de vinte perguntas comigo, e ele ganhando todas. Eu me lembro de não ter dormido na noite passada. Eu me lembro de ter dito à minha mãe que iria para o colégio, e só.

— O que você está fazendo? — pergunta ele.

O que estou fazendo.

— Estou... — Penso. Estou olhando para mim mesma na tela escura do computador. — Estou... eu estou fazendo algo. A respeito do Solitaire.

— Desde quando tem interesse no Solitaire?

— Desde... — começo, mas não sei o que dizer.

Ele não fecha a cara, não sorri nem nada.

— Por que eu não me interessaria? — pergunto. — *Você* está interessado. Foi você quem disse que o Solitaire estava de olho em mim.

— Só pensei que você não estivesse interessada — diz ele, a voz meio hesitante. — Não é bem do seu feitio... Achei que não... que você não se importava muito, sabe, a princípio.

Isso é verdade.

— *Você* ainda está interessado... certo? — pergunto, com medo da resposta.

Michael olha para mim por muito tempo.

— Gostaria de saber quem está por trás de tudo isso — diz ele —, e sei que o que aconteceu com Ben Hope foi bem nojento, e ontem... bom, foi bem idiota. É um milagre que ninguém tenha morrido. Você viu a matéria na BBC News? O Clay Festival dando a entender que foi o ato final que deu errado ou algo assim. O Solitaire nem foi citado. Acho que os organizadores não queriam que ninguém soubesse que eles foram dominados. E quem vai dar ouvidos a um monte de garotos falando sobre um blog que organizou tudo?

Michael está me olhando como se estivesse com medo de mim. Minha expressão deve estar bem esquisita. Ele inclina a cabeça.

— Quando você dormiu pela última vez?

Não me dou ao trabalho de responder. Permanecemos em silêncio por um momento até ele tentar de novo.

— Olha, isso é algo muito genérico a dizer, mas... — Ele faz uma pausa. — Se quiser, tipo, conversar sobre alguma coisa... sabe como é... as pessoas sempre precisam conversar... Você não fala muito. Estou sempre aqui... tipo... para conversar. Você sabe disso, não sabe?

A frase está tão confusa que mal compreendo o que ele quer dizer, então só concordo com animação. A julgar pelo sorriso levemente aliviado dele, isso parece satisfazê--lo. Pelo menos, até ele perguntar:

—Vai me contar por que mudou de ideia? Por que está tão obcecada?

Não percebi que estou obcecada. Não acho que usaria essa palavra.

— Alguém tem que ficar obcecado.

— Por quê?

— É importante. Ninguém mais liga para as coisas importantes. — Paro de falar. — Estamos tão acostumados com o desastre que o aceitamos. Achamos que o merecemos.

O sorriso dele, fugaz, desaparece.

— Acho que ninguém merece um desastre. Acho que muita gente quer um desastre porque é a única coisa que sobra com poder de chamar atenção.

— Quem gosta de chamar atenção?

— Algumas pessoas não recebem atenção nenhuma — diz ele, e de novo vejo o cara do rinque de patinação: sério, sincero e discretamente *irado*. — Algumas pessoas *não* recebem atenção. Dá para entender por que saem querendo ser notadas. Se estiverem esperando há muito tempo por algo que pode nunca vir.

De repente, tenho a sensação de ser cega, ou talvez surda, perdendo o fio da meada.

Ele começa a procurar algo na bolsa e, depois de alguns instantes, tira uma lata e a estende a mim. É uma marca bem desconhecida de limonada diet. Uma das minhas preferidas. Ele sorri, mas é um sorriso forçado.

— Estive numa loja e me lembrei de você.

Olho para a lata, com uma sensação muito estranha no estômago.

— Obrigada.

Mais uma longa pausa.

— Olha — digo —, quando aqueles fogos de artifício estavam prestes a estourar, pensei que eu morreria. Pensei... que pegaria fogo e morreria.

Ele olha para mim.

— Mas isso não aconteceu.

Ele é uma boa pessoa, de verdade. Boa demais para andar com alguém feito eu. Quase dou risada de mim mesma por pensar em algo tão clichê. Acho que já disse que as coisas são clichês por serem verdade. Bem, tem uma coisa que eu sei que é verdade, e é que Michael Holden é bom demais para mim.

Mais tarde, às 19 horas, jantar. Meus pais saíram. Nick e Charlie estão do outro lado da mesa, eu estou ao lado de Oliver. Comemos macarrão com um pouco de carne. Não sei bem que carne é. Não consigo me concentrar.

— Tori, o que houve? — Charlie balança o garfo na minha direção. — O que está havendo? Tem alguma coisa acontecendo.

— *Solitaire*, é isso que está acontecendo — falo. — Mas ninguém liga. Todo mundo está sentado falando sobre coisas que não importam e fingindo que tudo não passa de uma baita piada engraçada.

Nick e Charlie olham para mim como se eu fosse maluca. Bem, eu sou.

— É muito esquisito que o Solitaire não tenha sido denunciado — diz Nick. — Tipo, mesmo com aquele lance no The Clay. O Solitaire nem foi citado. As pessoas parecem não estar levando o Solitaire muito a sério...

Charlie suspira e o interrompe.

— Independentemente de o Solitaire fazer coisas boas ou não, não há motivos para a Tori ou quem quer que seja se envolver. Não é problema nosso, certo? Os professores ou a polícia não deveriam estar fazendo algo a respeito? É culpa deles se não se importam em fazer nada.

E é nesse momento que eu percebo que também o perdi.

— Pensei que vocês dois fossem... melhores do que isso.

— Isso o quê? — Charlie ergue as sobrancelhas.

— Isso com que as pessoas se preocupam o tempo todo.

— Aperto as mãos, levando-as à cabeça. — É tudo falso. Todo mundo está fingindo. Por que *ninguém* liga para *nada*?

— Tori, sério, você está...

— SIM — grito. — SIM, ESTOU BEM, OBRIGADA. MAS. E. VOCÊ?

E saio dali antes de começar a chorar.

Está claro que Charlie contou a meus pais. Quando eles chegam em casa, nem sei que horas, batem na porta do meu quarto. Não respondo, e eles entram.

— O que foi? — pergunto. Estou sentada na cama tentando escolher um filme para assistir nos últimos trinta e sete minutos. Na TV, um repórter está falando sobre o suicídio de um aluno de Cambridge, e meu laptop está sobre as minhas pernas feito um gato adormecido, com a página do meu blog emitindo sua luz azul fraca.

Meus pais observam minha parede por bastante tempo. Não dá mais para ver a tinta por baixo. Virou uma colcha de retalhos de impressões do Solitaire, centenas delas.

— O que está acontecendo, Tori? — indaga meu pai, desviando os olhos do painel.

— Não sei.

— Seu dia foi ruim?

— Sim. Como sempre.

— Olha, não precisa ser tão melodramática. — Minha mãe suspira, parecendo decepcionada com alguma coisa.

— Anime-se. Sorria.

Dou uma risada forçada.

— Minha nossa.

Ela suspira de novo. Meu pai a imita.

— Bem, deixaremos você com seu segredo — diz ele.

— Se vai ser sarcástica...

— Ha. Ha. Sarcástica.

Eles reviram os olhos e saem. Começo a me sentir enjoada. Acho que é a cama. Não sei. Não faço nem ideia. Então, a solução que encontro para isso é cair na cama e no chão, apoiando-me com preguiça na minha parede de Solitaire. Meu quarto está meio escuro.

Sexta-feira, sexta-feira.

ONZE

— MÃE — digo. É terça-feira, são 7:45, e não encontro uma saia. É uma daquelas situações em que falar com minha mãe é inevitável. — Mãe, pode passar minha saia do uniforme?

Ela não diz nada porque está de roupão diante do computador da cozinha. Quem vê, pensa que ela está me ignorando, mas na verdade está muito concentrada no e-mail idiota que está escrevendo.

— Mãe — repito. — Mãe. Mãe. Mãe. Mãe. Mãe. Mã...
— *O que foi?*
— Pode passar minha saia do uniforme?
— Não pode vestir a outra?
— Está pequena demais. Está pequena demais desde que nós a compramos.

— Bom, não vou passar sua saia do uniforme. Você mesma pode passá-la.

— Nunca passei nada na vida e preciso sair em quinze minutos.

— Que irritante.

— É, sim, mãe.

Ela não responde. Meu Deus.

— Então, acho que vou ter que ir para o colégio sem saia.

— Acho que vai.

Trinco os dentes. Preciso pegar um ônibus em quinze minutos e ainda estou de pijama.

— Você se importa? — pergunto. — Você se importa se eu não tenho uma saia?

— No momento, Tori, *não*. Está no armário para passar. Só está um pouco amassada.

— Sim, eu encontrei. É para ser uma saia com pregas, mãe. No momento, não tem prega nenhuma.

— Tori, estou muito ocupada.

— Mas não tenho saia para ir ao colégio.

— Use a outra saia, então, pelo amor de Deus!

— Acabei de dizer, está peq...

— Tori! Não estou nem aí!

Paro de falar. Olho para ela.

Eu me pergunto se vou acabar como ela. Sem me preocupar se minha filha tem uma saia para vestir para ir à aula.

E percebo uma coisa.

— Sabe de uma coisa, mãe? — digo, começando a rir de mim mesma. — Acho que eu também não estou nem aí.

Subo a escada, visto a saia cinza que está pequena demais e o short velho de educação física por baixo para ninguém ver nada; depois tento ajeitar meus cabelos, mas ah, adivinha só, também não estou nem aí para isso, e então vou passar um pouco de maquiagem, mas não, espere, também não estou nem aí para a minha cara, por isso volto para baixo e pego a bolsa da escola e saio de casa com Charlie, curtindo a sensação deliciosa que vem do fato de eu não estar nem aí para nada no mundo inteiro.

Estou me sentindo meio como um fantasma hoje. Eu me sento em uma cadeira giratória no salão, mexendo no curativo do meu braço, e olho, pela janela, algumas alunas do sexto ano jogando bolas de neve umas nas outras. Todas estão sorrindo.

— Tori — chama Becky, de um ponto mais distante da sala. — Preciso falar com você.

Meio a contragosto, eu me levanto da cadeira e desvio dos alunos do ensino médio para chegar até ela. Não seria legal se eu andasse normalmente entre as pessoas?

— Como está seu braço? — pergunta ela. Becky está agindo de um jeito superesquisito.

Já passei disso, já não me sinto esquisita. Para que me preocupar com o que as pessoas pensam? Para que me preocupar com o que quer que seja?

— Tudo bem — digo. Uma resposta por obrigação a uma pergunta por obrigação.

— Olha, não vou pedir desculpa, tá? Eu não estava errada. — Ela fala como se estivesse me culpando por estar brava com ela. — Só vou dizer que não sei o que *nós duas* estivemos pensando. — Ela olha nos meus olhos. — Não temos agido como agem duas amigas nos últimos tempos, não é?

Não digo nada.

— E não estou falando só de depois do ocorrido no... do ocorrido. Está rolando assim há meses. Parece que você... parece que você não quer ser minha amiga. É como se você não gostasse de mim.

— Não é que eu não goste de você — digo, mas não sei como continuar. Não sei o que é.

— Se somos... se não pudermos agir como amigas, não faz sentido continuarmos sendo amigas.

Enquanto ela diz isso, seus olhos ficam um pouco marejados. Não penso em nada a dizer. Conheci Becky no primeiro dia do sexto ano. Nós nos sentamos juntas na hora de fazer grupos e na aula de ciência. Passamos cola e jogamos STOP, e eu a ajudei a decorar seu armário com fotos do Orlando Bloom. Ela me emprestou dinheiro para comprar biscoitos no recreio. Ela sempre conversava comigo, apesar de eu ser uma das mais quietas. Cinco anos e meio depois, aqui estamos.

— Acho que não combinamos — diz ela. — Acho que não é possível para nós continuarmos amigas. Você mudou. Pode ser que eu também tenha mudado, mas você mudou, com certeza. E não é necessariamente algo ruim, mas é verdade.

— Então é minha culpa não sermos mais amigas?

Becky não reage.

— Não sei mais se você precisa de mim.

— Por que diz isso?

—Você não gosta de ficar comigo, gosta?

Dou risada, exasperada, e me esqueço de tudo, menos dela e de Ben, dela e do cara que bateu no meu irmão.

— Está tentando se fazer de vítima? Está terminando comigo? Não estamos numa comédia romântica, Becky. Não estamos em um drama lésbico.

Ela franze a testa, decepcionada.

—Você não está me levando a sério. Pare com toda essa merda — retruca ela. — Pare, está bem? *Anime-se*. Você sabe que é pessimista, conheço você há cinco anos, mas isso está saindo do controle. Vá ficar mais com Michael.

— O que — escarneço —, para que ele possa me *consertar*? Para que ele possa me ensinar a parar de ser quem eu sou? — Dou uma risada alta. — Ele não deveria andar com alguém como eu.

Ela fica de pé.

—Você deveria tentar encontrar pessoas que sejam mais parecidas com você. Elas serão melhores para você.

— Não tem ninguém como eu.

— Acho que você está parando de funcionar.

Tusso alto.

— Não sou um *carro*.

E ela está furiosa, tipo, caramba, a raiva quase brota do seu rosto. Ela precisa se controlar muito para não gritar a última palavra:

— *Beleza.*

Becky se aproxima de um grupo do qual eu acreditava fazer parte. Eu deveria ter a sensação de ter perdido alguma coisa, mas não sinto nada. Começo a ouvir um álbum triste no meu iPod, algo para sentir pena de mim mesma e repassar os fatos na minha mente: o primeiro post no blog do Solitaire é uma imagem de *Clube da luta*. Você tem uma chance em vinte mil de ser assassinado. Charlie não comeu hoje cedo — chorou quando eu tentei alimentá-lo, por isso desisti. Provavelmente foi minha culpa, por estar brava com ele ontem. Eu tenho três mensagens de texto de Michael Holden não lidas, e vinte e seis mensagens não lidas no meu blog.

Está tarde. Voltei para a C16 — a sala de computadores velha no primeiro andar onde encontrei aquele Post-it. Dá para perceber que ninguém esteve aqui. O sol ilumina a poeira que se espalha no ar.

Enquanto olho pela janela com o rosto pressionado contra o vidro, percebo que há uma escada alta de metal do lado de fora à minha esquerda, com o degrau de cima paralelo à janela pela qual estou olhando. Leva ao telhado de concreto do conservatório de arte — uma sala de aula recém-construída que sai do primeiro andar — e desce espiralada até o chão. Acho que nunca vi essa escada antes.

Saio da C16, vou até o térreo, saio e subo a escada de metal até o andar de cima.

Apesar de eu não estar no telhado do colégio em si, ficar de pé no telhado do conservatório de arte é bem perigoso, já que é o topo. Dou uma olhada na grama lá embaixo. Ela desce levemente em direção ao campo.

Olho para fora. O campo cheio se abre à distância. O rio segue seu fluxo lento.

Eu me sento de modo que minhas pernas ficam penduradas na beirada. Ninguém pode me ver nem me encontrar aqui. É o quarto tempo da terça-feira, quase hora do almoço, e estou matando a aula de música pela centésima vez. Não importa.

Acesso o blog do Solitaire pelo celular. O marcador da contagem regressiva está no topo da tela. Eu o confiro sem parar. 02:11:23:26. Dois dias, onze horas, vinte e três minutos, vinte e seis segundos até a quinta-feira virar sexta. As esquisitices do Solitaire hoje se concentraram no número 2: centenas de pôsteres, Post-its em todas as superfícies, escritos em todos os quadros brancos, aparecendo em computadores. Daqui, vejo que o número 2 está pintado de vermelho na neve do campo. Parece um pouco com sangue.

Um pouco distante do número 2 no campo está um objeto grande de madeira. Fico de pé e dou um passo para trás. Percebo se tratar do púlpito de Kent, de onde ele lidera as reuniões do colégio. Um grupo pequeno de alunos se reuniu do lado de fora, olhando, como eu. Claramente esperando que algo interessante aconteça. Na frente da multidão, o Cara do Topete está de pé segurando uma câmera.

Cruzo os braços. Meu blazer voa atrás de mim, solto no vento. Acho que estou bem dramática, de pé aqui no telhado.

Pintado na frente do púlpito está o símbolo de Anarquia do Solitaire.

A parte da frente, na qual Kent ficaria quando falasse, está virada para o outro lado em relação a nós, de frente para o campo cheio de neve, em direção à cidade e ao rio mais adiante. Música, Ludovico Einaudi, começa a tocar do lado de fora, misturando-se com o sopro do vento constante. Um pedaço de papel, um dos antigos discursos de Kent preso ao púlpito, se ergue de algum modo e balança conforme o vento sopra, como se estivesse fazendo um gesto para chamar a cidade e o rio.

E o púlpito se incendeia.

Em menos de trinta segundos está terminado, mas parece mais tempo. Uma faísca da base ateia fogo ao objeto de madeira e as chamas ficam duas vezes maiores do que o púlpito, aumentando-o, expandindo-o. É meio bonito. O laranja-avermelhado do espetáculo lança um brilho claro pela neve, de modo que o campo todo se ilumina, para cima e para baixo. O vento está tão forte que o fogo começa a girar ao redor da madeira, lançando pedaços de carvão para todas as direções, um túnel de fumaça subindo. Aos poucos, a escuridão se espalha pela madeira clara. Ela crepita. O púlpito lança um último olhar demorado ao que poderia ter sido a liberdade. E, de uma só vez, a estrutura toda rui e se transforma numa pilha destruída, e o fogo, antes forte, diminui. O que sobra é um pouco mais do que um monte de cinzas e restos.

Fico paralisada. Os alunos que se espalham no campo estão gritando, mas não de medo. Uma garotinha dá um passo e recupera um pedaço quebrado do púlpito, levando-o de volta a seus amigos. Professores começam a aparecer, berrando broncas e afastando as pessoas, e observo quando a garota larga o pedaço do púlpito na neve.

Quando o campo está vazio, desço a escada e corro pela neve para recuperá-lo. Observo o pedaço de madeira queimada. Em seguida, olho em direção à pilha de restos e para a neve acinzentada, depois para o rio longo e onipresente, e penso no mar de alunos anônimos que estavam tão animados para ver isso. Isso faz com que eu me lembre das pessoas que assistiram às agressões a Ben Hope, rindo da sua dor. A multidão que comemorou feito crianças com os fogos de artifício no The Clay, enquanto os feridos corriam, assustados, queimados.

Cerro o punho. O pedaço de madeira se dissolve e se torna poeira preta.

DOZE

QUANDO CHEGO AO COLÉGIO na quarta-feira, procuro por Michael Holden nos grupos no salão. Fico tentando imaginar se vê-lo vai fazer com que eu me sinta melhor ou pior. Pode ser que as duas coisas aconteçam. Sei que o estou puxando para baixo. Ao me ver, Michael Holden não vai se sentir melhor. Ele merece ter uma amiga que ame a vida e o riso, que ame se divertir e se aventurar, alguém com quem beber chá e discutir sobre um livro e observar estrelas, patinar e dançar. Alguém que não seja eu.

Becky, Lauren, Evelyn e Rita estão sentadas no lugar onde costumamos ficar, no canto. Nada de Ben, nada de Lucas. Como o começo do ano, tudo outra vez. Fico parada à porta do salão, meio que olhando para elas. Ainda que eu não percebesse seu cabelo cada vez mais irritante e visse as roupas que ela usa como escolhas de um ser humano decente e aceitável, Evelyn sempre fez muitas coisas que não aprovo, como pensar que é melhor do que as outras pessoas e fingir saber mais do que sabe. Fico me perguntando se ela não gosta de mim tanto quanto eu não gosto dela.

Eu me sento na cadeira giratória, longe do Nosso Grupo, pensando em todos os meus atributos. Pessimista. Estraga-prazeres. Insuportavelmente esquisita e provavelmente paranoica. Iludida. Nojenta. À beira da loucura. Psicopata depr...

— Tori.

Eu me viro na cadeira. Michael Holden me encontrou. Olho para ele. Está sorrindo, mas é um sorriso esquisito. Falso. Ou estou imaginando coisas?

— Hoje é quarta-feira — digo na mesma hora, sem querer puxar uma conversa com amenidades, mas já fazendo isso.

Ele hesita, mas não parece muito abalado.

— Sim. Sim, é, sim.

— Acho — falo, encostando-me na mesa com a cabeça apoiada no braço — que não gosto de quarta-feira porque é o dia do meio. Parece que você está estudando há dias, mas ainda falta um monte até o fim de semana. É o dia mais... decepcionante.

Enquanto ele absorve isso, outra coisa meio que toma sua expressão. Quase como pânico ou algo assim. Ele tosse.

— Podemos... conversar em um lugar mais silencioso?

Não quero ter que me levantar.

Mas ele insiste.

— Por favor. Tenho novidades.

Enquanto estamos caminhando, eu olho para a nuca dele. Na verdade, olho para o corpo todo dele. Sempre pensei em Michael Holden como um tipo de entidade, uma órbita brilhante de surpresa, e mesmo assim, olhando ele caminhar com seu uniforme de sempre, cabelos meio macios e despenteados, em comparação a quando ele passava gel na época em que o conheci, eu me vejo pensando no fato de que ele é só um cara normal. Que ele se levanta e vai para a cama, que ouve música e assiste à TV, que estuda para provas e deve fazer dever de casa, que ele se senta para jantar, que toma banho e escova os dentes. Coisas normais.

Do que estou falando?

Ele me leva à biblioteca. Não está tão silencioso quanto pensou que estaria. Há meninas de outros anos ao redor das mesas, exatamente como as garotas do ensino médio fazem no salão, só que com muito mais entusiasmo. Não há muitos livros; na verdade, é mais uma sala grande com algumas estantes do que uma biblioteca. A atmosfera é bem esquisita. Quase fico feliz por estar tão claro e animado aqui. É uma sensação esquisita porque não gosto de coisas felizes e claras.

Nós nos sentamos no meio de uma fileira de não ficção. Ele está olhando para mim, mas eu não quero mais olhar para ele. Olhar o rosto dele me faz sentir engraçada.

—Você estava se escondendo ontem! — diz ele, tentando fazer parecer uma piada engraçadinha. Como se tivéssemos seis anos.

Por um segundo, eu me pergunto se ele sabe a respeito do meu lugar lindo e especial no telhado do conservatório de arte, mas é impossível.

— Como está seu braço?

— Está bem. Você não tinha algo a me dizer?

E a pausa que ele faz nesse momento... é como se ele tivesse tudo o que quer me dizer, e nada.

—Você está...— começa, e em seguida muda de ideia.

— Suas mãos estão frias.

Olho para as minhas mãos, ainda evitando os olhos dele. Ele estava segurando minha mão quando chegamos aqui? Fecho as mãos em punhos e suspiro. Tudo bem. Vamos às amenidades.

—Assisti aos três *Senhor dos anéis* ontem à noite e *V de vingança*. Ah, e tive um sonho. Acho que foi com a Winona Ryder.

Sinto a tristeza que sai dele de repente e tenho vontade de me levantar, fugir e continuar fugindo.

— Também descobri que cerca de cem bilhões de pessoas morreram desde que o mundo teve início. Você sabia disso? Cem bilhões. É um número grande, mas ainda assim não parece suficiente.

Faz-se um longo silêncio. Alguns dos grupos de alunos de outros anos estão olhando para nós e rindo, pensando que estamos numa conversa profunda e romântica.

Finalmente, ele diz algo produtivo:

— Acho que nenhum de nós tem dormido muito.

Decido olhar para ele nesse momento.

Fico meio chocada.

Porque não vejo nada do Michael de sempre naquele sorriso calmo.

E penso naquela vez no rinque de patinação em que ele estava muito bravo,

mas é muito diferente.

E penso na tristeza que tem estado nos olhos de Lucas desde o dia em que o encontrei,

mas também é diferente disso.

Dividida entre o verde e o azul, existe uma beleza que não se define que as pessoas chamam de humanidade.

—Você não precisa mais fazer isso. — Estou sussurrando, não porque não quero que as pessoas ouçam, mas porque parece que me esqueci de como aumentar o volume da minha voz. — Você não tem que ser meu amigo. Não quero que as pessoas sintam pena de mim. Estou cem por cento bem. De verdade. Entendo o que você tem tentado fazer, e você é uma boa pessoa, é a pessoa perfeita, na verdade, mas tudo bem, não precisa mais fingir. Estou bem. Não preciso que você me ajude. Farei algo a respeito de tudo isso e, então, ficarei bem e tudo voltará ao normal.

O rosto dele não muda. Ele estende uma mão na minha direção e seca do meu rosto o que deve ser uma lágrima — não de um jeito romântico, mas como se eu tivesse um mosquito transmissor da malária pousado na testa. Ele olha para a lágrima meio confuso, depois estende a mão para mim. Eu não tinha percebido que estava chorando. Não me sinto triste. Não sinto nada.

— Não sou uma pessoa perfeita — diz ele. Seu sorriso ainda está ali, mas não é um sorriso feliz. — E não tenho amigos além de você. Se por acaso você não soube, a maioria das pessoas sabe que sou o rei das bizarrices; ou melhor, sim, às vezes eu sou visto como charmoso e excêntrico, mas no fim, as pessoas percebem que estou me esforçando demais. Tenho certeza de que Lucas Ryan e Nick Nelson podem contar a você muitas histórias incríveis sobre mim.

Ele se recosta. Parece irritado, para ser honesta.

— Se *você* não quer ser *minha* amiga, entendo. Não precisa dar nenhuma desculpa. Sei que sou a pessoa que sempre vem atrás de você. Sempre sou eu quem puxa assunto. Às vezes, você passa um tempão sem dizer nada. Mas isso não quer dizer que nossa amizade se resuma a *eu* tentar fazer *você* se sentir melhor. Você sabe que é mais que isso.

Talvez eu não queira ser amiga de Michael Holden. Talvez seja melhor.

Ficamos sentados juntos por um tempo. Escolho um livro qualquer da estante atrás de mim. Chama-se *A enciclopédia da vida* e deve ter cinquenta páginas, no máximo. Michael estende a mão na minha direção, mas não segura a minha mão, como eu espero que faça. Em vez disso, segura uma mecha dos meus cabelos, que acredito que estava no meu rosto, e a prende com cuidado atrás da minha orelha esquerda.

— Você sabia que a maioria dos suicídios acontece na primavera? — digo em determinado momento, por algum motivo inexplicável.

Em seguida, olho para ele.

—Você não disse que tinha novidades?

E, nesse instante, ele se levanta e se afasta de mim, sai pela porta da biblioteca e da minha vida, e tenho cem por cento de certeza de que Michael Holden merece amigos melhores do que a psicopata pessimista e introvertida da Tori Spring.

TREZE

A MÚSICA QUE NÃO PARA DE TOCAR no alto-falante na quinta-feira é "The Final Countdown", do Europe. A maioria das pessoas curte a canção na primeira hora, mas na segunda aula ninguém mais está gritando IT'S THE FINAL COUNTDOWWWWN no corredor, para minha alegria (se é que sinto isso). Zelda e seu grupo estão andando pelos corredores outra vez, arrancando cartazes das paredes, e hoje isso inclui fotos de Nelson Mandela, Desmond Tutu, Abraham Lincoln, Emmeline Pankhurst, Winston Churchill e, estranhamente, os antigos líderes das paradas de Natal, Rage Against the Machine. Talvez o Solitaire esteja tentando nos oferecer algum incentivo positivo.

Tem nevado muito desde que acordei. Isso, claro, espalha a histeria em massa e a insanidade em todo mundo dos anos menores, e uma espécie de depressão coletiva em todo mundo dos anos mais avançados. A maioria dos alunos já foi para casa na hora do recreio, e as aulas foram oficialmente canceladas. Eu poderia muito bem ir para casa caminhando. Mas não vou.

Amanhã é o dia.

No começo do que seria a terceira aula, saio do colégio e sigo em direção ao conservatório de arte. Eu me sento, recostada no montinho de grama que leva à parede de concreto da sala, e o telhado acima da minha cabeça me protege o suficiente para que não neve sobre mim. Mas está frio. Tipo... um frio de matar. Ao sair, peguei um aquecedor grande da sala de música e o pluguei através de uma janela da sala de aula a poucos metros dali. Eu o deixei aconchegado na neve ao meu lado, emitindo nuvens de calor ao redor do meu corpo. Estou vestindo três blusas, dois casacos, quatro meias-calças, botas, blazer, japona, chapéu, cachecol e luvas, e um short embaixo da saia.

Se eu não descobrir o que vai acontecer amanhã antes de amanhã, terei que ir ao colégio e descobrir no mesmo dia. O Solitaire vai fazer alguma coisa no Higgs. É o que eles têm feito até aqui, não é?

Eu me sinto estranhamente animada. Deve ser porque não durmo há bastante tempo.

Ontem à noite, assisti a um filme chamado *Hora de voltar*. Não tudo, mas a maior parte. Fiquei surpresa por ainda não o ter assistido, porque o achei excelente em todos os aspectos possíveis, e estou falando sério — até o coloquei na minha lista de "Melhores Filmes". É sobre um cara, Andrew, e não dá para saber ao certo se a vida dele é muito deprimente ou não. Parece que ele não tem amigos nem familiares decentes, até conhecer uma moça (a animada, excêntrica e bela Natalie Portman, claro) que mostra a ele como viver direito outra vez.

Olha, agora que estou pensando melhor, não sei se gostei do filme tanto assim. Foi muito clichê. Para ser sincera, pode ser que eu tenha me encantado com os efeitos especiais. Foi bom no começo, principalmente quando Andrew sonhou que estava em um acidente de avião. E a cena em que ele veste uma camisa que combina com o papel de parede atrás dele, fazendo com que ele suma da cena, de certo modo. Gostei muito dessas cenas.

É óbvio que Zach Braff (que escreveu, dirigiu, atuou e compilou a trilha sonora) criou esse filme a respeito de si. Talvez tenha sido o que o tornou tão real para mim.

Não paro de digitar o número de Michael no celular e, em seguida, apago o número. Depois de fazer isso por cerca de dez minutos, percebo que sei o número dele de cor. Eu me amaldiçoo por agir feito uma adolescente idiota. E, sem querer, aperto o botão verde de chamada.

Eu me xingo, resignada.

Mas não desligo.

Levo o telefone à orelha.

Ouço o clique da chamada sendo atendida, mas ele não diz alô nem nada. Presta atenção. Acho que escuto sua respiração, mas pode ser só o vento.

— Oi, Michael — digo por fim.

Nada.

—Vou falar, por isso você não pode desligar.

Nada.

—Às vezes — falo —, não sei se as pessoas são reais ou não. Muitas pessoas fingem ser legais comigo, por isso nunca tenho certeza.

Nada.

— Só estou...

— Estou bem bravo com você, Tori, para ser sincero.

Ele fala. As palavras giram na minha mente e sinto vontade de virar para o lado e vomitar.

—Você não me enxerga como uma pessoa, não é? — pergunta ele. — Sou só um objeto que sempre aparece para impedir que você se deteste tanto.

— Errado — respondo. — Está totalmente errado.

— Prove.

Tento falar, mas não sai nada. Minha prova é encoberta por algo feito neve, e não consigo pôr para fora. Não consigo explicar que sim, que ele faz com que eu não me odeie tanto, mas que não, não é por isso que quero ser amiga dele mais do que qualquer coisa na vida.

Ele ri baixinho.

—Você é um caso perdido, não é? É tão ruim com sentimentos quanto eu.

Tento pensar em quando Michael pode ter expressado seus sentimentos, mas só me lembro daquele dia no rinque de patinação no gelo, daquela raiva tão maluca que ele parecia prestes a explodir.

— Podemos nos encontrar? — pergunto. Preciso conversar com ele. No mundo real.

— Por quê?

— Porque... — Mais uma vez, minha voz está presa na garganta. — Porque... eu gosto... de estar... com você.

Ele faz uma longa pausa. Por um breve momento, penso que ele desligou. Até que ele suspira.

— Onde você está? Está em casa?

— No campo. Perto do conservatório de arte.

— Mas a rua está parecendo Hoth.

Uma referência a *Star Wars*. Isso me pega de surpresa, e mais uma vez não respondo nada.

—Vejo você num minuto — diz ele.

Desligo.

Ele chega em quase um minuto exatamente, o que me surpreende. Não está usando um casaco, cachecol nem nada por cima do uniforme. Penso que ele deve ser um radiador e não me contou.

A vários metros dali, Michael absorve a situação. Acho que é engraçado e por isso ele ri.

—Você colocou um aquecedor *do lado de fora*?

Olho para o aparelho.

— Estou congelando.

Ele acha que sou louca. Não está errado.

— Que genial. Acho que *eu* não faria isso.

Ele se senta ao meu lado, recostado no muro do conservatório de arte. Olhamos para o campo. Não dá para saber ao certo onde ele termina e onde começam os flocos de neve que parecem formar um lençol. A neve cai devagar e na vertical. Eu diria que há paz total na terra, a não ser por um floco solitário que de vez em quando cai no meu rosto.

Em determinado momento, ele olha para o meu braço esquerdo, que está descansando na neve entre nós dois. Ele não diz nada sobre isso.

—Você tinha novidades para me contar — digo. É incrível que eu me lembre disso. — Mas não me contou.

Ele vira a cabeça para mim, com o sorriso distraído.

— Hum, sim. Bom, não é muito importante.

Isso quer dizer que é importante.

— Só queria dizer que terei outra corrida daqui a algumas semanas — diz, um pouco envergonhado. — Vou competir no Campeonato Mundial Júnior de Patinação de Velocidade. — Ele dá de ombros e sorri. — Sei lá, os britânicos nunca vencem, mas se eu conseguir um tempo bom lá, pode ser que vá para as Olimpíadas Juvenis de Inverno.

Eu me afasto do muro.

— Puta merda.

Ele dá de ombros de novo.

— Eu fracassei nos Nacionais há algumas semanas, mas... tenho tempos melhores do que os que fiz antes, por isso eles decidiram me deixar participar.

— Michael — falo —, você é literalmente extraordinário.

Ele ri.

— Extraordinário é só uma extensão do ordinário — diz ele.

Mas ele está enganado. É extraordinário, extraordinário no sentido de incrível, no sentido de milagroso.

— Então, você toparia? — pergunta ele.

— Toparia o quê? — replico.

— Toparia ir? Assistir? Posso levar uma pessoa, e normalmente é um familiar, mas sabe...

E sem pensar, sem refletir se meus pais deixariam, sem me preocupar com Charlie...

— Sim. Toparia.

Ele sorri para mim, e vejo uma expressão nova que causa um aperto no meu peito — uma espécie de gratidão crua, como se o fato de eu ir com ele fosse a única coisa que importasse.

Abro a boca para começar uma conversa séria, mas Michael percebe e ergue um dedo para me calar.

— Estamos desperdiçando essa neve — comenta ele. Eu me vejo nos óculos dele.

— Desperdiçando?

Ele fica de pé e caminha para a nevasca.

— A neve não deve ser só *admirada*, certo? — diz ele, formando uma bola de neve nas mãos e jogando-a de uma mão à outra.

Não digo nada porque acho que é exatamente para isso que a neve serve.

— *Vamos.* — Ele está sorrindo para mim. — Jogue uma bola de neve em mim.

Enrugo a testa.

— Por quê?

— *À toa!*

— Não faz sentido.

— O sentido *é* que não faz sentido.

Suspiro. Não vou vencer essa discussão. A contragosto, eu me levanto, saio no Ártico e, com pouco entusiasmo, faço uma bola de neve. Por sorte, sou destra, por isso meu braço machucado não me coloca em desvantagem. Lanço a bola na direção de Michael, e ela cai a cerca de três metros à direita dele. Ele olha para ela e ergue o polegar para mim, num sinal de positivo.

—Você tentou.

Alguma coisa no modo como ele diz isso, que não é autoritário, só *decepcionado*, faz com que eu estreite os olhos para ele, pegue outra bola de neve e tente de novo, dessa vez acertando em cheio o peito dele. Uma sensação falsa de vitória toma conta de mim.

Erguendo os braços, ele grita:

—Você está viva!

Lanço outra bola de neve. Ele lança uma em mim e corre. Antes que eu perceba o que estou fazendo, a coisa toda se torna uma perseguição ao redor do campo. Caio mais de uma vez, mas enfio neve na camisa dele duas vezes e ele me acerta na nuca, e meu cabelo fica ensopado, mas não sinto tanto frio porque estamos correndo com o rosto desprotegido como se não existisse mais nada no mundo além de nós dois e neve e neve e mais neve e mais neve, nada de chão, nada de céu, nada de nada. Começo a me perguntar como Michael torna incrível algo frio, então me pergunto se muitas pessoas são assim, e imagino que se não estivesse tão ocupada pensando em outras coisas, se seria como sou.

Michael Holden está correndo na minha direção. Ele segura um monte de neve e sorri feito um louco, por isso atravesso o campo e corro para o colégio. Não tem ninguém em lugar nenhum, e o vazio é incrível, de certa forma. Corro para o prédio do ensino médio e para o salão, que está vazio, mas sou lenta demais. Quando abro as portas do salão, Michael joga a neve em cima da minha cabeça. Grito e dou risada. Risada? *Risada.*

Deito de barriga para cima, ofegante, em cima de uma mesa de computador, colocando o teclado em cima da barriga para abrir espaço. Ele cai sentado em uma cadeira giratória, balançando a cabeça feito um cachorro molhado. A cadeira rola para trás por alguns centímetros e uma ideia surge na mente dele.

—Vamos ao próximo jogo — diz. — Você precisa ir daqui... — Ele faz um gesto para o canto do computador — Até aqui... — Aponta para a porta do outro lado, depois do labirinto de mesas e cadeiras — ... de pé em uma dessas cadeiras.

— Prefiro *não* quebrar o pescoço.

— Para de ser chata. Não pode dizer não.

— Mas esta é minha palavra de efeito.

— Invente outra.

Depois de um longo suspiro, subo na cadeira giratória. É muito mais difícil do que parece, porque além de as cadeiras giratórias serem moles, elas também giram, por isso se chamam *giratórias*. Eu me equilibro, fico de pé e aponto para Michael, que ficou de pé na cadeira com os braços muito estendidos.

— Quando eu cair e morrer, volto para puxar seu pé.

Ele dá de ombros.

— Não seria tão ruim.

Nós deslizamos ao redor das mesas, segurando cadeiras de plástico para seguir em frente. Em determinado momento, a cadeira de Michael tomba, mas ele, de modo espetacular, passa por cima do encosto, aterrissando à minha frente numa posição meio ajoelhada. O rosto dele, com olhos arregalados, exprime uma reação de susto por vários segundos, mas depois sorri para mim, abrindo os braços e gritando:

— Case-se comigo, meu amor!

É tão engraçado que quase morro. Ele se aproxima de mim e começa a girar ao redor da cadeira na qual estou de pé, não muito rápido, mas um pouco, e para. Estou de pé, girando nessa cadeira com os braços abertos, e as janelas de neve aparecendo com a sala escura em um redemoinho borrado de amarelo e branco. Enquanto giro, vou pensando que tudo parece muito triste, mas se esse dia ficasse na história, todo mundo diria que foi um dia lindo.

Juntamos todas as mesas individuais para formar uma mesa enorme, e deitamos no meio dela de barriga para cima embaixo da claraboia, para podermos ver a neve caindo acima de nós. Michael apoia as mãos sobre a barriga dele, os dedos entrelaçados, e deixo as minhas ao lado do corpo. Não faço ideia do que estamos fazendo nem do porquê. Imagino que ele acha que é esse o sentido. Para ser sincera, tudo isso poderia ser imaginário e eu nem saberia.

— Pensamento do dia — diz Michael. Ele levanta uma das mãos e toca o curativo do meu braço, mexendo com as bordas no meu punho. — Você acha que se fôssemos felizes a vida toda, morreríamos com a impressão de que perdemos alguma coisa?

Não digo nada por um tempo.

E então:

— Eram suas? — Aquelas mensagens do blog, aquelas mensagens que pensei... — Você me mandou aquelas mensagens?

Ele sorri, olhando para o teto.

— O que posso dizer? Seu blog é mais interessante do que você acha, sua **pessimista-crônica**.

A URL do meu blog. Normalmente, eu sentiria vontade de morrer se alguém descobrisse meu blog. Se Becky, Lauren, Evelyn ou Rita, ou qualquer uma delas, descobrisse o lugar onde digo coisas idiotas a meu respeito, fingindo que sou uma adolescente infeliz e problemática, implorando pela empatia de gente que nunca vi em pessoa...

Viro a cabeça na direção dele.
Ele olha para mim.
— O que foi?
Quase digo algo nesse momento. Quase digo algo.
Mas não digo nada.
E ele diz:
— Gostaria de ser mais como você.
E a neve cai e fecho meus olhos e nós dois adormecemos juntos.

Acordo, ele se foi e estou no escuro. Sozinha. Não... não sozinha. Tem alguém aqui. Alguém. Aqui?
Quando recobro meus sentidos, começo a decifrar sussurros vindos do salão. Se eu tivesse energia, me sentaria para ver. Mas não tenho. Fico deitada prestando atenção.
— Não — diz Michael. — Você tem agido feito um merdinha. Não se pode ferrar alguém assim. Você entende como ela está se sentindo no momento? Você tem ideia do que fez?
— Sim, mas...
— Explique tudo ou não diga nada. Seja honesto ou cale a boca. Deixar pistas e se esconder é a pior coisa a se fazer.
— Não estou deixando pistas.
— O que você disse a ela? Porque ela *sabe*, Lucas. Ela *sabe* que tem algo rolando.
— Tentei explicar...

— Não tentou, não. Então você vai lá para dizer a ela tudo o que acabou de dizer para mim. Você deve isso a ela. Ela é uma pessoa de verdade, não um sonho de infância. Tem sentimentos de verdade. — Faz-se uma longa pausa.

— Porra! É uma puta de uma revelação.

Nunca ouvi Michael xingar tanto em uma conversa.

Nunca ouvi Michael e Lucas conversando desde o Pizza Express.

Acho que não quero saber do que eles estão falando.

Eu me sento, parada na mesa, e me viro para olhar para os dois.

Eles estão de pé na frente da porta, Michael segurando-a com uma das mãos. Lucas me vê primeiro. Depois, Michael. Ele parece prestes a vomitar. Segura Lucas com firmeza por um dos ombros e o empurra na minha direção.

— Se vai fazer *alguma coisa* a respeito de *alguma coisa* — diz ele, falando comigo, apontando para Lucas —, precisa conversar com *ele*.

Lucas está aterrorizado. Meio que espero que ele comece a gritar feito uma menininha.

Triunfante, Michael ergue o punho ao estilo de Judd Nelson.

— FIM! — grita ele.

E sai da sala.

Somos só Lucas e eu. Meu ex-melhor amigo, o garoto que chorava todos os dias, e Tori Spring. De pé ao lado da minha mesa, vestindo um tipo de parca por cima do uniforme, ele está usando um daqueles chapéus com aba bem grande caindo na frente do rosto e parece absolutamente histérico.

Cruzo as pernas como fazíamos no ensino fundamental. Não há tempo para se sentir desconfortável. Sem tempo para ser tímido, temeroso do que as outras pessoas diriam. Está na hora de começar a dizer as coisas que estão na nossa mente. Tudo o que nos faria reter — já se foi. E somos apenas pessoas. E essa é a verdade.

— Seu novo melhor amigo é maluco — diz Lucas, com perceptível ressentimento.

Dou de ombros. Michael no Truham. Michael sem amigos.

— Ao que parece, todo mundo já sabia... Michael, o maluco. Para ser sincera, acho que é só um mecanismo de defesa.

Isso parece surpreender Lucas. Dou uma risadinha e volto a me deitar sobre as mesas.

— Então, você me deve uma explicação? — pergunto com uma voz dramática, mas é engraçada demais, e eu começo a rir.

Ele ri, tira o chapéu, o coloca no bolso e cruza os braços.

— Para ser sincero, Victoria, não acredito que você não adivinhou.

— Bem, então eu devo ser meio idiota.

— É.

Silêncio. Nós dois estamos parados.

—Você *sabe* — diz ele, dando mais um passo para perto de mim. —Você precisa pensar com cuidado. Precisa pensar em todas as coisas que aconteceram.

Eu me levanto e dou um passo para trás. Não tem nada na minha mente, só névoa.

Lucas sobe na mesa e anda um pouco na minha direção, com nervosismo, como se temesse que as mesas caíssem com seu peso. Ele tenta explicar de novo.

—Você... você se lembra de ter ido à minha casa quando éramos pequenos?

Quero muito rir, mas não consigo mais. Ele olha um pouco para baixo e vê o curativo no meu braço, e quase estremece por isso.

— Éramos melhores amigos, não? — pergunta ele, mas isso não quer dizer nada. Becky era minha "melhor amiga". Melhor amiga. O que isso indica?

— O quê? — Balanço a cabeça. — Do que você está falando?

—Você se *lembra*, sim — diz ele, a voz um pouco mais alta do que um sussurro. — Se eu me lembro, então você também se lembra. Conte-me sobre quando ia à minha casa todas aquelas vezes. Conte-me o que via lá.

Ele tem razão. Eu me lembro. Gostaria de não me lembrar. Era verão, tínhamos onze anos e estávamos quase no fim do quinto ano. Fui à casa dele umas cem vezes. Nós jogávamos xadrez. Ficávamos no jardim. Tomávamos sorvete. Corríamos pela casa — era uma casa grande. Três andares com um monte de lugares para nos escondermos. Tudo era meio bege. Eles tinham muitos quadros.

Muitos quadros.

Eles tinham muitos quadros.

E tem um de que me lembro.

Perguntei a Lucas, quando tinha onze anos:

— Esse quadro é uma pintura da rua?

— Sim — respondeu ele. Naquela época, Lucas era mais baixo do que eu, os cabelos eram loiros, quase brancos. — A rua de paralelepípedos na chuva.

— Gosto dos guarda-chuvas vermelhos — disse. — Acho que deve ser chuva de verão.

—Também acho.

O quadro da rua de paralelepípedos molhada com guarda-chuvas vermelhos e janelas escuras do café, o quadro para o qual a garota do *Doctor Who* estava olhando intensamente na festa do Solitaire está na casa do Lucas.

Começo a respirar muito rápido.

—Aquele quadro — digo.

Ele não diz nada.

— Mas a festa do Solitaire... aquela não era sua casa. Você não mora nessa cidade.

— Não — diz ele. — Meus pais investem em propriedades. São donos de muitas casas vazias. Aquela casa era uma delas. Eles colocam aqueles quadros ali para deixá-la mais bonita para as visitas.

De repente, tudo se encaixa.

—Você faz parte do Solitaire — digo.

Ele assente devagar.

— Eu criei. Eu criei o Solitaire — confessa.

Dou um passo para trás.

— Não — falo. — Não, você não criou.

— Criei aquele blog. Organizei a zoação. *Star Wars*. Violinos. Gatos, Madonna. Ben Hope e Charlie. Fogo. Bolhas. Os fogos de artifício no The Clay e o fogo e a voz distorcida? Eu teria reconhecido a voz dele.

Dou um passo para trás.

—Você está mentindo.

— Não estou.

Dou mais um passo para trás, mas não há mesa na qual eu possa subir. Piso em falso e caio para trás no nada, e Michael Holden me segura pelos braços, e só Deus sabe desde quando ele está ali perto. Ele me levanta um pouco e me acomoda no chão. É estranho sentir as mãos dele nos meus braços.

— Posso... — Não consigo falar. Estou engasgando, minha garganta está fechando. —Vo-você é um sádico...

— Eu sei, desculpa, a coisa toda saiu um pouco do controle.

— Saiu *um pouco do controle?* — grito. — As pessoas poderiam ter *morrido.*

Michael me envolve nos braços. Eu o afasto, volto para cima das mesas e marcho na direção de Lucas, que se encolhe um pouco quando olho para ele.

—Todas as brincadeiras estavam relacionadas comigo, não é? — digo mais a mim mesma do que para ele.

Michael havia percebido isso desde o começo. Porque é inteligente. Muito inteligente. E eu, sendo quem sou, não me importei em ouvir mais ninguém além de mim mesma.

Lucas assente.

— Por que você fez o Solitaire? — pergunto.

Ele não consegue respirar. Puxa o ar e engole em seco.

— Estou apaixonado por você.

Naquele momento, penso em muitas opções. Uma delas é dar um soco na cara dele. Outra é pular da janela. A opção escolhida é correr. Por isso estou correndo.

Uma pessoa não prega peças em um colégio inteiro porque está apaixonada. Você não faz uma festa inteira atacar alguém porque está *apaixonado* por alguém.

Estou correndo pelo colégio, entrando e saindo de salas nas quais nunca entrei, passando por corredores escuros e vazios pelos quais nunca mais vou passar. Enquanto isso, Lucas está atrás de mim, gritando que quer se explicar direito, como se tivesse mais o que dizer. Não há mais nada a explicar. Ele é louco. Como todo mundo. Ele não se importa se as pessoas se machucam. Como todo mundo.

Eu me vejo sem saída no departamento de artes. É a sala em que estive dois dias antes, fora da qual fiquei mais cedo hoje — o conservatório de arte. Olho ao redor, procurando desesperadamente um lugar aonde ir, enquanto Lucas permanece ofegante perto da porta. As janelas são pequenas demais para eu passar por elas.

— Desculpa — diz ele, ainda ofegante, com as mãos apoiadas nos joelhos. — Desculpa, foi meio repentino. Não fez nenhum sentido.

Eu quase grito com uma risada.

— Ah, você *acha*?

— Posso me explicar direito?

Olho para ele.

— É a explicação final?

Ele se levanta.

— Sim, sim, é sim.

Eu me sento em um banquinho. Ele se senta no banquinho ao meu lado. Eu me inclino para longe dele, mas não digo nada. Ele começa a história.

— Nunca me esqueci de nada em relação a você. Sempre que descíamos a rua, eu olhava para a sua casa, rezando para que você saísse naquele momento. Ficava imaginando mil situações nas quais eu entrava em contato com você e voltávamos a ser amigos. Tipo, nós nos encontraríamos no Facebook e começaríamos a conversar, e decidiríamos nos ver. Ou nos encontraríamos sem querer em algum lugar; na rua, em uma festa, sei lá. Quando fiquei mais velho, você se tornou *a* garota. Sabe? A garota com quem eu acabaria vivendo um grande romance. Começamos como amigos de infância. Nós nos encontraríamos de novo, e pronto. Felizes para sempre. Como num filme.

Escuto calada. Ele continua:

— Mas você não é a Victoria que eu tinha em mente. Sei lá. Você é outra pessoa. Acho que é alguém que eu não conheço. Não sei no que eu estava pensando. Olha, não sou um *stalker* nem nada assim. Visitei o Higgs no semestre passado para ver se eu gostaria dele, sabe? Michael me mostrou o colégio. Ele me mostrou todos os lugares e o último que visitei foi... o salão. E foi onde vi você. Sentada, literalmente, diante de mim.

Estou atenta à história.

— Pensei que teria um ataque do coração. Você estava sentada à frente de um computador, mas de costas para mim. Estava sentada ali ao computador, jogando Solitaire. E parecia tão... estava com uma das mãos na cabeça, e com a outra você clicava o mouse sem parar, e parecia *morta*. Parecia cansada e morta. E, baixinho, ficava dizendo "Eu me odeio, eu me odeio, eu me odeio". Mas ninguém ouviu, só eu.

Não me lembro disso. Não me lembro desse dia.

— Sei que parece idiota. Aposto que você estava só estressada com o curso ou algo assim. Mas eu não consegui parar de pensar. Até que comecei a ter várias ideias. Pensei que talvez você realmente se odiasse. E odiei o colégio por fazer isso com você.

A explicação de Lucas não para:

— Fiquei maluco de raiva pensando nisso. E foi quando inventei o Solitaire. Conversei com um cara que eu conhecia do Truham que tinha passado para o Higgs, e decidimos começar a pregar peças. Eu tinha uma ideia *bem doida* de que umas intervenções hilárias pudessem trazer um pouco de alegria à sua vida. E à vida de todos. Então, sim, organizei o lance do Ben Hope. Eu estava muito bravo com o que tinha acontecido com o Charlie. Ben mereceu aquilo. Mas aí... o lance no The Clay aconteceu. As pessoas se feriram. *Você* se feriu. Saiu do controle. Depois disso, eu parei. Não fiz *mais nada* desde domingo. Mas temos uma porção de seguidores. Fizemos com que todos levassem tudo muito a sério, pensando que eles eram anarquistas ou coisa assim, com os pôsteres, os fogos de artifício e os slogans idiotas. Não sei. Não sei.

A expressão dele é de profunda tristeza.

— Michael me encontrou há cerca de meia hora. Sei que você vai me odiar. Mas... sim. Ele tem razão. É pior quando você não sabe.

As lágrimas começam a rolar pelo rosto dele, e não sei o que fazer. Como quando éramos pequenos. Sempre lágrimas sem barulho.

— Sou um ser humano da pior espécie — fala Lucas, e apoia os cotovelos na mesa, desviando o olhar de mim.

— Bom, você não vai ter minha compaixão — digo.

Porque ele desistiu. Lucas desistiu. Ele deixou aqueles sentimentos idiotas e imaginários controlarem sua vida, e fez coisas ruins acontecerem. Coisas muito ruins. Que fizeram outras coisas ruins acontecerem. É assim que o mundo funciona. É por isso que não deixamos os sentimentos controlarem nosso comportamento.

Estou com raiva.

Com raiva porque Lucas não lutou contra seus sentimentos.

Mas é assim que o mundo funciona.

Lucas fica de pé e eu me retraio.

— Fique longe de mim. — Eu me vejo dizendo, como se ele fosse um animal raivoso.

Não acredito que precisei de todo esse tempo para perceber a verdade.

Ele não é mais Lucas Ryan para mim.

—Victoria, eu vi você naquele dia e pensei que a pessoa por quem eu tinha sido apaixonado por seis anos acabaria se matando.

— Não encosta em mim. Fique longe.

Ninguém é sincero, ninguém fala a verdade. Não se pode confiar em ninguém nem em nada. As emoções são a doença fatal da humanidade. E estamos todos morrendo.

— Olha, não faço mais parte do Solitaire...

—Você era tão *inocente* e *sem jeito*. — Estou falando depressa, feito uma louca. Não sei por que estou dizendo essas coisas. Não é exatamente com o Lucas que eu estou brava. — Acho que você pensou que fosse romântico, com seus livros e suas malditas roupas de hipster. Por que eu não me apaixonaria por você? Durante todo esse tempo, você estava armando e fingindo.

Por que estou surpresa? Isso é o que todo mundo faz.

E, então, sei muito bem o que fazer.

— O que o Solitaire vai fazer amanhã? — pergunto.

Tenho a chance de fazer alguma coisa. De finalmente, maravilhosamente, colocar fim a toda dor.

Ele não diz nada, por isso eu berro.

— *Diga!* Diga o que vai acontecer amanhã!

— Não sei exatamente — diz Lucas, mas acho que ele está mentindo. — Só sei que eles vão se encontrar lá dentro às 6 horas.

É onde estarei. Amanhã às seis. Vou desfazer tudo.

— Por que não me contou isso antes? — sussurro. — Por que não contou a ninguém?

Ele não responde. Não consegue.

A tristeza está vindo como uma tempestade.

E eu começo a rir feito uma *serial killer*.

Dou risada e corro. Corro para fora do colégio. Corro pela cidade morta. Corro e penso que talvez a dor tenha fim, mas ela não para de arder por dentro, queimando tudo.

CATORZE

DIA QUATRO DE FEVEREIRO É UMA SEXTA-FEIRA. O Reino Unido tem testemunhado a mais pesada nevasca desde 1963. Cerca de 360 mil pessoas nascem, e os raios acertam a terra 518.400 vezes. Um total de 154.080 pessoas morrem.

Fujo de casa às 5:24. Não assisti a filme nenhum durante a noite. Nenhum deles me pareceu interessante. Além disso, meu quarto estava meio que me assustando porque eu tirei todos os papéis sobre o Solitaire do quadro, e o carpete parecia um rio de papel e tachinhas. Apenas fiquei sentada na cama, sem fazer nada. De qualquer modo, estou usando o máximo de roupas que consigo por cima do uniforme e estou armada com meu celular, uma tocha e uma lata de limonada diet fechada que acho que não vou beber. Estou me sentindo um pouco perturbada porque não durmo há cerca de uma semana, mas é uma sensação boa, uma perturbação extática, uma *perturbação* invencível, infinita. O post do blog do Solitaire apareceu às 20 horas ontem.

20:00 3 de fevereiro
Pessoal do Solitaire,
 Amanhã cedo, a maior operação do Solitaire acontecerá no Colégio Harvey Greene. Vocês são muito bem--vindos para participar. Obrigado por todo o apoio neste semestre.
 Esperamos ter acrescentado algo ao que poderia ter sido um inverno muito entediante.
Paciência Mata

Sinto uma vontade imediata de ligar para a Becky.
— ... alô?
Becky dorme com o telefone mudo, mas no modo vibrar, perto da cabeça. Sei disso porque ela me contava que os garotos a acordavam assim quando enviavam mensagem de texto à noite.
— Becky. É a Tori.
— Ai, meu Deus. Tori. — Ela não parece muito animada. — Por que... você está me ligando... às... 5 horas?
— São vinte para as seis.
— Ah, sim, *isso* muda *tudo*.
— É uma diferença de quarenta e cinco minutos. Dá para fazer muita coisa em quarenta minutos.
— Mas... por que.. está ligando?

— Para dizer que estou me sentindo bem melhor.
Pausa.
— Bom... isso é bom, mas...
— Sim, eu sei. Eu me sinto muito, muito bem.
— Então... você não deveria estar dormindo?
— Sim, sim, vou fazer isso quando resolver as coisas de uma vez. Vai acontecer hoje o Solitaire, você sabe.
Segunda pausa.
— Espere. — Ela despertou. — Espere. O que... onde você está?
Olho ao redor. Já estou quase lá, na verdade.
— Indo para o colégio. Por quê?
— Ai, meu *Deus*! — Escuto um farfalhar quando ela se senta na cama. — Cara, o que você está fazendo?!
— Eu já disse...
—TORI! VÁ PARA CASA!
— *Vá para casa*. — Dou risada. — E fazer o quê? Chorar mais?
—VOCÊ ENLOUQUECEU? SÃO 5 HORAS! O QUE VOCÊ ESTÁ TENTANDO...

Paro de rir e aperto o botão vermelho porque ela está me fazendo chorar.

Meus pés afundam na neve enquanto corro pela cidade. Tenho certeza de que em determinado momento vou dar um passo e meu pé não vai parar; só vai afundar mais na neve até desaparecer. Não fossem as luzes da rua, estaria escuro como o breu, mas as luzes estão pintando o branco com um brilho amarelo e fraco. A neve parece doente. Mórbida.

Quinze minutos depois, passo por uma moita para entrar no colégio porque os portões principais estão trancados. Ganho um arranhão grande no rosto e, quando vou olhar na tela do celular, concluo que gosto dele.

O estacionamento está vazio. Passo pela neve em direção à entrada principal e, quando me aproximo, vejo que a porta está entreaberta. Entro e percebo de imediato o alarme branco de roubo e incêndio na parede, ou o que era uma caixa branca na parede. Ela foi arrancada e está pendurada no gesso por apenas alguns fios. Os outros foram cortados. Olho para ele por alguns segundos antes de descer um corredor.

Eles estão aqui.

Caminho por um tempo, um Fantasma do Natal Passado. Eu me lembro da última vez que estive aqui em um momento qualquer do dia — semanas atrás, com monitores e Zelda, e o vídeo do violino. Aquilo parece ter acontecido há muito tempo. Tudo parece mais frio.

Quando me aproximo mais do fim do corredor, começo a ouvir sussurros ininteligíveis vindos do canto da sala de inglês. A sala de aula do sr. Kent. Eu me encosto na parede perto da porta como um espião. Há uma luz fraca vinda da janela de plástico. Cuidadosa e lentamente, espio a sala.

Espero encontrar um monte de agentes do Solitaire, mas o que vejo são três pessoas reunidas em mesas no meio da sala, iluminadas apenas por uma tocha grande acesa acima delas. O primeiro é o cara do topete grande que já vi com Lucas uma centena de vezes, com roupas bem hipsters, como as que Lucas usa — calça skinny, tênis de enfiar o pé, jaqueta e camisa polo Ben Sherman.

A segunda pessoa é Evelyn Foley.

O Topete a está abraçando. Ah. O namorado secreto da Evelyn é o Topete. Penso no The Clay. Será que a voz do Solitaire era de uma garota? Está frio demais para que eu me lembre de tudo, por isso dou atenção à terceira pessoa.

Lucas.

Topete e Evelyn parecem estar meio em cima dele. Lucas está sussurrando depressa para o Topete. Ele me disse que não fazia mais parte do Solitaire, não disse? Talvez eu devesse entrar na sala e começar a gritar. Acenar meu telefone. Ameaçar ligar para a polícia. Talvez...

— *Ai, meu Deus.*

Na outra ponta do corredor, Becky Allen aparece, e eu quase caio para trás. Ela aponta para mim com um dedo acusatório e sibila:

— Eu sabia que você não iria para casa!

Meus olhos, arregalados e sem foco, se mexem sem parar quando ela atravessa o corredor. Em pouco tempo, Becky está ao meu lado, a calça do pijama do Superman com as barras enfiadas em pelo menos três pares de meia e botas forradas, um capuz, um casaco e várias outras peças de lã. Ela está aqui. Becky veio aqui. Por mim. Ela está muito esquisita sem maquiagem, e os cabelos roxos estão presos numa espécie de coque oleoso, e não sei por que ou como isso acontece, mas estou *aliviada* por ela estar aqui.

— Ah, minha nossa, você é maluca — sussurra ela. — Você. É. Maluca. — E aí ela me abraça, e eu deixo, e por vários segundos sinto que somos amigas. Ela me solta, se retrai e faz uma careta. — Amiga, o que você fez com a sua *cara*?

Becky levanta a manga e a passa de qualquer modo pelo meu rosto, e quando a afasta, está manchada de vermelho. Então sorri e balança a cabeça. Eu me lembro da Becky que conheci três anos atrás, antes dos garotos, do sexo, antes do álcool, antes de ela começar a mudar enquanto eu continuava exatamente a mesma.

Aponto em direção à porta da sala de inglês.

— Olhe lá dentro.

Ela anda na ponta dos pés passando por mim e olha. Seu rosto é tomado pelo horror.

— *Evelyn?* O que... e por que *Lucas...* — Ela mantém a boca muito aberta enquanto se dá conta de tudo. — Isso... isso é o *Solitaire?* — Becky se vira para mim de novo e balança a cabeça. — Isso é confuso demais para esse momento do dia. Nem tenho nem certeza de que estou acordada.

— *Shh.*

Tento ouvir o que eles estão dizendo. Becky passa pela porta e ficamos de pé, escondidas no escuro, uma de cada lado da porta. Vagamente, começamos a decifrar uma conversa. São 6:04.

— Coragem, Lucas. — Evelyn. Ela está usando shorts jeans de cintura alta, meia-calça e uma jaqueta Harrington. — Não estou brincando. Sentimos *muitíssimo* por tirar você do seu cobertor elétrico e da Radio 4, mas pode ter um *pouco de coragem*?

O rosto de Lucas, marcado pelas sombras, é tomado por uma careta.

— Posso lembrar a vocês que *eu* sou a pessoa que deu início ao Solitaire, para começo de conversa? Assim, minha coragem não deve ser questionada, obrigado.

— Sim, você começou — diz o Topete. É a primeira vez que olho direito para ele e, para alguém com tantos cabelos, ele é muito pequeno. Ao lado dele, sobre a mesa, há uma sacola de compras da Morrison's. Sua voz também é mais sofisticada do que eu pensei. — E você foi embora exatamente quando começamos a fazer coisas que *valem a pena*. Estamos fazendo algo ótimo e, ainda assim, você está aqui dizendo que *tudo* pelo que você batalhou tem sido, e eu repito, "uma besteira completa".

— Não foi para isso que me esforcei — retruca Lucas.

— Pensei que pregar uma peça nesse colégio ajudaria as pessoas.

— Foder com esse colégio é a melhor coisa que aconteceu com esta cidade — declara Topete.

— Mas isso não vai ajudar ninguém. Não vai mudar nada. Mudar um ambiente não muda uma pessoa.

— Para de bobagem, Lucas. — Evelyn balança a cabeça. —Você não é Gandhi, querido.

—Você deve perceber como isso é uma ideia idiota — diz Lucas.

— Me dê o maçarico — pede Topete.

Becky, com as mãos espalmadas na parede feito o Homem-Aranha, vira a cabeça depressa.

— *Maçarico?* — diz ela, sem emitir som.

Eu dou de ombros. Olho com mais intensidade para Lucas e percebo que ele está segurando atrás das costas o que, a princípio, se parece com uma arma, mas que na verdade é só um maçarico.

Só se pode fazer uma coisa com um maçarico.

— Hum, não — diz Lucas, mas mesmo de longe, percebo que ele está nervoso. Topete tenta pegar o braço de Lucas, mas ele dá um passo para trás a tempo. Topete começa a rir feito um maluco.

— Bem, *merda* — pragueja Topete. — Você se meteu em toda essa enrascada, e agora pensa que vai roubar nossas coisas e fugir com elas. Igual a um moleque. Por que veio aqui? Por que não foi nos dedurar, como o bebê chorão que você é?

Lucas apoia o peso do corpo na outra perna, em silêncio.

— Me dê esse maçarico — diz Topete. — É sua última chance.

—Vá se foder — retruca Lucas.

Topete leva a mão ao rosto e coça a testa, suspirando.

— Deus.

Então, como se alguém tivesse apertado o interruptor do cérebro, ele dá um golpe muito rápido, um soco no rosto de Lucas.

Lucas, surpreendentemente controlado, não cai; endireita o corpo e olha bem nos olhos do Topete.

— *Vá se foder!* — repete Lucas.

Topete dá um soco no estômago de Lucas, dessa vez fazendo com que ele se dobre para a frente. Segura o braço de Lucas com facilidade e arranca o maçarico, depois pega Lucas pela gola, segura o cabo contra seu pescoço e o empurra contra a parede. Imagino que ele esteja pensando que está parecendo um chefão da Máfia, mas não ajuda muito o fato de ele ter cara de um menino de sete anos e a voz fina.

—Você não podia *ir embora*, não é, cara? Não podia deixar quieto, não é?

É claro que o Topete não vai atirar no pescoço de Lucas com a arma que está segurando. Está claro para o Topete que ele não vai queimar Lucas. Está claro para todo mundo que já viveu e para todo mundo que viverá que o Topete não tem coragem, vontade, nem malícia de ferir seriamente um cara um pouco ingênuo feito Lucas Ryan. Mas eu acho que se alguém está segurando uma arma perto do seu pescoço, então coisas desse tipo não são mais tão claras como deveriam ser.

Becky não está mais do meu lado.

Ela aplica um golpe de caratê para abrir a porta.

— Certo, galera. Podem parar. Agora. Parem com a loucura.

Com uma das mãos levantada, ela sai do esconderijo. Evelyn dá um grito, Lucas dá uma risada triunfante e Topete solta a gola de Lucas e dá um passo para trás como se temesse que Becky pudesse prendê-lo no ato.

Eu a acompanho para dentro e me arrependo na hora. Lucas me vê e para de rir.

Becky se aproxima e se coloca entre Lucas e a arma. Seu rosto sem maquiagem a transforma em um guerreiro de pele clara e olhos pequenos.

— Ah, querido. — Ela suspira para o Topete e inclina a cabeça, fingindo compaixão. — Você acha mesmo que intimida alguém, não acha? Mas pelo amor de Deus, *onde* você conseguiu essa merda? Numa loja de 1,99?

Topete tenta rir e ignorá-la, mas é em vão. Os olhos de Becky ficam intensos. Ela estende as mãos.

—Vá em frente, cara. — Suas sobrancelhas estão muito erguidas. —Vamos. Queime meu cabelo ou qualquer coisa assim. Estou relativamente curiosa para ver se você é capaz de puxar esse gatilho.

Vejo que Topete está desesperado, tentando pensar em algo esperto a dizer. Depois de alguns instantes meio embaraçosos, ele dá um passo para trás, pega a bolsa da Morrison's, coloca o maçarico dentro e puxa o gatilho. A chama do maçarico brilha laranja por cerca de dois segundos, até Topete afastá-la e jogar a bolsa na direção da estante de livros. O que tem na bolsa começa a soltar fumaça e a fazer barulho.

Todo mundo na sala olha para a bolsa.

A fumaça diminui aos poucos. A sacola de plástico murcha antes de cair da estante e no chão, virada para cima.

Faz-se um longo silêncio.

Por fim, Becky joga a cabeça para trás e dá uma risada alta.

—Ai, meu *Deus*! Ai, meu *Deus*!

Topete não tem mais nada a dizer. Não tem como desfazer o que acabou de acontecer. Acho que essa é a coisa mais idiota que já vi.

— Esse é o *grand finale* do Solitaire! — Becky continua rindo. — Minha nossa, você é o hipster mais iludido que já vi. Você dá um novo sentido à palavra iludido.

Topete ergue o maçarico e caminha em direção à bolsa, como se fosse tentar de novo, mas Becky o agarra com força pelo punho e, com a outra mão, arranca a arma dele. Ela a chacoalha no ar e pega o celular do bolso do casaco.

— Dê um passo em direção à bolsa, seu puto, e vou chamar a polícia. — Ela ergue a sobrancelha feito uma professora desapontada. — Não pense que não sei seu nome, *Aaron Riley*.

Topete, ou Aaron Riley ou sei lá quem, olha para ela.

—Você acha que eles acreditariam numa vagabunda?

Becky joga a cabeça para trás uma segunda vez.

— Ah, cara. Conheci *tantos* valentões iguais a você. — Ela dá um tapinha no braço do Topete. — Você faz muito bem a coisa toda de ser machão. Muito bem.

Olho depressa para Lucas, mas ele está olhando para Becky, balançando a cabeça distraidamente.

—Vocês são todos iguais — diz Becky. — Todos idiotas que acham que, fazendo papel de espertos, dominam o mundo todo. Por que não vai para casa reclamar sobre isso no blog como *gente normal*? — Ela dá um passo na direção dele. — Afinal, o que você está tentando fazer aqui, cara?

O que o Solitaire está tentando fazer? Vocês acham que são melhores do que os outros? Estão tentando dizer que o colégio não é importante? Estão tentando nos ensinar sobre moral e sobre como sermos pessoas melhores? Estão tentando dizer que se rirmos de tudo, se tolerarmos umas merdas e abrirmos um sorriso, então a vida vai ser bacana? É *isso* o que o Solitaire está tentando fazer?

Ela solta um gemido forte de exasperação, e me faz dar um pulo.

— A tristeza é uma emoção humana natural, seu *imbecil*.

Evelyn, que está observando com os lábios contraídos durante todo o tempo, fala por fim:

— Por que está nos julgando? Você nem mesmo entende o que estamos fazendo.

— Ah, Evelyn. Fala sério. O Solitaire? Você está do lado deles?

Becky começa a apagar e a acender o maçarico. Talvez ela esteja tão perturbada quanto eu. Evelyn se retrai.

— E *esse* idiota tem sido seu namorado secreto todo esse tempo. Ele está usando mais gel no cabelo do que usei o ano passado inteiro, Evelyn! — Ela balança a cabeça como alguém idoso e cansado. — Solitaire. Minha nossa. Eu me sinto no sétimo ano de novo.

— Por que está agindo como se fosse o último biscoito do pacote? — pergunta Evelyn. — Você se acha melhor do que nós?

Becky dá uma risada alta e coloca o maçarico na calça do pijama.

— Melhor? Haha. Já fiz umas coisas bem ruins para as pessoas. E estou admitindo. Quer saber de uma coisa, Evelyn? Talvez eu queira ser especial. Talvez, às vezes, eu só queira expressar as emoções que estou sentindo, em vez de ter que fazer essa cara de feliz que faço todo dia só para passar a impressão, a vacas como você, de que *não sou chata*.

Ela aponta para mim de novo como se estivesse socando o ar.

— Parece que a Tori entende o que vocês estavam tentando fazer. Não sei por que estão tentando destruir nosso colegiozinho de merda. Mas Tori acha que... de modo geral, vocês estão fazendo algo ruim, e eu *acredito nela, porra*.

— Ela abaixa o braço. — Meu Deus, Evelyn. Você me irrita muito. Caramba. Esses *creepers* são os sapatos mais feios que já vi. Volte ao seu blog ou a Glastonbury, ou de onde tenha vindo e *não saia mais*.

Topete e Evelyn lançam um olhar aterrorizado a Becky e desistem.

É meio forte, de certo modo.

Porque as pessoas são muito teimosas e não querem estar erradas. Eu acho que os dois sabiam que o que estavam prestes a fazer *era* errado, ou talvez no fundo não tiveram a coragem de ir até o fim. Talvez, no fim das contas, eles nunca tenham sido os verdadeiros antagonistas. Mas se não são, quem é?

Devagar, seguimos os dois saindo da sala e atravessando o corredor. Vemos quando eles passam pelas portas duplas. Se eu fosse um dos dois, provavelmente mudaria de colégio de imediato. Eles partirão em um minuto. Para sempre. Desaparecerão.

Ficamos ali por um tempo, sem dizer muita coisa. Depois de alguns minutos, começo a suar. Talvez eu esteja brava. Não. Não sinto nada.
Lucas está de pé ao meu lado e se vira. Seus olhos são grandes e azuis e parecidos com os de um cachorro.
— Por que você veio aqui, Victoria?
— Aqueles dois poderiam machucar você — digo, mas nós dois sabemos que não é verdade.
— Por que veio?
Tudo está muito borrado.
Lucas suspira.
— Bem, acabou, finalmente. Becky meio que salvou todos nós.
Becky parece estar em choque, encolhida no chão, encostada na parede do corredor com as pernas abertas cobertas por uma calça com estampa do Superman. Ela segura o maçarico perto do rosto, e o acende e apaga na frente dos olhos, e a ouço murmurando:
— Este é o maçarico mais pretensioso que já vi... é muito *pretensioso*...
— Estou perdoado? — pergunta Lucas.
Talvez eu desmaie.
Dou de ombros.
—Você não está apaixonado por mim de verdade, está?

Ele pisca os olhos, e não está olhando para mim.

— Hum, não. Não era amor, de fato. Era... eu só achei que precisava de você... por algum motivo... — Ele balança a cabeça. — Acho a Becky muito adorável.

Tento não vomitar nem me apunhalar com as chaves de casa. Abro um sorriso, como o de um palhaço.

— Hahaha! Você e todo o sistema solar pensam isso!

A expressão de Lucas muda, como se ele finalmente entendesse quem sou.

— Pode parar de me chamar de Victoria? — pergunto.

Ele dá um passo para longe de mim.

— Sim, claro. Tori.

Eu começo a sentir calor.

— Eles iam fazer o que eu acho que iam fazer?

Lucas não para de olhar ao redor. Não olha para mim.

— Eles iam incendiar o colégio — diz.

É quase engraçado. Outro sonho de infância. Se tivéssemos dez anos, talvez curtíssemos pensar na escola em chamas, porque significaria que não teríamos mais aulas, certo? Mas parece violento e sem sentido. Tão violento e sem sentido quanto todas as outras coisas que o Solitaire fez.

Até que percebo algo.

Eu me viro.

— Aonde você vai? — pergunta Lucas.

Atravesso o corredor, de volta à sala de Kent, sentindo cada vez mais calor conforme me aproximo.

— O que você vai fazer?

Olho a sala. E me pergunto se perdi a noção.

— Tori?

Eu me viro para Lucas e o vejo de pé no fim do corredor. Olho para ele de verdade.

— Saia daqui — digo, talvez baixo demais.

— O quê?

— Pegue a Becky e saia.

— Espere, o que você...

E ele vê o brilho laranja iluminando um lado do meu corpo.

O brilho laranja que vem do fogo que está tomando a sala de Kent.

— Puta merda — diz Lucas.

Começo a correr pelo corredor em direção ao extintor de incêndio mais próximo e o pego, mas ele não sai da parede.

Ouço um estalar horroroso. A porta da sala de aula quebrou e está queimando.

Lucas está perto de mim e do extintor, mas, por mais que puxemos, não conseguimos tirá-lo da parede. O fogo sai da sala e se espalha pelos quadros da parede, e o teto é logo tomado pela fumaça.

— Precisamos sair! — grita Lucas em meio às chamas altas. — Não podemos fazer nada!

— Sim, *podemos*. — Temos que fazer alguma coisa. Eu tenho que fazer alguma coisa. Solto o extintor e corro mais para o interior do colégio. Tem outro no próximo corredor. No corredor de ciências.

Becky se levantou do chão. Ela começa a correr atrás de mim, assim como Lucas, mas um quadro enorme de repente cai da parede, queimando papel e tachinhas, bloqueando o corredor. Não os vejo. O carpete pega fogo e as chamas começam a avançar na minha direção...

—TORI! — grita alguém.

Não sei quem. Não me importa. Localizo o extintor de incêndio e o retiro com facilidade da parede. Está escrito "ÁGUA", mas também "PARA SER USADO EM INCÊNDIOS ENVOLVENDO MADEIRA, PAPEL, TECIDO, CABOS NÃO ELÉTRICOS". O fogo se espalha pelo corredor, nas paredes, no teto, no chão, e me empurra para trás. Há luzes e tomadas por todos os lados.

—TORI!

Dessa vez, a voz vem de trás de mim. Duas mãos pousam nos meus ombros e me sobressalto como se fosse a própria Morte.

Mas não é.

É ele, com camiseta e calça jeans, óculos, cabelos, braços, pernas, olhos, tudo...

É Michael Holden.

Ele arranca o extintor dos meus braços...

E o joga para fora da janela mais próxima.

QUINZE

SOU FORÇADA CORREDOR ABAIXO e lançada para fora da saída de incêndio mais próxima. Não sei como Michael sabia que eu estava aqui. Não sei o que ele está fazendo. Mas preciso parar aquele incêndio. Preciso entrar ali. Se eu não puder fazer nada, terá tudo sido em vão. Minha vida toda. Tudo. Nada.

Ele tenta me pegar, mas sou praticamente um torpedo. Corro de volta pela saída de incêndio e desço o corredor seguinte, para longe das chamas que estavam vindo, procurando outro extintor de incêndio. Estou meio ofegante e não enxergo nada, e estou correndo tão depressa que não sei onde esse corredor fica no colégio, e começo a correr de novo.

Mas Michael corre tão bem quanto patina. Ele me segura pela cintura quando pego o extintor de incêndio da parede, quando o fogo atravessa a saída de incêndio e se aproxima de nós...

—TORI! PRECISAMOS SAIR, AGORA!

O fogo tira o rosto de Michael do escuro. Eu me viro nos braços dele e parto para a frente, mas ele aperta meu braço e começa a me arrastar, e quando me dou conta, estou puxando meu braço com tanta força que minha pele começa a arder. Estou gritando com ele e puxando, e dando chutes sem olhar a direção, e acabo acertando a barriga dele. Devo ter chutado com força porque ele cai para trás e leva as mãos na altura do estômago. No mesmo instante, percebo o que fiz e paro, olhando para ele à luz laranja. Nós nos encaramos e ele parece *perceber* alguma coisa, e sinto vontade de rir, porque sim, ele enfim notou, assim como Lucas acabou notando, e estendo os braços para ele...

E eu vejo o fogo.

O inferno no laboratório de ciências à nossa direita. O laboratório de ciências que é ligado àquela sala de aula de inglês por uma única porta, pela qual as chamas devem ter passado direto.

Eu me lanço para cima de Michael e o empurro...

E a sala de aula explode: mesas retorcidas, cadeiras, bolas de fogo em formato de livros. Estou no chão, vários metros à frente, milagrosamente viva, e abro os olhos mas não vejo nada. Michael está perdido em algum lugar perto de mim na fumaça. Eu caio para trás quando uma perna de cadeira passa pelo meu rosto, e grito o nome dele, sem saber se ele está vivo ou...

Eu me levanto e corro.
Chorando? Gritando coisas. Um nome? O nome dele? A ideia eterna do Solitaire. Aquele sonho de infância. Ele está morto? Não. Vejo uma forma se erguer vagamente da fumaça, debatendo-se antes de desaparecer no colégio. Em determinado momento, acho que ouço quando ele me chama, mas pode ser que eu esteja apenas imaginando.

Grito o nome dele e estou correndo de novo, para fora da nuvem de fumaça, para longe do corredor de ciências. No canto, vejo que as chamas chegaram a uma sala de arte e que os trabalhos artísticos, horas e mais horas de trabalho, estão derretendo e formando bolas de acrílico frito e pingando no chão. É tão triste que sinto vontade de chorar, mas a fumaça já começou a causar as lágrimas. Começo a entrar em pânico também. Não por causa do fogo.

Nem mesmo porque estou perdendo e o Solitaire está ganhando.

Porque Michael está aqui.

Outro corredor. Mais um. Onde estou? Nada é igual no escuro e no incêndio. Luzes elípticas brilham ao meu redor feito sirenes, como se eu estivesse desmaiando. Losangos brilhando. Estou gritando de novo. *Michael Holden.* O fogo ronca e um furacão de ar quente passa pelos túneis do colégio.

Grito por ele. Estou chamando sem parar, tremendo muito, os trabalhos e os textos feitos à mão nas paredes estão se desintegrando ao meu redor e não consigo respirar.

— Fracassei — digo, quando as palavras me ocorrem. É engraçado, isso nunca acontece. — Fracassei, fracassei. Não fracassei com o colégio. Nem mesmo comigo. Mas com Michael. Fracassei com ele. Fracassei em deixar de ser triste. Ele tentou muito, tentou muito ser legal, ser meu amigo, e eu fracassei com ele. Paro de gritar. Não tem mais nada. Michael, morto, o colégio, morrendo, e eu. Não tem mais nada.

E ouço uma voz.

Meu nome na fumaça.

Eu me viro, mas só há chamas nessa direção. Em que prédio estou? Deve haver uma janela, uma saída de incêndio, algo, mas tudo está queimando, a fumaça está começando a sufocar o ar e, por fim, a mim; então antes que eu me dê conta já estou subindo um lance de escadas para o próximo andar, com a fumaça e as chamas nos meus calcanhares.

Dobro uma esquina à esquerda, esquerda de novo, entro na sala de aula. A porta bate atrás de mim. Pego uma cadeira, sem pensar em nada além do fogo, da fumaça e de morrer, e estouro a janela fina. Fecho os olhos quando uma chuva de pó de vidro cai sobre meus cabelos.

Saio na manhã, e estou no topo do que parece ser um forro de concreto e, finalmente, *finalmente*, eu me lembro de onde estou.

O lugar lindo.

O pequeno telhado de concreto do conservatório de arte. O campo de neve e o rio. O céu escuro da manhã. Ar frio.

Espaço infinito.

★ ★ ★

Mil pensamentos de uma vez. Michael Holden é novecentos deles. O resto é ódio por mim mesma.

Fracassei em tudo.

Olho para a janela estourada. A que isso leva? Apenas dor. Olho para a escada de metal à minha direita. A que ela leva? A mim, fracassando, todas as vezes, fracassando em fazer algo certo, a dizer algo certo.

Estou na beirada e olho para baixo. Está longe. Está me chamando.

Uma esperança de algo melhor. Uma terceira opção.

Está muito quente. Tiro o casaco e as luvas.

E me toma nesse momento.

Eu nunca soube o que queria da vida. Até agora.

Eu meio que desejo estar morta.

DEZESSEIS

MEUS PÉS VAGAM, distraídos, perto da beirada. Penso em Michael Holden. Principalmente em como ele está sempre bravo o tempo todo, em segredo. Penso que muitas pessoas estão bravas o tempo todo, em segredo.

Penso em Lucas Ryan e fico mais triste. Há outra tragédia na qual não sou a salvadora.

Penso na minha ex-melhor amiga, Becky Allen. Acho que não sei quem ela é. Acho que sabia antes — antes de crescermos —, mas depois disso, ela mudou e eu não.

Penso no meu irmão, Charlie Spring, e em Nick Nelson. Às vezes, o paraíso não é o que as pessoas acham que deveria ser.

Penso em Ben Hope.

Às vezes, as pessoas odeiam a si mesmas.

E, enquanto penso, o colégio Harvey Greene se dissolve. Meus pés avançam delicadamente pelo telhado de concreto. Se eu cair por acidente, o universo estará pronto para me pegar.

E então...

Ele aparece.

Charlie Spring.

Um ponto solitário no branco tingido de laranja.

Está acenando e gritando.

— NÃO!

Não, diz ele.

E tem outra pessoa correndo ao seu lado. Mais alto, mais forte. Ele segura a mão de Charlie. Nick Nelson.

E outra. E outra. Por quê? O que está acontecendo com as pessoas? Por que elas nunca nos dão um pouco de paz?

Vejo Lucas e Becky. Becky leva as mãos à boca. Lucas leva as mãos à cabeça. Charlie está gritando em uma batalha com o vento e as chamas. Gritando, girando, queimando.

— Pare!

Essa voz está mais próxima e vem de cima. Decido que provavelmente é Deus, porque acho que é assim que Deus age. Ele espera até seus últimos momentos e *só então* interfere e leva você a sério. É como quando você tem quatro anos e diz a seus pais que vai fugir. E eles dizem: "Certo, faça isso." Como se não se importassem. E só começam a se importar quando você sai pela porta e atravessa a rua com seu ursinho embaixo do braço e um pacote de biscoitos na mochila.

—Tori!

Eu me viro e olho para cima.

No topo do prédio, acima da janela que eu estourei, está Michael Holden, deitado de bruços em cima do telhado, de modo que apenas sua cabeça e os ombros aparecem.

Ele estende um braço para mim.

— Por favor!

Só de vê-lo, sinto vontade de morrer ainda mais.

— O colégio está pegando fogo — digo, e me viro para o outro lado. —Você precisa sair.

—Vire-se, Tori. Vire-se, sua idiota.

Algo me faz virar. Pego minha tocha, e me pergunto por um instante por que ainda não a usei até agora, e eu a direciono para cima. Então, eu o vejo direito. Cabelos bagunçados e empoeirados. Manchas de fuligem no rosto. Uma marca de queimadura no braço estendido.

—Você quer se matar? — pergunta ele, e a pergunta parece irreal porque nunca ouvimos ninguém fazer um questionamento desses na vida real. — Não quero que você faça isso. Não posso permitir. Você não pode me deixar aqui sozinho.

Sua voz falha.

—Você precisa ficar aqui — diz.

E ele faz o que eu faço. Puxa o lábio para dentro, entorta a boca para baixo e os olhos e nariz se enrugam, e uma lágrima aparece no canto do olho azul. Ele levanta a mão para cobrir o rosto.

— Sinto muito — falo, porque o rosto dele, todo enrugado e choroso, me causa dor física. Começo a chorar também. Contra a minha vontade, eu me afasto da beirada para mais perto dele, e espero que isso faça com que ele compreenda. — Sinto muito, muito, muito, muito.

— *Cala a boca!* — Ele está sorrindo enquanto chora, desesperado. Tira as mãos do rosto e ergue os dois braços. Em seguida, dá um soco no chão. — Meu Deus, como sou burro! Não acredito que não percebi isso antes. Não acredito.

Estou embaixo do rosto dele. Seus óculos começam a deslizar pelo nariz e ele logo os empurra para cima.

— Sabe, a pior coisa é que quando eu joguei aquele extintor para fora, eu não estava pensando só em salvar você. — Ele ri com tristeza. — Todos precisamos ser salvos.

— Então por que...

Paro. De repente, entendo tudo. Esse cara. Essa pessoa. Por que demorei tanto para entender? Ele precisava de mim tanto quanto eu precisava dele, porque ele estava *irado*, e sempre esteve.

—Você queria que o colégio incendiasse.

Ele ri de novo e esfrega os olhos.

—Você me conhece.

E ele tem razão. Eu o conheço. Só porque alguém sorri não quer dizer que está feliz.

— Nunca fui bom o suficiente — diz ele. — Eu me estresso tanto, não faço amigos... *Deus*, não sei fazer amigos. — Ele olha além de mim. — Às vezes, queria ser uma pessoa normal. Mas não consigo. Não sou. Por mais que eu tente. E o colégio pegou fogo e eu pensei... algo me disse que poderia ser uma maneira de sair de tudo isso. Pensei que faria com que eu me sentisse melhor, e que você se sentisse melhor.

Ele se senta com as pernas balançando do lado de fora, a meros centímetros da minha cabeça.

— Eu estava enganado — diz ele.

Olho para a beirada do prédio. Ninguém é feliz. O que o futuro reserva?

—Algumas pessoas não nasceram para estudar — comenta Michael. — Isso não quer dizer que não nasceram para viver.

— Não consigo — digo. A beirada está muito perto. — Não consigo.

—Vou ajudar você.

— Por que você faria isso?

Ele desce no forro onde estou e olha para mim. Olha de verdade. Eu me lembro da primeira vez que me vi nos seus óculos grandes.

A Tori que está olhando para si parece diferente, de certo modo.

— Uma pessoa pode mudar tudo — diz ele. — E você mudou tudo para mim.

Atrás dele, uma pequena bola de fogo surge de um telhado. Ela ilumina temporariamente as pontas dos cabelos de Michael, mas ele nem pisca.

—Você é minha melhor amiga — declara.

Ele fica corado e eu fico envergonhada ao vê-lo envergonhado. Ele alisa os cabelos com uma das mãos e seca os olhos.

—Todos vamos morrer. Um dia. Então, eu quero acertar pela primeira vez, sabe? *Não quero* cometer mais erros. E eu sei que isto não é um erro. — Ele sorri. —Você não é um erro.

Ele se vira de repente e olha na direção do colégio em chamas.

—Talvez tivéssemos impedido — diz. — Talvez... talvez se, se eu não tivesse... — A voz dele fica embargada e ele leva uma mão à boca, os olhos cheios de lágrimas mais uma vez.

É uma sensação nova. Ou muito velha.

Faço algo que não espero. Estendo o braço. Meu braço se ergue e se estende no ar em direção a ele. Só quero ter certeza de que ele está aqui. Ter certeza de que não o imaginei.

Minha mão toca sua manga.

—Você não deveria se odiar — falo, porque sei que ele não se odeia apenas por ter deixado o colégio pegar fogo.

Ele se odeia por muitos outros motivos também. Mas não deveria se odiar. Não *pode*. Ele me faz acreditar que existem boas pessoas no mundo. Não sei como isso aconteceu, mas o que sei é que esse sentimento existe desde o começo. Quando conheci Michael Holden, eu soube, no fundo, que ele era a melhor pessoa que alguém poderia esperar ser... tão perfeito a ponto de não ser real. E isso fez com que eu o detestasse, de certo modo. No entanto, em vez de aprender lentamente mais e mais coisas boas sobre ele, encontrei defeitos e mais defeitos. E sabe de uma coisa?

É isso o que faz com que eu seja como ele. É por isso que ele é uma pessoa perfeita de verdade. Porque é uma pessoa real.

Digo-lhe tudo isso.

— Bem — continuo, sem saber como acabar isso, mas sabendo que devo chegar a uma conclusão. — Nunca vou odiar você. Talvez eu possa ajudá-lo a entender por que nunca vou odiar você.

Uma pausa, o som do incêndio, o cheiro de fumaça. Ele olha para mim como se eu o tivesse atacado.

E nós nos beijamos.

Não sabemos se este momento é apropriado, depois de eu ter quase me matado sem querer e tudo o mais, e de Michael se odiar tanto, mas acontece mesmo assim, tudo enfim faz sentido, saber que seria apocalíptico que eu *não* estivesse aqui com ele, porque então — naquele momento —, foi como... foi como... se eu realmente fosse morrer se não... se não o *abraçasse*.

— Acho que amo você desde que nos conhecemos — confessa ele quando nos afastamos. — Eu só me enganei pensando ser curiosidade.

— Além de isso ser uma mentira absurda — digo, com a sensação de que vou desmaiar —, é também a frase mais *idiota* de uma comédia romântica que já tive que aturar. E já aturei muitas. Já que sou um ímã fabuloso para galãs.

Ele hesita. Abre um sorriso e ri, jogando a cabeça para trás.

— Ai, meu Deus, aqui está você, Tori — diz ele, rindo alto, e me puxa para mais um abraço e praticamente me levanta do chão. — Ai, meu *Deus*!

Eu sorrio. Eu o abraço e sorrio.

Sem aviso, ele se afasta, aponta e diz:

— O que, pelo amor de Guy Fawkes, está acontecendo?

Eu me viro, confusa, em direção ao campo.

O branco quase sumiu. Não há só quatro pontos, mas pelo menos cem. Dezenas e dezenas de adolescentes. Acho que nós não os ouvimos por causa do vento e do fogo, mas agora que eles nos viram começaram a acenar e a gritar. Não enxergo os rostos com clareza, mas cada pessoa é uma pessoa inteira. Uma pessoa inteira com uma vida inteira, que sai da cama cedo, vai para o colégio, conversa com os amigos, come comida e *vive*. Eles estão entoando nossos nomes e eu não conheço a maioria deles, e a maioria deles não me conhece e eu nem sei por que eles estão aqui, mas ainda assim... ainda...

No meio de tudo, vejo Charlie sendo carregado nas costas de Nick, e Becky por Lucas. Estão acenando e gritando.

— Eu não entendo — falo com a voz falhando.

Michael tira o celular do bolso e acessa o blog do Solitaire. Não tem nada de novo ali. Então, acessa o Facebook e desce pelo feed.

— Bem — diz ele, e eu olho por cima do ombro dele para o celular.

Lucas Ryan

Solitaire está incendiando a Higgs 32 minutos atrás via Mobile

94 curtidas   43 compartilhamentos

Ver todos os 203 comentários

—Talvez... — diz Michael. — Talvez ele tenha pensado... com o colégio queimando... foi incrível demais para perder a chance.

Olho para ele, e ele olha para mim.

—Você não acha incrível? — pergunta Michael.

E de certo modo, é, eu acho. O colégio está pegando fogo. Isso não acontece na vida real.

— Lucas Ryan, seu hipster milagroso maldito — diz Michael, olhando para as pessoas. —Você realmente, e sem querer, deu início a algo lindo.

Alguma coisa no meu coração me faz sorrir. Um sorriso real.

E as coisas ficam borradas de novo, e eu meio que começo a rir e a chorar ao mesmo tempo, e não sei se estou feliz ou perturbada. Como estou meio retraída, Michael tem que inclinar sobre minha cabeça para me abraçar direito enquanto estou tremendo, mas ele faz isso mesmo assim. A neve cai. Atrás de nós, o colégio rui e ouço os caminhões dos bombeiros atravessando a cidade.

— Então — diz ele, erguendo as sobrancelhas com a suavidade de sempre. —Você odeia a si mesma, eu odeio a mim mesmo. Interesses em comum. Deveríamos nos unir.

Não sei por que, mas começo a sentir que estou delirando. Ver todas essas pessoas ali. Algumas delas pulam e acenam. Algumas só estão aqui porque vieram para uma aventura, mas pela primeira vez acho que nenhuma delas está se gabando ou fingindo. Estão sendo apenas pessoas.

Quero dizer, ainda não estou cem por cento certa de que quero acordar amanhã. Não estou bem só porque Michael está aqui. Ainda quero ir para a cama e ficar ali o dia todo porque é muito fácil fazer isso. Mas, no momento, só vejo as crianças andando na neve, sorrindo e acenando como se não tivessem provas, pais, decisões a respeito de que faculdade e de que profissão escolher, e todas as coisas estressantes com que temos que nos preocupar. Tem um cara sentado ao meu lado que notou tudo isso também. Um cara que talvez eu possa ajudar, como ele me ajudou.

Não posso dizer que me sinto *feliz*. Nem sei se saberia se *estivesse*. Mas todas aquelas pessoas ali estão tão engraçadas que sinto vontade de rir, chorar, dançar e cantar e *não* pular do prédio de um jeito dramático e espetacular. Sério. É engraçado porque é verdade.

DEPOIS

Karl Benson: Não vejo você desde o primeiro ano. Pensei que tivesse se matado.
Andrew Largeman: O quê?
Karl Benson: Pensei que tivesse se matado. Não foi você?
Andrew Largeman: Não, não. Não fui eu.

Hora de voltar (2004)

ENTÃO, acho que mesmo depois de pensar com cuidado, ainda não sei como isso tudo aconteceu. Não estou traumatizada. Não é nada drástico assim. Nada tem me ferido. Não digo que tudo isso aconteceu em um único dia, por um único acontecimento, devido a uma única pessoa. Só sei que, assim que começou, ficou muito fácil deixar rolar. E acho que foi assim que acabei aqui.

    Michael sabe que ele vai ser interrogado pela polícia. Eu também, provavelmente. Assim como Lucas e Becky, suponho. Todos estávamos lá. Espero que não sejamos presos. Acho que Lucas não contaria o que aconteceu de verdade. Mas não sei mais muita coisa sobre Lucas Ryan.

    Nick, com uma praticidade surpreendente, disse que a melhor coisa a fazer era levar meus pais para nos encontrar no hospital, por isso nós seis estamos apertados no carro dele. Eu, Michael, Lucas, Becky, Nick e Charlie. Becky está no colo de Lucas porque o carro do Nick é um Fiat minúsculo. Eu acho que o Lucas está começando a gostar da Becky, acho mesmo. Porque ela impediu o Topete de atirar nele, teoricamente, ou qualquer coisa assim. Ele não para de olhar para ela com uma cara hilária e isso faz com que eu me sinta um pouco triste. Ela não percebe, claro.

Becky é uma pessoa de bom coração. Apesar do que faz às vezes. Acho que eu sempre soube disso.

Estou no assento do meio. Estou com muita dificuldade para me concentrar em qualquer coisa, acho que estou meio que dormindo. A neve está caindo. Todos os flocos de neve são exatamente iguais. A canção tocando no rádio do carro é alguma do Radiohead. Tudo do lado de fora está azul-escuro.

Charlie liga para nossos pais do banco da frente. Não escuto a conversa. Depois de um tempo, ele desliga e fica em silêncio por um minuto, olhando para o telefone. Então, levanta a cabeça e olha para o céu da manhã.

—Victoria — diz ele, e eu escuto.

Ele diz muitas coisas; coisas que seria de se esperar que as pessoas dissessem nesse tipo de situação, sobre amor e compreensão e apoio, e sobre estar perto, coisas que supostamente não são ditas o suficiente, coisas que normalmente não precisam ser ditas. Não escuto nenhuma delas com muita atenção, porque eu já sabia disso tudo. Ninguém fala enquanto ele fala; nós só observamos as lojas passando enquanto olhamos pelas janelas, ouvindo o zunido do carro e o som da sua voz. Quando termina, ele se vira para olhar para mim e diz outra coisa.

— Eu percebi — comenta ele. — Mas não fiz nada. Eu não fiz nada.

Comecei a chorar.

— Amo você mesmo assim — digo, minha voz bastante diferente. Não lembro se já disse essas palavras na vida, nem mesmo quando era criança. Começo a me perguntar como eu era antes, e se tenho me imaginado como alguém diferente todo esse tempo. Ele abre um sorriso lindo e triste e diz:

— Também amo você, Tori.

Michael decide pegar minha mão e cobri-la com a dele.

— Quer saber o que o papai disse? — pergunta Charlie, virando-se para a frente. Ele não está falando para mim, mas para o carro todo. — Ele disse que isso está acontecendo provavelmente porque leu O *apanhador no campo de centeio* muitas vezes quando tinha a nossa idade, e que a história entrou nos genes dele.

Becky suspira.

— Minha nossa. Será que um adolescente pode ser triste e, tipo, *não* ser comparado com esse livro?

Lucas sorri para ela.

— Sei lá, alguém aqui já *leu* esse livro? — pergunta ela.

Em uníssono, respondemos "não". Nem o Lucas leu. Engraçado.

Ouvimos a música do Radiohead.

Sinto muita vontade de sair do carro. Acho que o Michael percebe que quero fazer isso. Talvez o Lucas também. Charlie não para de olhar pelo espelho retrovisor.

Depois de um tempo, Nick diz:

— Onde você vai fazer o ensino médio, Charlie?

Nunca ouvi o Nick falar tão baixo.

Charlie responde segurando a mão de Nick, que está segurando o câmbio com tanta força a ponto de deixar seus dedos brancos, e diz:

— No Truham. Vou ficar lá. Vou ficar com você, tá? E eu acho... acho que muitos de nós ficaremos no Truham.

— E Nick assente.

Becky recosta a cabeça no ombro de Lucas, com sono.

— Não quero ir ao hospital — sussurro no ouvido de Michael. Isso não é totalmente verdade.

Ele olha para mim e está mais do que incomodado.

— Eu sei. — Ele encosta a cabeça em cima da minha. — Eu sei.

Lucas se remexe no assento ao meu lado. Está olhando pela janela, para as árvores que passam, para o borrão preto e verde.

— Este tem que ser o melhor período das nossas vidas — diz.

Becky ri encostada no ombro dele.

— Se este é o melhor período da minha vida, gostaria que acabasse agora mesmo.

O carro sobe o morro até a ponte, e então estamos acima do rio congelado. A Terra gira algumas centenas de metros e o sol se aproxima um pouco em direção ao nosso horizonte, preparando-se para espalhar sua luz fraca de inverno sobre o que resta dessa terra. Atrás de nós, um canal de fumaça vazou no céu claro, bloqueando as poucas estrelas restantes que tentavam causar uma impressão.

Becky continua a murmurar, como se falasse em meio a um sonho.

— Eu entendi. Eles só queriam fazer com que tivéssemos a impressão de fazer parte de algo *importante*. Deixar uma impressão no mundo. Porque, tipo, estamos todos esperando que algo mude. Paciência *pode* matar você. — A voz dela se torna quase um sussurro. — Espera... longa espera...

Ela boceja.

— Mas um dia vai acabar. Sempre acaba.

E há um momento no qual todo mundo está sentado e *pensando*, sabe? Como aquela sensação de terminar de ver um filme. Você desliga a TV, a tela está escura, mas as imagens estão repassando na sua mente, e você pensa: e se isso for a minha vida? E se isso acontecer comigo? Por que eu não tenho esse final feliz? Por que *eu* estou reclamando dos *meus* problemas?

Não sei o que vai acontecer com nosso colégio e não sei o que vai acontecer conosco. Não sei por quanto tempo vou ficar assim.

Só sei que estou aqui. E estou viva. E não estou sozinha.

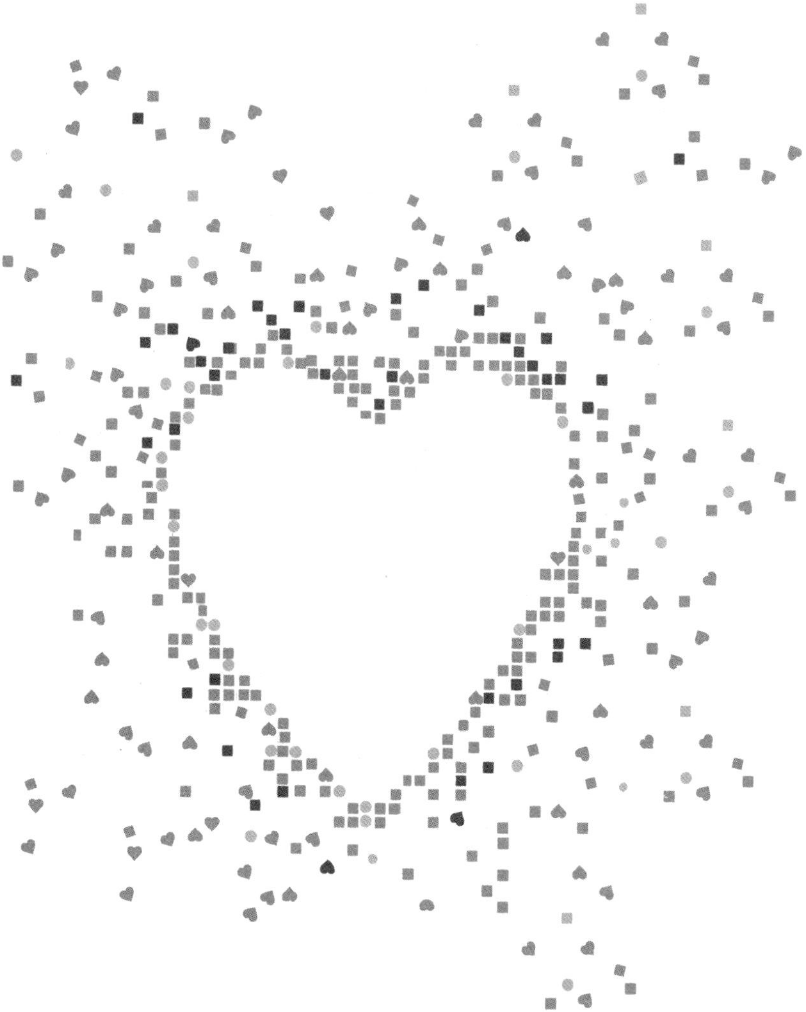

AGRADECIMENTOS

UM ALÔ PARA O MEU COLÉGIO! Sem vocês, este livro não teria acontecido. Obrigada por fazerem de algum jeito com que eu deteste e ame vocês ao mesmo tempo e por sempre me manterem crítica. Vocês me criaram bem: com desdém por autoridade e com níveis fortes de pessimismo e ansiedade. Fizeram com que eu lutasse, caramba.

Preciso agradecer à incrível e inquieta Claire Wilson, por escolher meu manuscrito em uma pilha enorme, e por não ter dúvidas quando apareci no escritório dela e anunciei ter apenas dezoito anos. Eu não estaria vivendo meu sonho se não fosse por você. Eu seria uma aluna triste escrevendo textos sobre John Donne.

Também devo agradecer às minhas duas editoras incríveis: Lizzie Clifford e Erica Sussman. A energia e o entusiasmo que colocaram neste livro têm sido um milhão de vezes maior do que qualquer coisa que eu esperasse, e o livro não teria ficado nem um décimo tão bom sem sua orientação valiosíssima. Obrigada a Lexie e a todo mundo na editora que me ajudou e contribuiu, na RCW e na HarperCollins. Sou grata todos os dias por estar em um mundo tão incentivador e nerd.

Obrigada à minha família por sempre ser mais interessante e menos reclamona do que vocês pensam que são. Obrigada a meus amigos escritores por conversarem comigo às três da madrugada sobre elencos dos sonhos e sobre todas as outras coisas que fazemos para nos sentir mais normais. Obrigada a Adam por ser meu primeiro leitor e por não achar que sou maluca (você está enganado, eu sou maluca).

Obrigada a Emily, Ellen e Mel por nunca desistirem de mim, por tornarem o colégio suportável e às vezes divertido, e por serem pessoas realmente excelentes. A elas e para o resto do nosso grupo — Hannah, Annie, Anna, Megan, Ruth — eu amo vocês, eu amo vocês, eu amo vocês. Não acredito na sorte que tive por ter conhecido vocês.

Alice x

Impressão e Acabamento:
EDITORA JPA LTDA.